巴黎之光

THE LIGHT OF PARIS

［美］埃莉诺·布朗 著

刘勇军 译

漓江出版社

桂图登字：20-2017-281

图书在版编目（ＣＩＰ）数据

巴黎之光 /（美）埃莉诺·布朗著；刘勇军译 . -- 桂林：漓江出版社，2019.6
书名原文；The Light of Paris
ISBN 978-7-5407-8689-2

Ⅰ . ①巴… Ⅱ . ①埃… ②刘… Ⅲ . ①长篇小说—美国—现代 Ⅳ . ① I712.45

中国版本图书馆 CIP 数据核字 (2019) 第 091304 号

巴黎之光
BALI ZHI GUANG

作　　者　［美］埃莉诺·布朗 / 著（Eleanor Brown）
译　　者　刘勇军 / 译
出 版 人　刘迪才
出 品 人　符红霞
策划编辑　杨　静
责任编辑　杨　静
装帧设计　柒拾叁号
责任印制　周　萍

出版发行　漓江出版社有限公司
社　　址　广西桂林市南环路 22 号　　　邮　　编　541002
发行电话　010-85893190　0773-2583322
传　　真　010-85890870-814　0773-2582200
邮购热线　0773-2583322　　　电子信箱　ljcbs@163.com
网　　址　http://www.lijiangbook.com
印　　制　香河闻泰印刷包装有限公司
开　　本　787×1092　1/32
印　　张　12.25
字　　数　183 千字
版　　次　2019 年 6 月第 1 版
印　　次　2019 年 6 月第 1 次印刷
书　　号　ISBN 978-7-5407-8689-2
定　　价　49.80 元

谨以此书献给我的父母、祖父母、外祖父母，

特别是祖母和外婆：

玛德琳·默斯尔·布朗和

凯瑟琳·麦克里纳兹·巴恩斯

雨中的巴黎

　　依然是巴黎。

——凯瑟琳·雷敏·麦克里纳兹

1923 年 11 月 18 日

巴 黎
之 光

THE LIGHT
OF
PARIS

第一章
Chapter 01

玛德琳
Madelyn

1999 年

我并不想失去自我。没有人想，真的。没有人会刻意背弃他们内心坚如磐石的信念。我们只是做出最细微的让步、最琐细的决定，而没有意识到这些点滴改变会汇聚成一股巨流，直到我们被迫面对成长后的自己，不论好坏。

　　我一直做着最理想的打算：让母亲快乐，让生活宁静，把自己的棱角磨平，变得从容淡定。但最终，我所打造的生活就像母亲瓷器橱柜里的一尊瓷雕一样，表面光滑精致，内里却脆弱空洞，只能充当展品，禁止触碰。

　　很久以前，我也许会自称为画家。孩提时代的我看见每一个空白的地方，都要涂鸦——空白的墙面、馆藏书籍诱人的空白首页和几张新熨帖的桌布——这让母亲失望至极。高中时，放学后我都要待在画室，画上几个小时，直到透过天窗照射进来的阳光变得微弱，美术老师温柔地把手放在我的肩膀上，告诉我该回家了。颜料的气味与我身上 Anais Anais 香水的味道糅杂，我的每一本教科书的边缘都布满涂鸦和绘画。一到周末，我就躲过母亲没完没了的反对，逃到家里的地下室，在那里立起画架画画，直到手指僵硬，光线消失，调色板上的颜料蒙上了一层难以辨别的漆黑，我才停下来。

但婚后我再没有碰过画笔。如今，我每日带领旅游团参观斯特布勒美术博物馆的画廊，向他们指出印象派异样迷人的模糊画法、浪漫派奔放的清晰画法以及抽象表现派无章的色彩运用。我们穿过一个又一个展厅，我向他们介绍绘画的发展史，接连不断的绘画运动如江河汇聚，以同样的媒介、工具展现出完全不同的面貌、含义和情感。不论讲解了多少次，有一件事始终让我觉得不可思议：在莫奈创造出了独有的柔和田园风之后将近一百年，杰克逊·波洛克的壁画才掀起热潮。

我很满足。

塔尼斯通常带领大孩子组成的团队；她有四个十几岁的孩子，和孩子相处很有一套。但那天她没上班，其他的讲解员都有了预约，展会专员就问我是否可以接手孩子团队。我犹豫了一会儿，毕竟正值青春期的孩子们看起来很吓人：个性乖张、活泼好动，做事难以理解，且态度顽劣。但我还是一口答应了。反正他们的老师会跟随，而且她还要求走我最喜欢的一条讲解路线，介绍画家及其影响力。

我们在大堂会合。我问了孩子们的名字和他们最喜欢的画家。不出所料，他们表现得就好像我要从他们口中撬出国家机密一样。他们的老师派因小姐很年轻，身材苗条，及肩的长发松散地披着，不卷，有点打结，就好像她一直用手指盘绕头发似的。我和几乎所有我认识的女性都穿着紧身裙，系着优雅的丝巾，全身的色彩搭配恰到好处，既合乎礼仪，又不失风采。而派因小姐裹着一层层紫红色布料，看起来不像裙子，倒像是用别针把各种手帕别在了一起。她一定戴了手镯或铃铛，因为她一走动，身上就叮当作响。又或许她在层层叠叠的衣服下藏了几只过季的驯鹿？

"你教书多少年了？"我挑起话题。我们正去往参观的第一站，孩子们跟在身后，脚下的地板发出轻微的嘎吱声。

"差不多十年了。"派因小姐微微一笑。我一定是做了一个恐怖的鬼脸，因为她笑了，而听到她沙哑的笑声，我也笑了。"他们还算乖吧？"

我们走上通往二楼的宽阔大理石阶梯，我回头看了看三三两两、走得歪歪扭扭的孩子们，也笑了。"还不错。"男孩子们像弹球一样相互挤撞；几个女孩并肩走着，头挨在一起，流露出青春期孩子间独有的亲热；其他几位徘徊在楼梯边上，观摩墙壁上展示的画作或者楼梯平台上的雕塑。

"我时时想起我自己的经历。上高中时我和同学们的关系很一般。基本上，四年时间我都寡言少语，来去匆匆，尽量保持低调。"

派因小姐摆了摆手，铃铛再次响起。"大家都一样。我向你保证，当我们的身份不再是学生后，这类事情会容易处理得多，而且你要尽量让他们的学生生涯比你的多一些快乐。"

"孩子们，先等一下。"我说，我们已经到了文艺复兴展厅。我转身面向他们，拍起手来，可马上我就后悔了。我不是一个充满激情、热衷鼓掌、会使用水滴娃娃①文具的人。"你们对文艺复兴时期的艺术了解多少，说说看？"

孩子们方才走路时还热情地叽叽喳喳，这一刻却霎时鸦雀无声。小学生看起来想发言的欲望很强烈，举手时整副小身躯都扭动着，像牵线木偶似的。但眼前这些高中生散发出青春期懒洋洋的自在感，但这并未能掩饰他们眼角的抽动，他们的手指迫不及待地想要在画板上握笔作画。我曾想当然地以为，文艺复兴时期的画作因画上温柔纤弱的裸体人物、白皙的肌肤、巧妙布局的双手和叶子会吸引住他们，但他们看起来兴致寥寥。

"快点啊，孩子们。"我说，"我带你们出校一日游，你们至少得回答我的问题吧。"

派因小姐和几个孩子忍俊不禁。伊丽莎举起手来，她绑着长长的棕色发辫，穿着一件印有蒙克画作《尖叫》的 T 恤，但图案已然褪色。她让我隐约想起这个年纪的自己。她的额头上有几颗痘痘，卷发从发辫中散了出来，身材敦实。她的指尖夹着一支画笔，也许是准备在灵感突至时进行创作，这让我很想给她一个拥抱。

"大救星！"我说，"好姑娘，请讲。"

同学们转头看着她，伊丽莎脸红了，但发言时，她的声音响亮清晰，

---

① 世界上最受欢迎的陶瓷收藏系列之一，可用作勉励人心及表达爱意、友情和关怀。——译注

充满自信。或者她至少表现出了一个少女应有的自信，音调抑扬顿挫，最后她提出了一个问题："他们（文艺复兴时期的画家们）真的对古典艺术和古希腊文化感兴趣？"

"是的，还有古罗马文化！"我答道。居然有同学肯说话了，我高兴坏了，可能我的嗓门大了一点，弄得一个叫拉姆的男孩往后退了一步。他一头拢起的黑发，看上去像是在风洞中被风吹成这样的。我清了清喉咙，试着换了一种不那么热情的声音，一种我平日里说话的声音，而在我的日常中，我把所有时间都花在谈些对我无关紧要的事上。"希腊罗马文化深深地吸引着画家们，这种影响随处可见。就拿这幅画说吧。"我说着指向一幅意大利画家的画作，"你们看到盘绕在背景建筑顶端的雕塑了吗？"

孩子们纷纷探身，我忍住笑意。看来他们还是有兴趣的，关键是要打破他们外表的冷酷，挖掘出他们真实的内心。

拉姆说道："看起来就像帕特农神庙上的浮雕。"

"是的。"我说，"这并非巧合。画家们想要复兴艺术，于是尝试寻找艺术成就的巅峰，并在古典艺术中找到了。"

"所以画家们抄袭了？"一个瘦小的女孩问道。我想不起来她的名字。她做自我介绍的时候，我没注意听，只想着她如此纤弱矮小，就像被她本人遗落的影子。

"这不是抄袭。"一个名叫亨特的男孩说道，他的话里满是轻蔑。"这是灵感。"影子女孩张圆了嘴，缩成一团，我恨不得过去解围。亨特有种某些少年具有的浑然天成的帅气，精致的五官异常秀气，我看得出来其他孩子都围着他转，以他为社交中心，如众星拱月般。

幸好派因小姐在我回应之前插话了。"亨特，端正你的态度。"她语气温和地说。我看到其他孩子又动了动，亨特有点受打击。影子女孩长睫毛下的双眸眨巴着，其他孩子看起来好像松了一口气。我心里暗赞派因小姐。"这是一个公平的道德问题，毕竟你们都听过反对剽窃的说教。"

"但这并不是我们今天的主题，对不对？今天的主题是：画家从哪里获得灵感，如何形成他们的技巧和风格。"我说。

"从彼此身上。"伊丽莎说着，朝我挥了挥她的画笔。

"正是如此。"我说，"不如我们到新古典主义展厅，去看看其他画作吧。"

到了新古典主义展厅，我们的讨论更热烈了。可能因为我提到了古罗马竞技场的大通道，孩子们被带动着展开了关于古罗马的讨论。事实证明，每个人心中都藏着一个小淘气，当裸体失去吸引力时，低俗幽默总会粉墨登场。

孩子们厌倦了自己口中连篇的低俗笑话（其实相当让人印象深刻），我就让他们到展厅里溜达几分钟。一些孩子在尽情地画着素描，我注视着他们，自己的手指也蠢蠢欲动。萦绕在孩子们身上不自然的紧张感消失了，这些内心热情洋溢的小学生挣脱了桎梏。很久之前的我也是这种状态，既不能控制双手一动不动，也抑制不住创作的迫切之心。

我倚着墙，派因小姐站到我身边。"无论如何，"她说，好像从未被打断一样继续之前的话题，"教学真是继续追求艺术生涯的最好方法了。如果我鼓励孩子们创作，而自己却不去创作，我会觉得自己和骗子没两样。你呢？你是画家吗？"

"噢，不是。我是说，我上学时学过画画，但是，我的意思是，那不代表我是画家。"我赶忙解释，以免她误会。

"真的吗？"她挑起一侧淡眉，"但你讲解得充满激情。我以为……"

每次谈到艺术，我的内心总会翻涌起一股渴望。我摇摇头，努力压下那股渴望，"我曾梦想成为画家，但我……长大后大概已经失去了那种天赋。"

真相很难解释清楚，尤其是对派因小姐这种心胸广阔、温暖热情的人，她的这些特质可以从孩子们身上看出，可以从他们羞涩的眼神中看出，甚至可以从她身上叮当作响的首饰中听出。事实上，这是我所做的交易。我知道菲利普娶我，部分原因在于他毫无品位而我精通艺术，但他也仅允许我在某些最实际的场合接触艺术，最好是让他颜面增光的场合。为了装饰他的办公室或者公寓，我会去找画商，讨价还价买下几幅画，买画的标准更多是基于画的尺寸，以及画作能否让观者惊艳或感到威慑，而不是取决于其艺术价值。我虽能在这里带旅游团、当志愿者，但我不能自行创作艺术。

"艺术天赋不是过了青春期就会消失的，它不像是成年之后就不再喜欢青少年偶像那样。"

一阵虚假的恐惧袭上我的心头。"别拿这个开玩笑。你的任务不就是守护青少年的理想吗？"

"倒是没有明文规定，但我认为我应该这么做。你看，假如我是你的老师，你就不会放弃绘画了。"

"啊，那还有谁从事这份'光鲜'的工作，给青少年们介绍伦勃朗的光荣事迹呢？"我问道。

"肯定有人填补你的空缺。我并不是在嘲笑你的工作。你是志愿者，对吗？"

"对。"我肯定道。虽然我并不确定，志愿者这个头衔是否真的使我所做的事情显得高尚。这笔交易可以这么说，我参加义务劳动，继而假装自己很无私，就不用在芝加哥妇女俱乐部里百无聊赖，也不用去菲利普坚持要我陪同的闲得发慌的商务场合。

做讲解员也让我感觉不自在，它就像其他任何义务一样牢牢困住我。我给旅行团讲解，解说过画家的技巧，绘画的明暗对比法、比例法，解说过笔法特征、龟裂纹，这时我内心充盈着学者的自信。但我从不曾谈论过艺术带给我的感受，从不曾谈论过第一次看见一幅画、第一次真正地欣赏一幅画，是一件多么美妙的事。当我睁开眼睛看着一幅画，似乎世间一切都沧海桑田，不复旧貌。色彩更生动，物体的线条和棱角更锋锐，我爱上了这个世界以及它的美丽——匆匆行人脸上的爱恨情仇，湿润的人行道折射的阳光，或暴风雨前随风翻飞的苍白叶子。我想要为覆巢下破碎的蛋壳哭泣，为它锯齿状的边缘哭泣，为里面可以自由飞翔的雏鸟哭泣。

我们结束行程时，派因小姐解散了学生，让他们去他们想去的展厅画画。她严肃地告诉他们，不能去礼品店或者咖啡店。有几个孩子踱步回到了文艺复兴展厅（我猜想维纳斯裸露的胸脯还是太令人难以忘怀）；还有几个孩子驻足在印象派画作前，欣赏其活力之美。

"对了。"派因小姐走过来，从包里抽出一张明信片塞给我，明信片的轻薄边角微微卷曲，"如果你改变主意，想要和自己内心的小孩交流，我这个周末在巴克镇的一个新艺术工作室教画画，课程今晚开始。你来吧。"

我瞪着那张明信片，好像它开启了一扇通往纳尼亚魔法王国的大门，我的脑海中浮现出这样一幅画面：一个明亮的艺术工作室，空气中弥漫着油画和颜料的味道，画笔的重量压在我拇指下方的弧弯上。这一幕既新鲜又熟悉。

"你人真好。"我退缩回自己的盔甲里，声音平缓、不带一丝感情地赞道，"但我另有安排。"菲利普要求我那天晚上陪他出席一个晚宴，翌日我要出发去看望母亲。这两件事我都不想做，我宁愿在绘画班里待上整个周末。但在生活中，我的义务太过重大，我自己的意愿则显得无足轻重。

她耸了耸肩。"那就下次约，这有我的手机号码。"她指着卡片的底部，我看到她的指腹有一处干涸的颜料，这一处熟悉的印迹让我有些恍惚：这是她的手，还是十年前我的手？"放轻松，玩得开心。"

"谢谢你。"我说道，自知不会再联系她了。我知道我最好压制住那一部分自我，但令我惊讶的是，那些经历清晰、真实，似乎发生在昨天而非多年以前。

派因小姐和学生离开后，我在休息室吃了几块饼干。我快速地把饼干塞进嘴里，还刮疼了我的舌头。然后我收拾好东西回家。有时我会走远路，只为穿过一排画廊，那里时常展示些极其不敬却又令人兴奋的画作。但今天我要去和菲利普会合，他急切地想要和一个叫泰迪·斯托克顿的开发商达成交易。这意味着，我整晚都要客套地应承泰迪的妻子迪皮和其他女眷。

到家后，我在前门停下。最近我发现自己每晚都有一种奇怪阴暗的腹黑心理，我盼着丈夫不要回家。

我并不是想让他遭遇什么不测，我只是希望他能离我远点。他可以消失在虫洞，或者一圈立石中；或者某一天他认为过腻了这种生活，要独自搬到加勒比海岛上。我会诚挚地祝愿他过得好。我会满心祝福地帮他打包物品，给他送过去，还附赠一支防晒霜。整个过程会干净利落、心平气和、没人会被责怪。

我并不想探究这些想法背后的深意。长久以来，我把所有的不愉快都往肚子里咽，以至于我根本没发现，反复出现的关于丈夫消失的幻想也许是一个极其糟糕的暗示。

然而，当然没有什么魔石圈，也没有加勒比海群岛，因为我一开门，就看见他站在厨房翻阅着信件。他看起来一如往常，就像在为拍摄杂志目录照片摆姿势一样。

菲利普比我年纪大，快迈入不惑之年了，但他是那种越年长越好看的男人，少几分俊俏，多几分硬气，像电影明星或者新闻播报员。我对整容毫无兴趣，因此我想我们之间个人魅力的差距会越来越大，直到我满头银发，尽显疲态的脸上布满皱纹，看上去像一个会被他慷慨地护送去慈善机构的老姑婆。

"你回来晚了。"他开口道，我正放下钱夹去取衣橱里的毛衣。落地窗让人坐在舒适的沙发上也可以欣赏到无垠的密歇根湖的景色。我敢百分之百肯定，这也是屋里总是如此寒冷的罪魁祸首。我一回到家，哪怕是夏季，也得立即披上毛衣。我一直穿着袜子配拖鞋。每当从浴室走出来，我总以最快速度去拿毛巾和浴袍，不然我皮肤上的水会结成冰珠子。

"对不起。"我敷衍道，从他身旁进了卧室。我们没有互相亲吻打招呼或者吻别，以后也不会有。我们从来就不是感情特别外露的伴侣，菲利普太在意别人的眼光，而我即使在婚后，也太害怕被拒绝，但如今即使在出门前，他都不会亲吻我的额头。我们被迫向世人展示的冷漠面具，已经覆盖了我们的私人生活，把我们变成鸡尾酒派对上的一对陌生人，知道以前彼此邂逅过，却只在室内遥遥投以相对的视线。我是不是见过你……我们是不是曾经……

菲利普收齐信件，堆成一沓，往厨房台面上敲了敲。厨房台面是一块光滑漆黑的大理石，惹人恼火的是，有污渍时根本找不出来。"快点，换上你穿去图书馆筹款活动的那条黑裙。你今天看起来好像吃多了。"

我低头审视这条穿去博物馆的灰色连衣裙，试图找出一块暴露我秘密的饼干碎屑。我或许是吃多了一点，但我不可能一个下午就长胖很多。话说回来，菲利普总是能发现我吃了不该吃的东西。他就像一只衣冠楚楚的猎犬，即使我最终学会了在回家前检查衬衫有没有沾上糖粉，但如果我吃了胡萝卜条以外的东西，每一次他都能戳穿真相。

"好吧。"我说着走进卧室去更换黑色连衣裙。和他争吵不值得，毕竟他让我吃什么我就吃什么，他想我穿什么我就穿什么，他觉得我应该做什么我就做什么，这样相处来得更加容易。在这方面，他有点像我的母亲。但若是他们之间挑起竞争，菲利普永远赢不了。他习惯我行我素、随心所欲，而母亲总能用开胃菜和满腔的善意软化你。

我换上指定的连衣裙，穿上一双硌着我脚趾的高跟鞋。我的胃部胀闷，隐隐作痛，但盥洗室里的止酸药（胃药）没有了。我翻找了几个晚礼包和床头柜，终于在衣橱里找到了一些，我把药片扔进嘴里，在裙边上擦了擦手，随即回到了客厅。

"我准备好出发了。"我告诉他，把毛衣挂回衣橱。

菲利普一直不耐烦地转换着电视频道，这时转过头来盯着我。"你裙子上有什么？"

我低头，看见方才蹭在裙子下摆的白色手指印。"你懂的，我刚在调查犯罪现场。"

他没有笑，而是叹了口气，揉了揉眼睛。"去擦干净，玛德琳。我们快迟到了。"

"我也不想错失和迪皮见面的时间，哪怕只有一会儿。"我说道，然后走进厨房，打湿毛巾的一角，蘸蘸被蹭脏的地方，直到印迹消失。我把湿毛巾甩在台面上，大大地叹了一口气，这是我最佳的消极进攻策略，好让菲利普知道我并不想去这次晚宴。我不想假装自己对房地产投资开发感兴趣，也不想和女眷们虚与委蛇。我讨厌我们总是只能游走在这个团体的边缘。也许在那个晚上，这种感觉更为强烈，因为我知道我本可以和派因小姐在一起。我本可以画画，还可能吃到一块牛肉三明治——这个绝对不能出现在我的餐单上，但它绝对很美味。菲利普的嗅觉，去他的。

但是我们去了"十二点"，这家店售卖时髦的鸡尾酒，呈上的巨大餐碟里精心摆放着迷你食物，服务员过于贴心，我感觉我必须保护性地把手臂环绕在少得可怜的晚餐上，以防在我停下来喘口气的瞬间，他们就把餐盘收走了。

"玛德琳，你好！"迪皮粗声粗气地和我打招呼。我们几天前在女士俱乐部见过面，还算不上是朋友，但光看她的表现，你可能会以为我们刚战后重聚。

"你好，迪皮。"我说，她在我两边脸颊印下冰凉、芳香的吻。她正是你脑中所能想象出的迪皮·斯托克顿的模样，脸上有着令人吃惊的去皱整容手术的痕迹，手指上戴着一排各式戒指，比一排黄铜指环更吓人。

"我还以为会在今天的历史学会理事会上遇见你。"她怪声怪气地嗔骂道。

"噢，每周五我会去给孤儿们朗诵。"我严肃地说。

"多好啊！你总是那么关心社区。"迪皮拍了拍我的手，我的头歪向了她。她是有多与现实脱轨？生活可不是《安妮》荧幕下的版本，你不能突然出现在一所孤儿院里诱导毫不知情的孩子们去听故事。但迪皮还在畅快地天马行空。"你错过了最精彩的一场辩论。"她扭过头来，绘声绘色地和我讲起为年会选主题的痛苦经历。

不论迪皮说什么，我都点头。我注视着菲利普，他周旋在各张桌子间谈笑风生。他微笑时，神采灿烂夺目，这让我想起初次相遇时他有多迷人，他的注意力都投放在我身上有多么难能可贵，这些使我蜕变成另一个人，这种蜕变最终可能让我的内在变得美好而独特。

随着时间推移，他对我越来越少温情，他的魅力都集中在那些他还可以利用的、他没有宣誓共度一生的人身上。如今我明白了，他的魅力是一种表演，随他的意愿可以收放自如。但我还能想起沐浴在他如阳光般微笑中的温暖感觉，而这只会让远离那种微笑的日子更为寒冷。

遇到菲利普之前，我一直都在耐心等待结婚的良机，我假设到那时，自己的人生才真正开始。当与我同窗的女孩们都找到了完美的丈夫，有了完美的宝宝时，我还周旋在母亲为我安排的相亲中，对象是她认识的乡村俱乐部那些女人的子孙们。我充其量只和他们约会了几次（坦白说，他们几乎无法让我的注意力驻足超过几分钟）。我独自一人居住，在马格诺利亚中学的校友部工作，那是我的母校。我的工作是尽量把筹款呼吁写得得体又煽情，协助组织我都不想去的没完没了的游行活动。我作画、看书，时光打马而过，我恍然抬头，自己已到而立之年，仍是孑然一身。

菲利普看上了我，这让我如释重负。终于我不再是班级聚会中唯一的剩女了，终于母亲不用为我操心了，终于我有证据证明有人觉得我容颜标致，觉得我足够优秀，觉得我值得与之相濡以沫。我戴上订婚戒指，像戴上一个魔符，将所有人的、还有很大一部分我自己的怀疑和同情都拒之门外。

母亲当然为菲利普的家世欣喜不已。他旁系或者直系的祖上在房地产行业捞了一笔横财，现在家里的男人们继续负责赚钱，女人们负责花钱。出于种种原因，我觉得这种安排令人沮丧。婚后我才发现事情并不是那么顺利，菲利普的父亲去世后，整个家族的房地产投资生意陷入了危机，威胁到了各系远亲和叔伯兄弟的生计。后来只能通过不少让人咬牙切齿的艰难交易和一些颇具耐心的投资商（其中包括我父亲）才力挽狂澜，扭转了整个局面。所有人才能装作若无其事，乐呵呵地继续像往日一样逛街。

我有没有问过他，为什么一直未婚？当然问过。我将近三十，单身，所以基本上我已不再处于一个女人的花期了。菲利普三十五岁，对于男人来说这不算问题，但年纪还是偏大，有一部分人还是会在意。他告诉我他曾经订过婚，但她伤透了他的心，他终未能走出这段恋情。直到遇见了我，我猜。

我知道他为什么娶我。因为我太急于取悦他，因为他可以占据主导地位，而我从不会拒绝他让我穿的衣服、让我吃的东西和如何打发时间的建议。还因为他的家族生意岌岌可危，而如果他能和我变得足够亲密，我的父亲可能会投资他的生意，还有什么比娶一个男人仍待字闺中的老处女女儿更亲密的呢？

我心知肚明。我早该预见这场婚礼。我早就厌倦了礼拜日在父母家的晚餐；厌倦了一切社交活动，那种场合下只有我是嫁不出的大龄剩女；厌倦了毕业以来我就一直从事的工作；厌倦了无休止循环往复的学年。我以为婚姻可以改变某些事情，可以让我变得特别点儿。我以为婚姻至少说明我并没有做错什么，我不丑，也不残疾。

所以，我抛却了我的不安，嫁给了他。我结婚了，举办了母亲曾不抱希望我此生能拥有的婚礼，搬去芝加哥和他住在一起。我告诉自己婚姻是一个标志，标志着自己比人们一直看到的那个我更为强大。虽然它还标志着我也许并不如母亲希望的那般美丽，我并不如身边所有人一般长袖善舞，但至少标志着某人把我看得很重要。

在相当长的一段时间里，我们沉浸在这份满足中，以致让菲利普和我坚信，我们处于一个至少形似爱情的阶段。但如今这种状态已不复存在，也称不上满足了。

迪皮和其他女眷在我周围滔滔不绝地讨论着，我发现自己无法聚精会神地聆听。我曾在这种谈话中煎熬过多少个夜晚，都可以通过其他事情分散心思。而此刻我坐立不安，在椅子上动来动去，不停地拉扯着裙子。看见派因小姐和孩子们，让我想起昔日的自己。我坐在一张时髦得咄咄逼人的椅子上扭来扭去，脑子里不断回想着我做过的每一个细微决定，就是这些决定让我渐行渐远，让派因小姐那么遥不可及。

围着我耗竭一空的感情打转，我越来越生气，越来越后悔。我多希望此刻我在绘画班里，希望此刻我穿着一件能让我自由呼吸的衣服，希望我是身处他地的另一个人。当先生们把椅子推回桌下，我唰地一下快速从椅子上站起，差点撞到迪皮削尖的下巴，她正倾身聆听一位女眷在说话。菲利普还在店里流连，我已步履如飞地走到了门口，焦急地坐进一辆即将开动的轿车。

菲利普的个人魅力奏效了。因为车子驶远后，他捶着车厢顶，激动地大叫。很明显，泰迪同意了那笔交易。我合上眼，感受座下的车轮滚动着，假装自己正在一列火车上，正驶向远方，驶向我心仪的地方。

但我们只是回家。在门厅处，菲利普走到我身后，亲吻着我的后颈。他的手臂在我的腰部摩挲，双手覆在我吃了曲奇而微隆的腹部。我打了个冷战，抽身出来。

"玛德琳，拜托。我刚赚了一大笔钱，我们庆祝一下。"

"我没有兴致。"

"你的字典里就没有兴致两个字。"他郁闷道。我心里盛着内疚，脸上热腾腾的。初次见面时，我发现菲利普确实英俊得要命。但看久了，他的容貌似乎变得严肃无瑕，和一尊大理石雕像别无两样。他的欲望与兽性相仿，不带一丝人情味，和我的品性相差甚远。他会在夜里叫醒我，翻身压上来，我丝毫没有性欲，只感受到被侵犯的愤怒。因为他的欲望是被别人挑逗起来的，在黑暗之中，我可以充当任何一个人。

"如果你一直没有兴致，我们怎么可能会有小孩呢？"

菲利普开始在厨房踱来踱去，把橱柜的门开了又关。他重重地喘息着，将一个厚底不倒翁砸在台面上，弄得嘎嘎作响。随后他给自己倒了一杯酒。

我还站在门厅处，那里通风良好，感觉很冷。我探入衣橱去拿我的毛衣，将自己裹入那舒适的温暖中。我在其中嗅得到自己的味道——香水味，混杂着菲利普晚上外出时我偷吃的冰激凌味道，还有我最近感冒吃的奈奎尔。

"你还没准备好要孩子。"我说。孩子很麻烦，很不方便，菲利普讨厌这两类性质的事物。而且一旦你有了孩子，你就不再是这个家最重要的人了。菲利普确实很反感这一点。

"这是下一步，这是你要做的。你结婚，你就要生孩子。我们认识的人都有孩子了。我们是唯一没有孩子的夫妇。"他焦虑地呷了一口酒。菲利普总是那么在意别人在做什么，那么担心落于人后。

"这就是你娶我的理由？因为生孩子是下一步？"我问。我的脚好痛，我挣脱鞋子，在冰冷的大理石地板上舒展我的脚趾，想要放松一下。

"是的，你不明白，这是时间问题。我们俩年纪都不小了，我们俩的家庭也都希望我们有孩子。"

"你说得对。"我转身走进卧室。房间很黑，但透过窗户，我能看见蔓延至远方的城市灯光和波澜不兴的漆黑湖面。菲利普紧随着走进卧室，按了电灯开关，旋即我能看见的只有我们在玻璃窗上的投影：我裹在毛衣里，好像正迎着风暴，而他站在我的身后，身着一件昂贵的西服，面无表情，浑身散发着不耐烦。

"你想我说什么？这是你的问题，玛德琳。没有什么对你来说是足够好的，你从来都是一副不开心的模样。"

"不，"我看着我们在窗户上的投影，好像正观赏着一出戏剧，"我只是现在不开心。"

"你甚至不知道自己有多幸运。"他转向我，拉长脸，倚着墙，一口气灌下了杯子里的酒。

幸运？我想起从我指缝间溜走的这些时日，转瞬即逝的空虚光阴。

过着一种我选择的却偏不是我追求的生活，我一点都不幸运。我握紧拳，感觉到自己在颤抖。那么多年来，我一直在压抑着自己的怒气、失望和愤懑，现在看来没有这样的必要了。

"我哪里算得上幸运了，菲利普？哪里算得上？难道说我永远无法做自己想做的事很幸运？难道说我生日那天才吃了一个杯子蛋糕就被你说胖很幸运？难道说我住在这个常年冷得要命的破地方很幸运？这就算幸运是吗？"

我知道我把话挑开是在冒险。但怀着一腔深沉迫切的炽热，我豁出去了。我想要选择自己的衣服，决定自己要干什么。我想要有一份工作，有自己的存款，我想要画画，我想要一间不像博物馆的房子，我很想知道我是怎么住进这间房子的，在这里我无所不有，却又一无所有。没有什么对我来说是有意义的。

菲利普嗤笑了一声，转过身去，又倒了一杯酒。"大多数能过上这种生活的女人都为之狂喜。昂贵的晚餐，精致的衣服，装修考究的房子，事业有成的丈夫。"

"如果我在乎这些东西的话，菲利普，我也会欣喜若狂的。但我不在乎，我不在乎那些高级餐厅、衣服或室内装潢，我也不在乎……"我吞下后面的话，急促地吸气。我不知道此时此刻我都说了些什么，那些话自然而然地冒了出来，我心里充满无助和愚蠢的怒气，在我难以控制地泣不成声前它就爆发了，我甚至来不及慎重理性地表达出来。

"那为什么你还在这里呢？"菲利普冷漠无情地问，他的眼睛闪烁着，"玛德琳，也许我们都不该为此烦恼，也许我们就应该离婚。"

第二章
Chapter 02

玛 吉
Maggie

1919 年

我的外婆玛格丽特·皮尔斯（玛吉）是一个典型的空想家，刚到会写作的年龄，她就开始记录自己的幻想了。有些是探险小说，多数是爱情故事。她幻想着以后可能远走高飞，经历一段轰轰烈烈的爱情，未来一片坦途，并过上梦想中的生活。她把这些都一一记录下来。

外婆以为初次社交亮相会开启她的人生，同样地，我以为婚后我会开始崭新的生活。她相信没到亮相的那一刻，她的人生仍是一朵羞涩的蓓蕾，静待成人礼之时含苞绽放，继而带着精心呵护的骨子里固有的狂野，迎来她梦想中的一切：爱情、美貌、历险和艺术。

当然，事情并不是这样发展的。事实上，假如外婆和我能多加考虑，早就能发现，初次的社交舞会和婚礼都是自由的反义词：我们的未来覆上了一层温文尔雅的水泥外衣，凝固成我们自小生长的家庭和社会的模样。但在当时，舞会、婚礼看起来都是让人大放异彩的好机会，我们又怎会拒绝呢?

那是一个寒风呼啸的冰冷冬日,玛吉在华盛顿首次亮相于社交舞会。天气太过寒冷,云朵都不见了踪影,朗朗夜空中,几颗星衬着黑幕熠熠发光。一周前,玛吉刚结束了大学的第一个学期回到家里。在课堂上度过的几个月的记忆变得模糊不清,她一直憧憬着她在酒店阶梯上款款而下,向众人行隆重的屈膝礼的那一刻。一切都从此改变,命运的转盘开始转动起来。

玛吉难抑激动,所以没什么食欲。她突出的锁骨很漂亮,颧骨很高,脸蛋粉扑扑的。她读书、做针线活,尝遍了一切方法打发这几个小时,但就是没办法老老实实地坐着。她反复地踱步到窗前,看人行道上的路人步履匆匆,低着头抵挡凛风。这种天气让每个人都急急忙忙地想赶回室内,因此整个场景看起来就像加速快进了似的。汽车在街头疾速飞奔,转角处的电车嗡鸣着驰骋而过。但当她离开窗户、看向时钟时,时间又仿若停滞了一样。

终于到了五点钟,她冲上楼,跑进房间。她已经脱下白天穿的裙子,换上了紧身胸衣和衬裙。这时女仆内莉进来了。

礼服带着花香从她的头顶落下,丝绸摩擦发出窸窸窣窣的声音。内莉在挂裙子时往里放了一些玫瑰花瓣,玛吉将手一伸进袖子,几片花瓣就翩然掉落。这件礼服用色泽最淡的米色丝绸制成,领口处开成大V。礼服的袖子很短,并不适合这个时节。玛吉有一双长长的白色手套,戴上肯定会让她手心冒汗。但这条裙子最迷人之处在于那些精致的粉色丝绸玫瑰,它们穿过胸衣,一直拖曳到裙摆处,淡粉色的花骨朵儿还映衬着片片绿叶。在玛吉看来，这条裙子就像生机勃勃的花园。

　　高中和大学时代的其他女孩都有追求者，甚至有情人，玛吉从未想象过这种事情会发生在她身上。她的父母会一次又一次地阻止这种追求，何况她周围还有像伊丽莎白·塔布、露辛达·斯宾塞这样精致的小女人，她们有着影星玛丽·碧克馥一样娇俏迷人的笑容，还如同影星格洛丽亚·斯旺森一般顾盼生辉的眼眸，谁还会留意她呢？但那天晚上，听着丝绸摩擦衬裙的沙沙声，她翩跹走下楼梯；尽管担负着一顶头饰的陌生重量，她依然高高地昂起头。她觉得自己可能终于等来了一次值得被凝视的机会。就是今晚，她心想。她的人生就要在今晚开启。

　　初次出席社交舞会的人在酒店的接待室候着。玛吉环视周围，惊讶地发现其中有些人的裙子风格很现代化，甚至很随意，缕缕织物松散地从她们身上垂落，看起来体格健实，颇具风范，却又略显男孩子气。女装裁缝给了玛吉一件类似的礼服。"这是最新的款式。"女裁缝说道，给玛吉展示一件薄缎长裙，蕾丝覆盖着裙裾，整条裙子宽松飘逸。

　　玛吉的母亲已经惊呆了。"那你没办法在里面穿上紧身胸衣了！"

　　玛吉并不在意穿不穿得了紧身胸衣，她更喜欢自由呼吸的感觉。但她很在意这条裙子细微的修改之处，看起来比她想象中的礼服要平庸不少。假如某位女士穿上那位恳切的设计师递过来的裙子后，显得时髦前卫，那这款裙子也适合她。那类型的女士们不像她，有着宽阔的肩膀、丰满的胸脯和粗壮的小腿。

　　但很多女孩显然都十分勇敢，乐意去尝新。安妮·杜兰尼和埃尔茜·米尔斯是最早剪时髦短发的女孩，这让她们的母亲大为恼火，大家也都很惊讶。她们当然也换上了那种长裙，看起来惊艳绝伦，把身姿勾勒得纤秾有度，高挑挺拔。她们懒洋洋地躺在一组褪色的沙发上，仿佛一想到今晚的舞会就会让她们疲惫不堪似的。有两位裙子更短的女孩聚在一扇敞开的窗户边抽烟（玛吉肯定她们共用的杯子里装的不是柠檬汁），还有一群女孩站在房间的另一头，身着传统礼服，一边偷觑壁炉上方的镜子，欣赏着自己的剪影，一边假装正在谈话。

玛吉心里涌上莫名的绝望，她想找个熟人坐在一起。她看见了格蕾丝·斯科特和埃米莉·海瑞森，这两个女孩曾是她的同窗旧友，直到九年级玛吉去了阿博特学院，她们去了波特女子学院后才分开。她们穿的礼服很正式，款式很老气。玛吉松了一口气，走过去和她们一起坐在沙发上。其他女孩看上去总是比她光彩夺目，比她时尚，比她会搭配。与那些女孩比较时，她总能感受到那股熟悉的轻微战栗，但现在坐在沙发上，这种战栗消失了。

"她们是谁？"玛吉压低声音问道，她身体往前倾，头点了点抽烟的两个女孩。

"南方来的。"埃米莉·海瑞森回道，傲慢的语气里带着强烈的轻蔑。因为她的父母是从亚特兰大来到华盛顿的，她的母亲口音浓重到简直可以抹在吐司上了。"但那些女孩，"她点头示意壁炉旁的那一群女孩，"是欧洲贵族，你相信吗？不过是落魄的贵族。有谣言说因为她们的父母破产了，她们为了物色好丈夫，才来这儿左右逢迎的。"

"别太八卦，埃米莉。"格蕾丝嗔骂道。格蕾丝总是过分好心，她是那种老师会安排去和新同学搭档的乖乖女，遇到一丁点失望就容易掉眼泪。"我坚信她们是相当友好的。"

"我没说她们不友好。我只是说她们破产了而已。"埃米莉·海瑞森说道。她抬起手来，审视着自己的指甲。"欧洲的人都破产了，这里的人看起来也是。我妈妈说在她那个年代，没有一个社交舞会会出现这么多初次亮相的人的。"

"她们很光鲜亮丽。"玛吉痴痴地看着那些欧洲人。她们背对着她，其中几个女孩身穿低背礼服，露出雪白的肌肤。玛吉心想，她们是公主吗？有两个女孩头上戴着王冠状的头饰，在炉火的映照下熠熠闪光。虽然玛吉也戴着一个，但她绝称不上是公主。她们看起来万分优雅，没有一丝瑕疵，举手之间的翩翩手势都像芭蕾舞动作，极具表现力。她们脖颈的线条、面部的骨相都如同用大理石雕刻出来一般。她们的脊背挺拔，肩膀绷紧，玛吉下意识地调整了一下自己懒散的姿态。即使她们不是公主，也是王室中人，而且她们还会和玛吉一同走下楼梯。

"你难道不激动吗？"玛吉问道。她按捺不住自己的兴奋。她想自己应该像安妮和埃尔茜一样兴致缺缺，懒散地躺在软塌塌的沙发上，但她做不到。她们即将度过的这个晚上就像一个亮铮铮的诺言，迸发出火花，充满了优雅的气息和刺激的神秘感。噢，安妮和埃尔茜都是老古董，就这么荒废这个晚上。但她打算和她的舞伴罗伯特·沃尔什跳舞，他是她的家族朋友里一个英俊得要命的家伙；即使她的父母不允许，她也要喝香槟，她要尽情享受今晚的每一刻。

"超级激动。"格蕾丝回道，她的眼睛和玛吉一样闪闪发亮。格蕾丝已经敲定要和西奥·哈洛韦结婚——他们两家很久以前就安排好了——即便如此，如果她的母亲不是华盛顿的社交场有头有脸的人物，她是不会来参加舞会的。"玛吉，我看见里面的舞厅了。太漂亮了！你的礼服太惊艳了。你看起来可爱极了。"

"谢谢。"玛吉故作矜持地道谢，可她心里已为这赞美飘飘然了。

她的父亲曾赞美她："小猫咪，你真漂亮。"但父亲都会赞美女儿的。她的母亲曾告诉她："你的头饰歪了。"然而等到玛吉摆正头饰后，母亲又说："内莉给你做的发型还不错。"这是玛吉听到过母亲说的最接近赞美的话了。她的母亲是一个行事谨慎的娇小女人。她辛辛苦苦地把玛吉带到这个世界上，但她从来不懂她这个爱天马行空、笨手笨脚的女儿。

"你也很漂亮。"玛吉对格蕾丝说。在正常情况下，这可能有点夸张——格蕾丝实在相貌平平，所幸她心地善良，家境也很富裕，但在那天晚上，这么说一点也不夸张。格蕾丝肤色偏黑，淡黄色的礼服映衬着她的肌肤，显得整个人神采奕奕。玛吉突然伤感起来，她怀念她们曾经拥有的少女时代，如今她们就要成长为真正的女人了。

"女士们。"格蕾丝的母亲斯科特夫人出现在门口。南方女孩们立即把手里的烟头甩出窗外，玛吉看见那装着绝非柠檬汁的杯子消失在她们的裙摆中。斯科特夫人嗅了嗅空气，不满地看着她们。"舞会很快开始了。"

玛吉的姓是皮尔斯，她注定排在队伍中间，紧跟在埃米莉·海瑞森·帕默的身后。但那晚，她希望跟随在罗伯森，或者最好在齐格勒身后，这样她才可以玩味自己内心的期待、胃部的痉挛和脸上升腾的热气。一开始她只能看见那条走廊和她前方初次亮相的女士们的队伍，但当埃米莉·海瑞森缓缓地步下阶梯时，玛吉的眼前一片开阔：头顶璀璨的吊灯、姑娘们礼服的淡淡光辉和上百颗钻石发出的细碎光芒交织在一起，整个大厅被照耀得流光溢彩。玛吉的胸脯上下起伏着，她不能呼吸、不能走动了。她手中紧紧地攥着这如水晶、如雪花的一刻，生怕它在空中破碎，飘转而逝。

她下定决心要把今晚铭刻于心，要珍惜今晚的每时每刻。但当她在阶梯上迈出一只穿着绸缎拖鞋的脚，眼前的一切都变得影影绰绰起来。她费心珍藏起所有回忆：鞋底下的毛绒地毯，覆盖住她小手的罗伯特的大手，当她婀娜多姿地行屈膝礼、翩翩起舞时膝盖周围飘动的裙裾。香槟的滋味还流连在她的舌尖，罗伯特守护在她的身边，他穿着一身白色礼服，笔直地站着。玛吉的父亲和她跳华尔兹，在她前额印下温柔一吻。满场初次亮相的女士在舞伴的陪同下，像花朵，像雪花，像世间一切美丽、明亮又迷人的事物，在偌大的舞厅旋转着。

舞会接近尾声，大厅的桌子都清空了。父亲们大多数都留在桌球室里抽烟，母亲们则在舞厅里觥筹交错，或交谈，或推心置腹，或端坐在桌前，聆听管弦奏乐，追忆在她们那个更为典雅的时代——没有那么多悲悲切切，小伙子们也没有陷入迷茫，姑娘们也不会难以履足、作风奇异又大胆——属于她们的初次社交亮相。埃米莉过来和玛吉、格蕾丝会面了。她们独自站在空荡荡的舞池边上，愉悦地慨叹着乐声。

"上楼去。"埃米莉·海瑞森说道，"楼上有派对。"

"这里就有派对呀。"玛吉困惑道。她惊讶地发现自己有点微醺了，更让她吃惊的是，她还挺享受这种醉意的。

埃米莉·海瑞森翻了个白眼。"不是这种派对，是真正的聚会。有个欧洲人在楼上有一个套房。你没发现所有人都走了吗？来吧。"玛吉环顾四周，发现舞厅里只有她们三位女士了，其余的女士和她们的舞伴都消失了。事实上，她们是整整二十年来，在这间房子里出现的最年轻的女士。

"噢，我不去。"格蕾丝拒绝了。

埃米莉·海瑞森不耐烦地嚷道："不去就不去，大牌的格蕾丝小姐。那你呢？"她转过身问玛吉，玛吉一惊，退后一步。一个真正的派对？她不知道这是什么意思，她确信自己没有参加过生性狂野的埃米莉·海瑞森口中那种真正的派对。但今晚太过美妙，她不想就此结束。她为什么不去呢？

"我必须告知我的父母。"玛吉说道，"他们很快离场了。"

玛吉看见她的母亲和安妮、格蕾丝的母亲坐在桌子前，她们的头挨得很近，看起来像在共用同一个碟子。玛吉走近了，她们才慢慢地分开，这次谈话像太妃糖似的粘住了她们。"你的头饰又歪了。"她的母亲提醒道，她穿着一件深蓝色丝绒礼服，衬得双眸像蓝宝石一样眩曜。

玛吉漫不经心地用手正了正头饰，却没有感觉到一丝倾斜。玛吉询问母亲是否允许她和几个女孩去埃米莉·海瑞森的府邸，并且今晚她很可能在那里过夜了。

这是玛吉有生以来说过的最大谎言。母亲眼神凌厉地盯着她，她一度以为谎言被戳穿了，直到母亲转移视线，看向了杜兰尼夫人和斯科特夫人——她们俩滔滔不绝地谈论着，一刻钟都停不下来。母亲挥退玛吉，叮嘱她千万不要糟蹋这件礼服，要让海瑞森家的女仆好好保管，走时记得到衣物寄存处捎上她向埃米莉·海瑞森母亲借的皮草。玛吉一一应允下来，母亲旋即将她打发走了。

让父母批准出门，向来都这么简单的吗？难怪安妮、埃尔茜、埃米莉·海瑞森她们都如此放纵。假如条件允许的话，从某人的眼皮子底下溜出去是一件多么容易的事情。

姑娘们都走了，留下格蕾丝独自在舞厅自我陶醉地翩翩起舞，像微风吹过时一朵山谷里的野百合。她们搭乘电梯到了顶楼，兴冲冲地穿过大厅来到一间套房里。房门开着一条缝，传出阵阵音乐声。埃米莉·海瑞森把手搭在门把上，忽然从里面传出一阵尖叫声和男性粗犷的笑声，玛吉稍稍后退了一下。在这里既听不见交响乐，也看不见舞厅的灯光，玛吉感觉自己稍微清醒了一些。她有点打退堂鼓，但埃米莉·海瑞森低声催促着她进去。

玛吉走进去，靠在门边，心里既害怕又着迷。有人给了她一杯香槟，她快速喝完，还没站直就感觉到了一阵愉快的眩晕感。

一个南方女孩坐在沙发上，一只手夹着一根烟，另一只手似乎端着一杯杜松子酒。她已经褪下了礼服上的蕾丝外衬——玛吉能看见那条蕾丝外衬胡乱地挂在隔壁的椅背上——只穿着一件绸缎内衣坐在那里，玛吉敢肯定她的内衣底下不着片缕。一位男士坐在她的对面，他们其中一人在抽烟，烟灰掉落在他们之间米黄色沙发的垫子上。

角落里的留声机播放着阿尔·乔森的歌曲，几个欧洲女孩正与她们换下领带和燕尾服的舞伴跳舞（玛吉惊讶地发现埃尔茜·米尔斯也在其中）。玛吉在交谊舞会里没有学过这种舞步——舞者的身体紧紧相贴，连插进去一只手的空间都没有。其中一位男士把烟灰抖落在那位女郎精美的礼服上，但没有人留意到，也没有人在乎。埃尔茜和她的舞伴双眼微阖，因为彼此之间的吸引力，又或是酒精作用，两人越靠越近，脖颈相抵，开始亲吻起来，起初吻的意味很温柔，渐渐地变得激烈。玛吉瞪大双眼——她从未目睹过别人接吻，更别说这样饥渴的拥吻——最后她满脸通红地转过身去，心里艳羡极了。

空气中烟雾弥漫，除了那些抽烟的人，还有一群男士在前厅的餐厅里打牌、抽雪茄。埃米莉·海瑞森不见了，玛吉立刻觉得扭捏起来，她身上发烫，束身胸衣紧紧地压迫着她的胃部。

她快速地走到套房内的一扇门旁，心想这个套房一定覆盖了一整层楼，她打开门，一对在床上忘情缠绵的男女立刻映入眼帘。玛吉猛地关上门，手捂上胸口。每周五晚她和格蕾丝观看、表演话剧或读书时，其他人都是在欢爱吗？难道她身边的人一直如此，而直到今天才有人向她发出派对邀请？抑或这只是一部分动荡的新世界，将他们包围其中，随时可能轰塌，吞噬他们所有人？

她不属于这里，玛吉心想。但她又能做什么呢？她现在不能走，她的母亲以为她在埃米莉·海瑞森家过夜，可她甚至都没有一张计程车的账单。

玛吉往外走了几步，试图远离昏暗的客厅。她发现自己站在一条铺满昂贵的米黄色和银色绸缎墙纸的走廊里。突然其中一扇门打开了，她的舞伴罗伯特·沃尔什走了出来，上身穿着笔挺的马甲，齿间叼着一根已经熄灭的雪茄。玛吉脸红了。她最糟糕的习惯是，只要身边有男孩子，或许现在该说男人——年龄相仿的，尤其是英俊帅气的男人——她都会脸红，罗伯特·沃尔什绝对符合这一点。听到从他身后传来马桶冲水的声音，玛吉的脸更热了。"嘿，你还好吗？"他问道。玛吉无法直视他，只得点头。

"你不太喜欢派对，是吧？"他问道，玛吉回以一副不知所措的表情。罗伯特欣然接受了这个答复，伸手将她揽入怀里，带她走出客厅。"走吧，我们出去呼吸点新鲜空气。"罗伯特带她径直走向大厅的最后一扇门，幸运的是，打开门后是一间宽敞无人的卧室。他领她走进去，把门关上，又走到一面长长的墙前，卷起窗帘，看到一对落地玻璃门。罗伯特推开玻璃门，玛吉心存感激地步出屋外。

屋外空气冰冰凉凉的，刺痛了她的肌肤。此刻玛吉倒希望自己从寄存处取走了那件皮草。走时母亲提醒了她去取皮草，可她却忘记了，母亲一定会生气的。她总是埋怨玛吉没有责任心，朝三暮四，做事又呆板。玛吉必须承认，大多数情况下她是这样的。她很容易陷入自己的思绪里，或者一本书、一个自己写的故事里。

玛吉心满意足地深吸了几口气，感觉自己的心跳平缓了下来，脸颊上的红晕也逐渐消退了。

"见鬼，外面真冷。"罗伯特温和地叹道。他脱下自己的外套，披在玛吉的肩膀上。玛吉往身上拢了拢那件外套，闻到了附着在衣物上的他的气息——清新的肥皂味，混杂着发蜡和燃尽的香烟的味道。

"我很抱歉。"她说。冰冷的空气果然恪尽职守，玛吉开始不停地颤抖，但她还不想离开。香槟带来的眩晕感已然消退，取而代之的是一种异样的欢愉。他们头顶上的星星一闪一闪，格外晶亮。玛吉贪恋着罗伯特在身边的这种安稳的舒适感。

罗伯特的英俊是不显山露水的，虽然他从小被教导得彬彬有礼，但骨子里仍是浪荡不羁的。他的座驾是梦露运动跑车。他比玛吉年龄稍长，约莫二十五岁，但他似乎并不着急安定下来，成家立业。玛吉总是听他谈起这个那个派对，或者又去了大西洋城、波士顿、纽约。

玛吉的父母将罗伯特选作她的舞伴，罗伯特的父母可能也应允了。此刻他们独自待在室外，他看起来和玛吉一样，并不怎么享受这个派对。是否罗伯特也有点恍惚，有点害羞呢？可能那么长时间以来，他一直得不到理解，其实他需要的不过是一个允许他表露自我的人。他会在玛吉身上发现这个优点，玛吉会抬起水汪汪的双眸凝视着他，她的心怦怦直跳，随后……

"没必要道歉，"罗伯特说道，"你的牙齿在打战，你肯定冷坏了。感觉好点了吗？我们进去屋里吧？"

玛吉讶异地点头。罗伯特礼貌地用手势示意她先进去，旋即关上门，但空气中仍有丝丝凉意。罗伯特大步走到壁炉前，从炉架上拿起火柴匣，点燃原本就放置在里面的薪火。"坐吧。"他说道，请玛吉坐到最靠近壁炉的沙发上。玛吉坐在垫子上，披在她身上的罗伯特的外套滑落了。罗伯特从床上拽过来一条被单，裹在玛吉身上之后，咧嘴笑了，还朝她眨了眨眼，仿佛他们在分享秘密似的。玛吉感觉脸又热了起来。

"谢谢你。"片刻后，玛吉才说道，她感觉暖和多了，"我不知道我怎么了。"

罗伯特耸耸肩。他坐在壁炉旁的扶手椅上，一只脚搭在另一只脚的脚踝上，随即将齿间燃尽的雪茄烟蒂，插入细长小茶几上的一个巨大水晶烟灰缸里。"你度过了一个美妙的夜晚。这个派对风格的确转变得太快了，一开始很有趣，后来却相当疯狂。"

玛吉的心跳又加速了，她想到关上门之前埃尔茜和舞伴激烈地拥吻，想到卧室里的那对恋人，以及他们白花花的手臂和交缠在一起的腿。"我听说如今欧洲人的行为开放到可耻的地步了。"玛吉批评道，她想让自己的口吻听起来老到一点，假装像罗伯特一样，总是参加类似的派对。

罗伯特没有笑话玛吉，他点点头。"是的。但也不能怪他们，他们经历了太多。经过战争和流感的残酷打击，还有人顽强地活了下来，可真是个奇迹，不是吗？"

"你怎么没去打仗？"玛吉试探道，"上战场。"

罗伯特没有回答，而是缄默地盯着火光看了许久。"钱总能使鬼推磨。"他终于开口，"我父亲替我买通了不上战场的特权。"

"噢。"罗伯特居然故意逃避兵役。知道了这个秘密，玛吉颇为他感到难堪。她绞尽脑汁，憋出一个中肯的评价。"当然，你对公司而言举足轻重。你留在家里是正确的选择，不然假如你有什么不测，谁来继承你父亲的事业呢？"玛吉说着说着，才发现自己在暗示罗伯特的悲惨下场，于是轻描淡写地略过不提了。

罗伯特没有留意到她的停顿。他仍盯着火光，然后突然间从恍惚中回过神来，冲玛吉会心一笑。"太对了，太对了。我去给咱们拿杯饮料？"他问道，不等她回复，就从椅子上站起来，走出房间，玛吉还没来得及说些什么。

要不是他离开，玛吉还没意识到自己正和一位男士独处一室。她从没遇到过这种情况，甚至没有想过在她结婚前会发生这种事情。但她并不觉得这有什么不妥，这是不是很糟糕？

当然，玛吉知道自己该做什么。她应该离开这里，把所有惊世骇俗的场景抛诸脑后，在寄存处关门之前下楼取回她的皮草。寄存处关门后，母亲的皮草就要与所有被锁在里面的外套一同熬过炼狱般的夜晚。酒店的门卫会招来一辆出租车，她会装出一副常常午夜归家的姿态，底气十足地说出她家的地址："R 大街 3241 号。"等回到家，她会按响门铃，父亲会出来付车费，只需一个小时，她就可以舒舒服服地躺在自家床上，把礼服挂在衣柜门上，今晚不过是一个结局荒谬的美梦。

但她没有这么做。她坐在炉边，裹着被单，没多久罗伯特就回来了。他一只手里拿着香槟桶，指尖还夹着一副眼镜。门打开时，玛吉听到一阵喧闹的音乐和谈话声，关上门后又恢复成一片寂静。

"我希望你喜欢香槟。这是杜松子酒，但要真正欣赏杜松子酒的口味，还得慢慢品味。"罗伯特把香槟桶放到茶几上，拿出酒瓶。刚从冰桶拿出来的酒瓶，瓶身湿漉漉的，冒着丝丝寒气。他用一张纸巾动作轻柔地拔出软木塞，木塞"砰"的一声，弹了出来。玛吉听着罗伯特给她倒酒时液体的流动声。

"我挺喜欢香槟的。"她说道。她感觉自己整晚都像是在坐过山车，而下车的时间早就过了。罗伯特把酒递给她，她接过来，轻轻地抿了一口，泡沫涌上她的口腔顶部，玛吉细细地品味着舌尖的甜美滋味。

"你不想到外面去吗？去参加派对？"她问道。罗伯特也给自己倒了一杯，让玛吉惊讶的是，他坐入沙发时，顺势碰了一下她的酒杯，他们离得如此之近，近到她可以感觉到他身上的温暖。尽管当晚玛吉已经和他肢体触碰了很多次，他护送她下楼时，在和她跳舞时，他的手抵在她小巧的背上，但眼前这种亲密让人脸红耳赤。

"今晚不想。那些女士们累了，无非在一起说说八卦，讨论裙装和婚姻罢了。玛吉，我更想和你聊天。"

"谢谢。"玛吉听到这小小的恭维，感到受宠若惊。

"那你在舞会上玩得开心吗？"

"很开心。"玛吉笑着说道，今晚的回忆又涌了上来。她因派对上看到的荒诞一幕所感受到的不适已经消退，因酒精所致的晕眩也缓和了不少，进而生出一种飘飘欲仙的满足感。她伸出脚来，欣赏着礼服上的玫瑰花，朵朵点缀至裙脚，以及从漂亮绸缎拖鞋露出来的脚趾。即使罗伯特只是在等待时机，玛吉也可以假装不知情，况且也没人会知道。

"你什么时候回校？"

"我毕业很多年了。"玛吉回道。她把手臂举过头顶，舒展着腰身。炉火和香槟让她浑身暖烘烘的，她任由被单滑落至腿上。

"过完年后我就去欧洲。"

"噢？为了工作吗？"

"天哪，当然不是。"罗伯特说道，呷了一大口香槟。"我在逃避，玛吉，尽可能长时间地逃避承担某种责任。"

"你不想接管家族事业吗？"

"一点都不想，你呢？你也不想心急火燎地步入婚姻的坟墓，生下一群孩子，荣晋妈妈吧？"

"我的天，当然不想。"玛吉耸了耸肩，效仿罗伯特大口喝下香槟。罗伯特露出迷人的笑容。"我最怕变成我母亲那种人。"如此大声地指摘母亲，玛吉感到有点愧疚，她急忙转向罗伯特，"你不会告诉我母亲，对吧？"

他笑了，露出洁白无瑕的牙齿，缓慢而轻浮地睨了她一眼。"只要你不告诉我父亲，我宁愿死也不接管沃尔什航运，我就不会告诉你母亲。我没有在费兰德斯田野里种罂粟，他们就已经谢天谢地了。只要我不做出荒唐行径，能够保住清白的家族荣誉，他们就任由我自生自灭了。但最终他们会要求我的，玛吉，他们最终会要求我继承家族事业。"罗伯特说着，越发悲伤、忧愁起来。"我们都注定了，你懂的，注定要变成我们父母的模样。"

"不！"玛吉站起来，甩掉被单，跺着脚。"我才不干。你看着吧，我会活出自己的人生。我会成为一名作家,我会住在欧洲,我绝不会结婚——我要一次又一次地谈恋爱,没人能阻止我。"

罗伯特抬头看向她,好像他在做什么决定,随后他喝光了杯子里的香槟,站起来,搂住玛吉,好像他们要开始跳华尔兹一样。玛吉愣了愣。"你当然可以做到。"他说道,脸上的忧愁消失了。这转瞬即逝的忧愁让玛吉怀疑自己方才是否凭空想象出了他的郁闷神情。"你会住在巴黎,用鞋子喝香槟,你会写书,就像所有人没读过书一样。"他说道,拥着她在房间里旋转,如同回到了舞厅,他牵引着玛吉驾轻就熟地穿梭在家具之间,仿佛不用看它们似的。玛吉仰头大笑,看着天花板在她的头顶不停地旋转。他们在这间安静的房间里翩翩起舞,炉火的噼啪声和外面派对上空洞的咚咚声是唯一的伴奏。"而我会去意大利,过着侯爵一样的生活,从此都不用顾虑货物、船运、关税或者任何一种运费了。"玛吉又笑了,罗伯特突然停了下来。

"啊!"玛吉双眼紧闭,还在咯咯地笑着。当她睁开眼时,发现罗伯特正专注地看着她,目光流连在她的脸上。

"玛吉。"他低声呢喃道。

"嗯?"

他什么也没说,只是把手从他们手臂还伸展着的位置移至她的腰间摩挲,旋即他拉近她,两人靠得比在舞厅时更近。套房里这间卧室的两个舞者如此亲密,玛吉礼服上的玫瑰花抵着罗伯特笔挺的白色马甲。玛吉仿佛经历过一辈子似的,预料到了即将发生的事。她的睫翼颤动着闭合起来,罗伯特亲吻了下去。

不可思议的是，他的唇瓣如此柔软。玛吉的知觉瞬间被点燃了，她闻到他身体的香味，感受到他身上的温暖，他的大手强而有力地抵着她的背，他的唇舌缓慢地亲吻着，初时令人战栗，而当玛吉松开唇瓣，他的吻又变得自然而无比煽情。玛吉的身躯迎向他，罗伯特的唇从她的唇上移开，在她的脖颈印下一串湿吻。他深深地吸入她身上香水和肌肤的味道，一只手不断上移，手指挑逗地玩弄着她衣领的边角。玛吉没有阻止他，也不想阻止他。她内心有个声音告诉她，不该任由事情发展下去，一位淑女、一位正经人家的女孩不会做出这种事，这个声音来自她的母亲。但今晚属于她，只属于她，她想怎么做就怎么做。

　　他们忘情地亲吻对方，玛吉的唇瓣都肿了，快感已经取代了香槟的眩晕感。他们倒在床上，唇没有离开过彼此，双方的手都在对方的身上游移。玛吉浪漫的幻想实现了，她的思绪无边际地畅游着。陷入梦乡后，他们的唇瓣紧合，两人手的位置宣告出一种霸道的亲密感。他的身躯传来阵阵温暖。

　　次日清晨，玛吉醒来，美梦结束了——罗伯特·沃尔什离开了。此后将近五年，玛吉都没有再见过他。

巴　黎
之　光

THE LIGHT
OF
PARIS

第三章
Chapter 03

玛德琳
Madelyn

1999 年

菲利普走了，他没能看到自己脱口而出的威胁对我的影响。他灌完酒，怒气冲冲地去了书房。我愣愣地站在厨房里，回过神后又跌跌撞撞地回到了卧室，随手抓了一把胃药来安抚自己的胃。

　　当晚我辗转反侧，他那一侧床始终空着，即使我额外拿了一床毛毯裹住自己，也无法让自己暖和起来。

　　天刚泛起鱼肚白时，我才终于迷迷糊糊地入睡。醒来时头脑昏沉，无所适从。我轻声穿过客厅，悄悄打开书房的门，菲利普不在。他的钥匙和钱包也没有放在前门。虽然是周末，但他仍可能去了办公室。也许只是为了躲开我。

　　我必须和他谈谈，必须道歉，必须把一切拉回到正轨上。无论有多少怨言，真要谈到这桩婚姻的话，我不可能离婚的，我不能离婚。我承认，我很失败，一点都不讨人喜欢，对菲利普终究也谈不上有多好。

但离婚的话，我会羞愤而死的，我的母亲也会感到耻辱。我不能离婚。

我一次次地拨打菲利普的号码，那是他办公室的号码。但没有人接听。

他动真格了？这段婚姻真的完了？我抬起手，掐住自己的喉咙，想要动手卡住那里的呼吸。

我该怎么办？假如没有菲利普，我会是谁？没人会娶我。我会被迫离开斯坦布勒，离开芝加哥，离开芝加哥河北那一排排画廊。我再也不能在那里漫步数小时，欣赏十几幅具有改变一切力量的画作了。我必须回到家乡马格诺利亚，回到母亲身边，回到妇女协会，回到那些潮热的夏天里，在人生的废墟中行走，在往昔的失败中煎熬。

马格诺利亚。维护亲情的归家探母之旅即将到来，我原本还对此心怀恐惧，但这次和菲利普的口角已经磨灭了这种惧怕。三个小时后，我就应该坐在飞机上。但我现在不能走，对吧？我必须留下，和菲利普把事情说清楚。但很明显，他并不想见我，也不想和我谈。

但也许我走了，把菲利普晾一段时间，他会冷静下来。那天晚上，我只是太郁闷了，又一次沉浸在想要画画的愚蠢想法中，还被那件紧得过分的裙子勒着（菲利普说中了，我吃多了饼干，他总是对的），被迪皮·斯托克顿怡然自得的姿态所激怒。他会冷静下来的，就像我一样。菲利普的性子总反复无常，像被宠坏了似的，有时我发现最好的方法就是任由他去，最终他会厌倦自导自演，装作什么事都没发生一样与我和好如初。我也不会对母亲诉苦，哪怕只抱怨一个字。她和菲利普的关系很要好，假如让她知道我又和他吵架了……

好吧，我不会再想这件事了，事情会好转的。我从衣橱里拖出行李箱，开始默默地收拾行李。我会离开一个星期，等我回来时，一切都会好起来的。他会忘记关于离婚的事，我会忘记曾经吞噬我的那股怒气，忘记因为他对待我的方式而产生的愤懑，忘记他提起想要孩子的话题时我心里无法否认的厌恶感。马格诺利亚的天气很温暖，即便没人想看见我裸露出肉乎乎的手臂，我也会换上短裤和无袖衬衫。那里的空气中飘浮着太多的花粉，几乎让我无法呼吸。我和母亲一见面，一天之内肯定会吵一架，但在这里则不可能。我拿走了一瓶快吃完的胃药，在去机场的路上，我用牙齿把它们磨成细细的粉末，抵在舌头上。我的胃愤怒地扭扯着，我能感受到它的阵阵痉挛。

我的父母居住在马格诺利亚，从表面上看，他们选择这个城市是因为它坐落在孟菲斯和小石城之间，而我的父亲一直在投资这两个城市的房地产。但我觉得，他们选择马格诺利亚是因为他们两边的家人都不方便到这里来探亲。母亲说她喜欢马格诺利亚，因为它只是个小城市。"孟菲斯没有动乱。"她是这么说的，仿佛孟菲斯是现代版的哥谭镇，会出现抨击犯罪的超级英雄和阴云压城的天际线。实际上马格诺利亚是一个碧眼金发女郎比较多的城市，只是刚好足够大，配备了母亲喜欢的文娱设施；也足够小，允许她利用自己圆滑的粉拳经营社交圈；也不会太偏南，不至于让我来自北方的父母经历太多文化冲击，感受不到它的魅力；更不会太偏北，冬天不会气温骤降，摧残我母亲的花园。尽管我对这个城市怨言不少，但它给我撒下一张黏糊的、缓慢收缩的网，让我不曾有要逃离的冲动。后来我才和菲利普搬去了芝加哥。

我乘出租车去了母亲家。虽然司机在车上播放着激情四射的体育访谈节目，但听着依然让人昏昏欲睡。司机载我到达目的地后，我独自一人站在环形车道上。我的父母买下了这栋老旧的殖民时期的建筑，它由砖头砌成，装有黑色的百叶窗，前门还建了有山墙的屋顶。1945年他们结婚时，母亲才二十岁，父亲稍年长，刚服完兵役。幸运的是，那时战场还算风平浪静。父母亲时不时会重新修葺房子内部，但房子的外表从我小时候开始就没变过。我能闻到屋外生长着的金银花、紫藤花的香气，还有潮湿的泥土那股清新的味道，充满了夏天的气息。围在屋外的篱笆上盘着小小的洁白蓓蕾，它们几周内就会迸发生机，生长成锦簇繁花，覆盖那条泥泞的黄土小道。花种被播下后，花丛就会重新变得挺拔有序，围绕在房子的边缘，像一支训练有素的编制部队。

母亲的房子位于布莱尔山，那里的豪宅靠近乡村俱乐部，随后逐渐演变成家庭社区和时尚商店。隔壁的房子年代更为久远，那片土地上原本是一家农舍，后来变成如今的高门大户，这么多年来一直为舒勒斯家所有。他们是建造这栋建筑的家族后裔。母亲就偏爱这种环境，左邻右舍都知根知底；历史悠久的老房子坐落在四周，里面住着久居于此的大家族。我出生的那年，舒勒斯家的孩子都读高中了。这么多年过去了，那栋房子越发空荡，后辈们都搬了出去，能看到它重焕生机的时期唯有圣诞节和复活节，每个人都携家带口赶回家；或是在夏季礼拜日的晚餐时间点，他们一家会在后院里玩门球，在门廊上吃东西，夜色深浓时，孩子们就追逐起萤火虫来。

但如今那栋房子里似乎终日派对不断。我站在母亲寂静的房屋外，听见从篱笆那边飘来的谈话声、笑声，还有屋内人来人往的脚步声。我心想，也许我应该去那间屋子看看。听起来里面有很多乐子可寻。

我正要进入母亲的房子，前门突然打开了，熟悉的气味扑鼻而来——灰尘味、旧书味、木漆味，还有前厅桌子上摆放的花卉香味。在这些味道中间，隐藏着父亲雪茄的缕缕淡香。我和菲利普婚后没多久，父亲就去世了。每每想到这个事实，我的心总隐隐作痛。我缓缓地深呼吸，吸入父亲那让人安心的气息。旅途中，我的怒气和恐惧已然消耗殆尽，而现在残存在我胃部的阵阵缓慢而哀伤的灼烧感，似乎使父母房内的气味闻起来更加抚慰我心了。

然而，伫立在门边的人并不是我的母亲，而是一位与我年龄相仿的女士。她的发型吹成时兴的短发，脸上保持着完美的妆容，穿着保守的海军西服，上面点缀着珍珠和一枚白色贝壳，一副典型的马格诺利亚妇女协会成员形象。

"瞧瞧这是谁，玛德琳·鲍尔斯？是不是我眼睛疼得出现幻觉了？"

我眯着眼睛，狐疑地看着她。"我是玛德琳·斯宾塞。我……认识你吗？"

她惊讶地看着我，笑了。"你认不出我来吗？我都不知道这算不算一种恭维了！亲爱的，我是莎伦·贝克，地方走读学校的莎伦·贝克啊！"

"噢，哇。"眼前这位修着法式美甲，套装一尘不染的女士是莎伦·贝克？高中时期，莎伦在马格诺利亚地方走读学校就读。她沾染了不少坏女孩才有的习气。我们当中很多人自幼儿园起就一直同窗，但莎伦是在九年级初才出现的（有传言说她曾被三所私立学院开除，才来了我们学校，对此她一直不做澄清）。她抽烟，和公立院校的男孩们约会，穿超短制服裙，一头蓬松卷曲的乱发似乎从未被梳理过。

我一直对她抱有一点敬畏和惧意，主要因为她看起来压根不在乎别人的想法。第一学年的班级选举中，我就坐在她的旁边。那时我们正准备交投票结果，我转身去拿她的票，想要传下去，但她手中什么也没有。"那张破烂东西在地上，它就该待在那里。"她说道。我从未想过这也是一个投票选项。我把票投给了阿什莉·海瑟薇，五年级后的每一年我都投给她。

"认不出我来了，是吧？我变得正经多了。"她看向门口的镜子，拨弄了几下头发，多此一举地拽了拽她的夹克。"我知道，我也认不出自己来了。"她喟叹道，似乎对自己感到很失望。"别担心，"她又振作了起来，"我骨子里还是老样子。你过得怎样？"

"我很好啊。"我有点心虚。我还没从看到改头换面的莎伦·贝克的震惊中缓过神来。我有点好奇她怎么会在这里。虽然母亲和我一直都不是知心朋友，但我想，多认一个女儿似乎还是有点极端。况且莎伦会是一个……令人震惊的人选，即使她已经洗心革面了。

"是什么风把你吹回来了这个破地方？"莎伦兴致勃勃地问道。她还在照镜子，重新涂描一层闪耀着珠光粉色的唇彩，而后抿了抿双唇。这很怪异——她整个人看起来纯洁无瑕，但她的嘴巴仍像水手的嘴巴一样。

"我回镇上探亲。"我一直站在门口,最后才踏了进去。"无意冒犯,但你怎么会在这里?"

莎伦停下化妆的动作,微眯着眼盯着我。"你妈妈没有告诉你?"

"没有告诉我什么?她收养你了,还是与我断绝关系了?"

莎伦笑了起来,她的笑声像粗砺的石头在彼此撞击,却异常悦耳。她把唇彩盖上,塞进钱包里。"你最好和西蒙娜谈谈。"

"来了,来了。"母亲冲下楼梯。"真不好意思,我有事耽搁了。你等很久了吗?"她先是关切地问莎伦,然后才留意到我。她手捂胸口,明显吓了一跳。"天哪,玛德琳,你今天就到了吗?"

我低头看看自己,看看行李箱。"目前看来是的。"

"太抱歉了,我完全忘记这回事了。你的衣服都皱了。"

"我刚从飞机上下来。"我敢肯定母亲下飞机也像雏菊一样楚楚动人,而我像大多数平凡人一样,浑身皱巴巴的。母亲冲我叹了口气,好像这属于一个个人缺点似的。

"你不把门关上吗?"

"我正要关门。很高兴见到你。"

"对不起,对不起,我太兴奋了。"母亲走上前,给我一个温柔的拥抱。如同我生命中的其他女士一样,母亲是个柔弱清秀的瘦小女人。她每天的穿着基本上都类似——一条宽松的长裤、一件羊毛衫,脖子上系着围巾。她爱戴珍珠耳环,一个星期就换一次发型,假如你在杂货店遇到她,你会一眼看穿她是哪一类型的人,这么说虽然很过分，但这是千真万确的。

　　我们家族的美人似乎隔代跳跃了。我的外婆不算美丽，我也算不上。二十世纪二十年代不吃香的身材，时至今日仍然不受欢迎。我也从不认为在那一段时间内，这种身材曾经大受追捧过。我们很高，但又没有高到出类拔萃；我们肩膀宽厚，胸脯大到影响日常活动，还有只会出现在苏维埃宣传画报上的丰硕臀部。我照镜子时，镜子里外婆的五官也在回望我——一边眉高，一边眉低，一双乳褐色铜铃大眼，还有一个过眼即忘的鼻子和两片没有弧度的薄唇。

　　当我知道外婆时，外婆已经具备某种优雅的气质了：她喜欢穿香奈儿套装，手里总举着一杯红酒，笑的时候会控制音量；她走出房间时，你能从她留下的香水味判断出她曾驻足何处，仿佛近期这位偏爱夏尔美香水的女士才搬离这间房。而我过得一点也不轻松：我一辈子都在尝试（但并不成功）将这副倔强的身躯套入他人的模子中。每两个半月，我都会去一次沙龙，店员会将某种化学物质倒入我的发间，让头发变得柔软服帖。而在每两个半月的间隔期，我会定期拉直头发，每当这时，热气和头发烧焦的味道会钻入我的鼻腔。我很少吃东西，尤其是在公众场合。早午餐时我的餐盘里会剩下一大半没有动过的沙拉。我记得所有我忍痛割爱的甜点：浓郁芝士蛋糕、美味的奶油水果塔、巧克力甜筒。这让我想哭。在某种程度上，这方法确实奏效了，我很瘦，但这并不能让肩膀变得瘦削，让小腿看起来不那么像粗壮的树干。

　　但是我的母亲却是个美人，很明显我们家族的基因到她的身上发生了变异。她综合了外婆与我的优点：五官精致，骨架纤细，一头香槟金发像玉米丝一样顺滑。她试图把我培养成她的翻版，但我却模仿不来她的雍容气度。跳沙龙舞时，隔着手套我都感觉到手心冒汗。虽然我分毫不差地听从母亲的指示去打理头发，但同样的方法下，她的头发柔顺、有光泽，像纯种马的鬃毛一般，而我的却毛糙蓬松，好似我故意违背她的指示一般。我穿的衣服是她买给我的，但是看起来总是不合身，不论我怎么拽，衬衫总会往上蹿。这些衣服在《十七岁》的版面上如此完美，穿在我身上却魅力尽失，显得我赘肉横生，好像我在身体两侧捆了几袋面粉，准备走私似的。

"你搭乘的航班怎么样？"母亲松开我，空气中留下淡淡的比翼双飞牌香水的味道。

"还行。隔壁怎么回事？他们在举办派对？"

"太不像话了，对吧？舒勒斯家把房子卖给一个男人，他居然把房子改成了餐馆。一家餐馆！就在隔壁！你信吗？"

实际上，我信。父母的邻居们越来越跟得上潮流，母亲却不乐于看到任何改变。

"这有什么好处吗？"

"我怎么知道？他们把我门前这块空地改成停车场了，我绝对不会去他家吃饭。"

"坦白说，那也不是我们家的空地，是他家的。"

"这离我们很近。还有噪声！货车倒车时发出嘟嘟嘟的声音，不分昼夜地响着，可吓人啦。他们还把舒勒斯家后院可爱的木质平台改成户外座席，从花园里传来的喧闹声才是最糟糕的。"

"所以，人们是在吃吃喝喝，享受快乐时光？我懂了，这真让人心烦意乱呢！"

"说话别含沙射影的。"

"妈妈，含沙射影是我最在行的了。"虽然我在飞机上睡了一觉，但我依然精神萎靡，情绪很不稳定，没什么耐心。

"你能回来真的太好了。菲利普该想念你啦！"

我干脆利落地回避了这个问题。"菲利普这周去纽约出差了。"这是实话，只不过这不是全部实话。

"你怎么不和他一起去呢？他工作的时候，你可以去逛街。你爸爸在纽约出差时，我就是这么做的。"母亲兴高采烈地拍起手来，像个得到了新玩具的小女孩。我应该把她送到纽约去陪菲利普的。他们两个看起来都不怎么喜欢我，他们更喜欢对方。

"事实是我讨厌逛街。"一想到被困在一间商店里，不，更糟糕的是一间商场里，持续几个小时，没事可干，只能不断地试衣服，我就想把自己的手臂给咬下来。我还小的时候，母亲带我去买衣服，我总是带上一本书，她在青少年用品店转悠时，我就爬到衣服架子下读书。等到她在试衣间里遇见眼光挑剔的客人，我就必须试衣服，她会在大庭广众之下对我指点比画，就像大自然母亲希望她这么做似的。

"你整个星期都待在这里吗？"

"我是这么计划的。"我回道。除非菲利普动真格，我们真的要离婚。这个念头让我的五脏六腑翻腾起来，好像被拳头击中一样。但我现在还不想谈这件事。我生硬地转变了话题，"莎伦说你有事告诉我？"

"是的，我有个消息。"母亲说话有口音。虽然母亲是土生土长的首都华盛顿人，但南方口音已经像紫藤一样深深扎根在她身上。我搬离这里时，极力纠正了自己的口音，开始使用新闻播报员那种无地域之分、刻板的措辞。人们一听到我说话，包括我的丈夫，下意识都要扣除我的智商得分，我对此不耐烦极了。

"怎么了？"

"没什么，玛德琳。你的情绪起伏太大了，我只是想告诉你我决定卖掉这间房子了。"

莎伦已经优雅地转身，走向前厅。我猛地转过身面向她，瞪大双眼，她像个受惊的兔子一样跑掉了。我又转向母亲。"这间房子？我们的房子？"

"当然是这间房子。不然我还能卖谁的？真的，这房子对于我来说太大了。莉迪亚·恩迪克特有一间非常漂亮的公寓，离这里不远，那类型的房子打理起来容易得多。"

我立马警觉了起来，母亲即使有难处，也从来不会承认。每天清晨她醒来后，会拿干面包和咖啡当早餐。在那个时间段，她会有诸多挑剔，不管当值的是哪个管家，都真够不幸运的了。她打扮好自己（很完美）、打理园艺（驾轻就熟）、去参加某个早午餐宴会（仪态万方）、打桥牌（一心求胜）、在俱乐部搭配一小杯红酒享用晚餐（八面玲珑），然后回家睡觉。她的肌肤富有光泽，主要可能因为她肯花大钱砸在润肤霜和脸部保养品上。正因为如此，虽然通过护理让人青春常驻的希望很渺茫，但她在将近七十五岁的年纪，没有一天看起来超过六十岁。而且她没有一根银发，就算这可能是她的发型师精心打理的缘故，而不是完全归功于基因。

"你身体还好吧？"我问道，鼓起勇气等她承认自己的事实。

她不耐烦地叹了一口气，转头看着前桌上的花饰，摆弄起来。"我不是告诉过你，我很好吗？"

"你是告诉过我了，但是……你的花园……怎么办？"我问道。这个问题稍显愚蠢，但我的母亲搬去一个没有花园的住处，太奇怪了。她总是要捣鼓一个花园的。实际上是好多个：前花园、芳草园、玫瑰园、后花园、观赏园、侧花园、噢，还有菜园子，但她好像从不吃里面种的蔬菜。还有一个她亲昵地称为"果园"的园子，里面其实只混乱地栽了两棵苹果树、一棵梨树、一棵李子树和几丛格格不入的覆盆子灌木。

"那里的社区也有花园。莉迪亚有一块花园用地。当然，我也可以在阳台上放窗槛花箱和播种机。搬过去后，我不用在花园里来来回回地跑，也不用独自打理三层楼的房子，仅凭这一点住那里也是值得的。自从雷娜塔走了，没有管家帮我打下手，我腿都要跑断了。谁会在播种季节结婚啊？坦白地说，那个女孩子真是没有一点务农的概念，上帝可不会眷顾每一个农户。"

"妈妈！"我嚷道，打断了她。我知道，接下来她肯定会详尽地描述打理这间房子多费力，她一直忙得有多不可开交，还会说这些时日要找一个好帮手太难了。一个管家要策划自己的婚礼，所以没有顾及母亲的园艺安排。没有一个正常人会觉得这是一个自私的举动，但我的母亲不是正常人。她习惯于以自我为中心。"你什么时候卖房子？"

"这就是为什么莎伦会在这里的原因。她是房地产中介，我和她妈妈都是园艺协会董事会的成员。"

莎伦居然有一份实际的工作，我一时难以接受。大二第一学期，我们在一起上几何学课，她总是迟到，浑身都是烟味和咖啡味，还老向我借铅笔。现在她居然要卖我母亲的房子了？

"你现在不能卖！太快了！"我的情绪已经失控了，一想到母亲要把房子卖掉，无名的恐惧就笼罩住我。

"太快？为什么？如果你一个人打理这个地方，你就不会这么说了。上个星期，卧室的线路就已经报废了……"

母亲开始她冗长的抱怨，抱怨找不到电工来修理。我不听她说话，试图找回我的理智。我已经不住这里很多年了，一年到头，我只回来一次。但我待在这里的所有时间都是在与母亲的争吵中度过。我还经常撞到巨大的古董家具，它们好像等着吓唬我似的，总在角落突然冒出来。我从未对这间房子抱有特殊的感情，但现在它仿佛是这个世界上一个最重要的地方，一个指定要被拆除的，很快就会被购物商场取代的纪念碑。

"妈妈，你已经在这里住了五十年！你怎么能卖了它？"

"别大喊大叫的，玛德琳。"母亲摆了摆手，她的手指如芭蕾舞者一般纤长。"我就在这，听得见。"

"我没有大喊大叫。"我驳道，不过我确实喊了。

"莎伦来，是要和我看看房子。假如你能消停一会儿，别那么歇斯底里，让我们做完手头的事，我会感激不尽。"

"我根本没有歇斯底里。"我又驳道，至少这次是真的没有。

这时，莎伦重新出现在门口，母亲看向她，莎伦好像让她大大地松了一口气。因为各种各样的原因，莎伦可能确实是个救星。她们走进前厅，我紧跟着，主要是因为我没有什么事情可做。母亲带领莎伦四处观看，好像正在家庭巡游一般。莎伦在拍照和做笔记，我四下张望，试图站在他人的角度来审视这间房子。我能听出莎伦的语气，我知道她在罗列一个长长的清单，清点所有母亲要维修、更换或更新的物件。我迫不及待地想要听听她们的谈话。

父母的房子一直都像一个展厅，风格更偏向于博物馆，或是家族遗产的圣地，而不像一个家。当我还是个孩子的时候，我总渴望触碰这里的每一样物件，不仅是因为我被禁止触碰它们，还因为它们都太精美了：这里有雅致的骨瓷杯，可以在茶话会上使用；有小小的瓷质雕像，我可以模仿它的姿势，拿在手上来回转动，讲出我脑海里天马行空的故事（我当时不过是一个其父母年纪较大的孩子而已，常常形单影只，孤单得很）；有可以攀爬的古董家具，可以随意弄脏的银制品；还有熨烫服帖的手工亚麻桌布，可以把自己裹在其中，当成戏服——装做新娘、酋长、希腊女神，或女王舞会上的侍者。

小时候，父母还雇用了仆人：一个厨子，一个管家（管家同时也是女仆），一个园丁，还有一个伴舞演员，一个杂活工（杂活工就是通常情况下所说的建筑工）。家里有"帮手"总是显得我们的生活不仅跟不上时代，还很奢侈放纵。如今看着这间房子，我明白了。它就是为一个大家族而建的，可以容纳大量宾客。那些陈设是另一个时代的产物，那个年代的物件都容易蒙尘，总是要不厌其烦地清洁，而氧化的银器不需要花心思打理，亚麻才需要熨帖。而我的母亲总是事务繁忙。只要你想，就可以捉弄所有在这里用午餐的女士们——真的，这是我最大的兴趣。但母亲的工作很重要。她筹集了几百万，全捐给了慈善机构。我必须承认，这个举动，比她整日在家里用真空吸尘器做家务要伟大得多。

我提着行李箱上了楼，把它扔在我以前的卧室里。在我做这些事时，莎伦又列了一张清单，内容很可能是"玛德琳应该扔掉她的行李箱，而不是放在地板上"。我当然知道！

"我能参观一下阁楼吗？"莎伦问道。

"有点乱。"母亲回答。她拉了拉门，但因为天气热，门有点轻微变形，怎么拉也一动不动的。

"我来。"我说道。我使劲拉了一下，门"砰"的一声打开了，它呻吟着，抒发自己的不快。闷在室内的空气向我扑来，我闻到一股腐臭的霉味。"我们进去吧。"我说道，好像在操纵着一桩银行抢劫案。

楼梯太窄了，我必须侧身前进，这样双脚才能踩中台阶。小时候，在这间房子里，我最喜欢的地方就是阁楼，在这里我能发掘出上百个谜团，构思出上百个故事。一个套着塑料袋的衣服架子存放着母亲的旧衣裳，包括她束之高阁多年的婚纱，现已微微发黄；古典服装有很多，足够我玩好几个小时的换装游戏了。盒子和衣柜里充满了象征家庭生活的琐细印迹，随着时间的流逝，这些物品曾经的用途变得神秘莫测：

吃虾用的叉子、盐皿、成卷的吸墨纸、印有字母组合图案的火漆印，还有一沓沓难以辨认的先辈的照片、珠宝破裂的碎片。珠宝完好无缺时，我还常常将它别在发间，下楼去用晚餐的时候，我看起来就像一只在头顶筑了亮晶晶的鸟巢的喜鹊。

"我们可以把阁楼宣传为游戏室。"莎伦快走到楼梯顶端的时候说道，她仿佛听得见我脑海中的回忆。我能猜到她在想什么——把玩具箱并列摆在墙边，建一座粉红色的塑料城堡，地面铺上一层耐脏的地毯——而我却想维持阁楼原本的朴素模样。它向来都是专属我一人的游戏室，一踏上去就嘎吱作响的古旧地板，蒙尘的帽盒和衣箱：对我来说，这就足够了。

母亲和莎伦在讨论怎么安排空调和家具，我坐在一扇窗户旁，看着外面的院子。小时候无数个下午我都是这么度过的。我对当时天气有多炎热没什么印象，但现在我深刻地体会到了。汗水从我的前额滑落，我只好抬起手来擦拭。

午餐时间，隔壁的餐馆营业了。我看见客人们坐在门廊上，服务员来回穿梭着。整个院子都改建为花园，花坛之间有几条羊肠小道，方便人们通行。还未到收获季，但这里的蔬菜长势喜人。花园边缘种有西红柿，此外，我还看见对面篱笆那里有一个小的香草园，里面种有一垄垄草莓，地面上盘绕着南瓜果藤，一排排井然有序的莴笋从地面钻出头来，像新娘的捧花似的。我的肚子咕咕直叫，我一定得尽快找个时间去那里尝尝鲜。我从来不是那种因为心情压抑或悲伤就失去胃口的人。事实上，我的情绪有多混乱，我就会吃多少零食和蛋糕，两者是成正比的。

　　我从窗边走开时，母亲和莎伦已经下楼到地下室去了。我环视阁楼，想象着这些物件即将要被分类打包，送去拍卖会或垃圾场，我心里就万分不舍，仿佛在和自己身体的一部分永别一般痛楚。

　　我的面前放着一个矮小的衣箱。我俯身打开它，看见一摞叠好的褐色织物，还有一只装有滑盖的木盒，里面装满了黑色鹅卵石，不知多久以前，哪个好奇的人把它从淙淙的流水中捡了回来。鹅卵石底下压着一个折叠式的文件夹，里面全是财务单据，另有一沓信封紧紧地卷在一起，捆绑它们的橡皮筋已经在信封的前后端勒出深深的痕迹，旁边还有一堆书，几本作文练习册，封面都已经泛黄干枯了。我随意拿起其中一本，翻了翻，里面尽是些乱七八糟的东西：一张添置女孩衣橱的衣服清单，几首诗，一封草稿信件，收信人是这个女孩的母亲，上面有很多涂改痕迹和感叹号，还有一本匆忙填涂的日历，一些信手涂鸦。我含笑浏览着，心想这可能是某个女孩不知从何时开始记录的日记本。若把里面的"衬裙、手套"换成"高跟鞋、短裤"，这就变成今时今日写的了。但文中零星留下的日期告诉我这本日记写于1914年。我翻回首页，上面以漂亮的字迹写着笔触坚忍的"玛格丽特·布鲁克·皮尔斯"，那是母亲的娘家姓。

　　我把笔记本放到一边，抽出箱子里的下一本。这一本写在四年后的1918年。这本比第一本更像日记，尽管里面也偶尔记录了一些世俗的题外话：添加了好几页青少年时期增加预算的内容，还列出了一些女孩的名字和她们后来就读的大学（看到这个，我突然很开心：

1918 年，整个女子毕业班只有三十人，但每个人都上了大学）。我还读到了二月份的这一篇：

　　"流感爆发了，整个学校都陷入了恐慌。他们没有把我们送回家，他们说，太多人生病了，在我们回家的路上会感染的。相反地，他们把我们隔离在这里。每个人都心慌慌，但我觉得这很浪漫。当然，我没有得流感。用妈妈的话说，我一直都壮得像头牛，所以也许我根本不会得这个病呢？"

几个星期后：

　　"露辛达被传染了。医务室里人满为患，他们只能撤出那里，把体育馆改装成另一个医务室。露辛达现在就在体育馆里。当然，还有更糟糕的，士兵们都倒下了，到处都是他们受伤的可怕照片，他们一个接一个地被抬上担架，哪里有空位就放在哪里。阿博特早就用完了医疗药品，也没有老师能帮忙，然后他们就要求妈妈们来打下手。最好笑的是——我妈妈居然同意了！我猜，虽然战争已经结束了，但有可能因为其他人一直都是这么口口相传的，她还以为这是战时服务。

　　"无论如何，他们封锁了其中一栋寝室楼，露辛达走后（我说啊，总算摆脱了这个有传染病的家伙），我又有了一个新舍友。露丝才上二年级，但她为人古灵精怪的，我们的相处意外地融洽。她的姐姐寄来一袋子花生糖，昨晚我们很晚才睡，一边嚼着花生糖一边放声大笑，直到我们确实感觉不舒服了才去休息（也很有可能是花生糖导致的）。好消息是我们只上一半的课程，天气又如此阴沉，干脆一睡了之。如果妈妈知道我吃那么多糖果，又该生气了。

"说实话，妈妈来学校照顾那么多其他的女孩，我有点嫉妒。她从没来过学校探望我，就算是亲子周末也没有。我心里有一部分自我暗暗地希望自己能感染流感，轻微的症状就好，那样妈妈就必须来照顾我了。当我脑海中浮现出妈妈照料讨厌的老女孩露辛达的画面：她坐在露辛达床边，用一条冷帕子轻轻地擦拭她的额头。嫉妒让我身体不适起来。"

读着日记，想到这是外婆亲笔写的，我就觉得很怪异。我十二岁时她就去世了，对我来说她只是一个顶着外婆的名号，过于正经刻板的老奶奶。我无法把日记里这个率真、年轻的笨女孩和她联系在一起。我甚至恍惚地认为这是我写的日记，不断抱怨着我的母亲和过量摄入的糖分。

我的胃又开始不停地剧烈抽搐起来，我不时抹掉额头上冒出的豆大汗珠。是时候下楼了，我要去刺探一下莎伦，看看她有没有一气之下勒死母亲，然后我再思考下一步怎么做。我重新把笔记本和信件放回箱子里，突然间我又停住了。这天早上太过混乱，我都没有整理过一本书，眼前这一堆东西正好可以分散我的注意力。也许我可以找到一些增进我和母亲之间亲密关系的东西呢。我收集了一沓信件和一堆书本，抱下了楼。

我进了卧室，把东西都扔到床上，去盥洗室洗掉我身上长途跋涉后的汗臭味和阁楼的灰尘。在擦手时，我的订婚戒指钩住了毛巾。我把它拽出来，不自觉地盯着它看。这枚戒指在几个月前我到蒂凡尼珠宝店去给菲利普的一个侄女买礼物（我搞不懂为什么一个五岁的小女孩会需要蒂凡尼的礼物，但这很符合斯宾塞家族的风格）时，顺便清洗了一下。清洗过后的戒指在灯光下闪闪发光，上面还有刮痕，那是多年来磕碰、撞击、剐蹭的痕迹，几乎看不出来。

钻石上还有一根从毛巾上钩下的深蓝色丝线。我用力一扯，线从一边断开了，只剩下夹在戒指叉状物下的一根蓝色细绒毛。我慢慢地挑了一会儿，心里升起一股无名之火。原本一种病态、低落的恐惧隐藏在我的心底，此时我已将其抛诸脑后。为什么菲利普要去那个该死的派对？我除了开诚布公地承认我过得不开心、挑明我们之间有裂痕以外，还做错了什么？

桌子上有一个小瓷盒，我把戒指抛进去，"砰"的一声盖上盖子。现在我不需要看着那根破坏戒指完美外表的线头了，我再也不需要想着它了，我绝不再理会这枚消失的戒指和光秃秃的无名指了。

巴 黎
之 光

THE LIGHT
OF
PARIS

第四章
Chapter 04

玛 吉
Maggie

1924年

初次社交舞会后的第五年，外婆已经二十四岁了，是人们眼中公认的老处女。此时她正坐在客厅里做针线活，她大学毕业已有两年，却仍茫然无措。

"玛吉，你在想什么呢？"她的母亲问道，"你的线有一半都用错了颜色。"

玛吉举起手中的刺绣环，仔细地端详着。"噢，真该死，"她嗔骂道，"好吧，万事开头难。"

"玛吉，别骂骂咧咧的，说话像渔妇是嫁不出去的。"她的母亲责怪着，无奈地叹息，她伸出手，"给我吧，我把针脚挑出来。"

玛吉闭上眼睛。不会有人娶她的，她心知肚明。她猜测母亲也知晓真相，但玛吉也不知她在维护谁的颜面，只会说些无关紧要的原因，好维持这待字闺中的假象。其实玛吉并没有那么恨嫁，但她很渴望有一两段露水情缘。以前的年月里，她太天真，竟以为真的会有人透过她平庸的外表，发现她内在的美好，和她来一段轰轰烈烈的恋爱。她曾以为那个人会是罗伯特·沃尔什。哦，现在她恨极了想到这个人。

"今天的晚餐会有香槟。"她的母亲低头说道。她正在把玛吉马虎缝上的乱色针脚挑出来。等她递回给玛吉，原来上面串线的地方势必有很多小洞，织物上也会有褶皱，但玛吉无所谓，她本来就想重新织过。时至今日，针线活还能发挥什么作用呢？在这个日新月异的时代，女性有了投票权，女孩们可以就读医学院。那个需要刺绣和抛光银器的年代逐渐走向终结，而另一个崭新的时代已经开始。在玛吉初次社交舞会的当晚，她得以一窥这个新时代的面貌：奔放的派对、起舞的伴侣，还有随心所欲、穿着肆意的女士们。但在她母亲的客厅里还看不见新时代的影子，兴许还停留在1885年，室内装潢是维多利亚时代的风格，墙上贴着华丽的墙纸，巨大又笨重的黑木家具上铺着天鹅绒，除了吸尘外一无是处。玛吉的母亲在一个崇尚规矩的家庭中长大，其章法甚至比她如今掌管的家庭更为森严，因而她母亲对任何改变都咬牙切齿、拒之门外。

玛吉对去地下酒吧、灌酒或跳查尔斯顿舞并不感兴趣，天知道她根本就穿不进那些舞服。她的兴趣更具创造性。她楼上的房间里放着一套笔记本——有些她用作日记本，有些用来写小说。雅培学院的文学杂志会发表她创作的一系列诗歌和短篇小说。玛吉心里非常自豪：不仅在自己的笔记本上，还能在别的地方看见自己的文学创作，并且呈现出来的是工整的印刷体而不是自己匆忙潦草的手写体。但当她把杂志给父母亲看时，换来的是他们居高临下的反应，他们粗略翻过后，只不屑一顾地颔首。父亲"哼"了一声。"挺好的。"母亲说道，但她原先对小说和诗句看法并不多。她相信读书可以陶冶性情，但只偏爱禁酒联盟的出版物。

大学生涯中，玛吉曾获得玛丽·奥利维尔抒情诗纪念奖，文学协会还将她的几篇小说登载在他们的期刊上。大学不像高中，他们不会把出版物的副本寄到家里去，所以她认为她的父母不可能看到过那些文章，这相当可惜，因为她大学时的作品可要出色得多。那才是她想要的生活，那才是她希望走出母亲的小客厅，去看外面的大世界，发挥想象力写作、出书，与人天南地北地聊天的原因。这个时代已不再会出现像勃朗特姐妹一样可怜的女性，必须伪装成男人出书才能获得关注。如今女人可以当记者、诗人，甚至成为小说家。但被困于四壁之中，她如何会有写作的题材呢？她向往外面宽广的天地！

"又喝香槟？那个人上周不是来过了吗？"

"是来过。"她的母亲温和地说道，"我又邀请了他，我觉得你们俩相处得很融洽。很显然，他也这么认为。我告诉他你会在家时，他十分开心地接受了我的邀请。"

"噢，不，妈妈。"

"听着，玛吉，他是个相当不错的男人。你自己也这么说来着。"

"那是客套话！妈妈，他年纪比我大一倍！为人十分枯燥无趣。谈话从来离不开政府债券、汇率什么的。我想一头戳在虾叉子上。"

"玛吉，你怎么老是这么咋咋呼呼的？"母亲叱道，失望地摇摇头，玛吉太熟悉她这副表情了。母亲从刺绣环上挑出最后一个针脚，把松散的丝线整整齐齐地扎成一捆，递回给玛吉。"相信你也不需要我来提醒，你没有权利拒绝任何合适的单身汉的邀约。"

"妈妈！"玛吉喊道。她感觉自己好像又回到了十六岁，被逼迫着去一个她压根没有兴趣的舞会。玛吉的社交季结束后，母亲还是一直给她安排外出的约会：去听交响乐，去参加舞会、派对。在那些地方，玛吉要么彻头彻尾地被忽视了，只能找个安静的角落去读书（那种情况下她还不如待在家里），要么被母亲拽着周旋在各个团体之间，好像在炫耀一只异域的新宠。最近以来，情况更过分了。母亲大包大揽了玛吉的社交事宜，邀请父亲的单身商业伙伴来共进晚餐，安排他们坐到玛吉身边，好像便于她评断玛吉和谁看起来更像夫妇似的，玛吉只好被迫着挑起话题。

和她同龄的男人不是结婚了，就是浪荡子（她觉得有时候二者皆是，安妮·杜拉尼的丈夫便是如此），所以宴会客人的年纪就越来越大。到最后，他们认识了查普曼先生，他快五十岁了，从没娶过妻，他是有教养没错，但前面也说过，他这个人太过无趣（他没结婚八成就是这个原因）。

"妈妈，别逼我。"玛吉哀求道。玛吉讨厌她此时说话的语气，像个稚嫩又娇惯的孩子，但母亲就是像对待一个孩子那样对待她，玛吉还能用什么语气说话呢？玛吉心想，年复一年地住在这栋楼里，和母亲待在这间屋子里，她在这头刺绣，母亲在那头挑掉她的针脚，两人快要被无言的沉默逼疯时，又要重复起以前的谈话，这可真是个问题。玛吉常常佯称头痛，好溜上楼，回房去读读写写。玛吉的母亲十分憎厌她读书的习惯，她除了抱怨小说的轻薄浮佻外，还抱怨整日眯着眼看书会导致玛吉的视力下降。

玛吉想要远走高飞。如今这个世道，女性都是自食其力过日子的。街尾有一栋房子已经改建为公寓楼，玛吉看见住在里面的女孩每天三三两两地去上班，亲密无间地分享生活私事，一路上欢声笑语，她们的生活是玛吉无法想象的。她们肯定也有自己的烦恼，但至少她们可以自由选择自己想做的工作、想住的地方、想结婚的对象。玛吉想，如若能换取这些自由，自己承受多少苦痛都是值得的。

她也可以工作，不是吗？她可以在图书馆工作，一想到可以整天与书做伴，玛吉就心花怒放。她可以成为某本杂志的专栏作家。必要时，她也可以端茶送水、帮人做记录。和往常一样，玛吉的脑海中浮现出这些画面时，她就觉得人生充满了希望，仿佛幻想成真般看到那些画面在眼前演变。然后，可能因为发生了某件事，或者因某人的一番话，她的希望又化为泡影，她又回到现实中来，回到母亲的小客厅去，重复编织那纠结凌乱的针线，过着觥筹交错的生活，去她根本不想去的聚会，和她根本不想交谈的人说话，承受所有母亲强压在她身上的义务，直到她崩溃得想要尖叫。

"玛吉，你们会相处得很好的。他是位有趣的男士，经济富裕。"

"我不在乎他有多少钱。"

"你这辈子就没过那种安逸的生活，你得多为自己着想。"她的母亲说道。

"我不在乎，妈妈。没有你那么在乎。"

"玛吉，最后一切都会好起来的。"她的母亲轻轻地笑了，低头看向她的刺绣，好像她扳回一城一样。"等着瞧。"

尽管到最后，一切都还是老样子，根本没有好起来。

那天晚餐后，查普曼先生和玛吉的父亲详尽地讨论起豪兰－巴尼斯法案中的一些条款，这场谈话没完没了，玛吉强忍着睡意，不让自己的头杵到面前的马铃薯里。她的母亲提议她和查普曼先生出去散散心。玛吉因整日闷在屋内，差点想逃之夭夭。哪怕是和查普曼先生散步，也比三个人在大厅里坐着，一杯接一杯地喝咖啡、无心漫谈要好。

他们俩一路无言地走过几个街区，到了书山公园，查普曼先生提议坐一坐。玛吉有种不祥的预感，她失控地想要逃掉，转身跑得远远的，跑到查普曼先生找不到她的地方。

但玛吉没有这么做，她在长椅的边缘坐下，在他们之间空出适宜的两英尺距离。"玛吉，"查普曼先生开口了，他的嗓音低沉，好像正准备在大学的讲座发言似的。"我相信你知道我和你的父亲生意上来往很密切。"

他住口了，玛吉意识到她应该有所回应。"是啊？"她的语气听起来更像疑问而不是肯定。

"我不惜一切代价都要维持这段合作关系。玛吉，你爸爸是个伟大的人。他给华盛顿带来了变化，给整个银行业带来了变化。"查普曼先生开始喋喋不休地低语。玛吉倒希望眼前有盘土豆，那样她可以把头埋进去。她一点都不清楚父亲的事业，听起来无聊透顶。对玛吉而言，最刺激的不过是父亲在华盛顿参议院、棒球队拥有的一部分股权，但她的母亲都不允许她去看球赛。至于为什么无聊，"属于你这个阶层某个人的义务"显然不包括吃花生等任何有趣的事情。

"玛吉，我想要娶你来巩固我们之间的商业关系。"查普曼先生终于说到这个话题，他把双手放在腿上，坐姿笔直。他没有看玛吉，他在长篇大论的过程中都没有正眼看过玛吉。他说话的对象很可能是其他人。

玛吉想要放声大笑，但她太吃惊了。"不好意思，查普曼先生，你是在求婚吗？"

查普曼先生眼神狂热地看向她，玛吉震惊又同情地发现：他在紧张！在查普曼先生漫长的——在玛吉看来，漫长得不可思议的——人生中，这还是第一次向某人求婚吗？或者说，可能他从来没有求婚成功过，因此害怕被再次拒绝呢？

查普曼先生清了清喉咙，又一次把手放到腿上。玛吉猜想他的手心都是汗湿的。"是的，我是在求婚。玛吉，我们应该结婚。你的妈妈迫切希望你结婚，你知道的。"

虽然玛吉看过各种各样的爱情小说，但她从来都没有听说过这样的求婚方式。查普曼先生没有向她告白感情，甚至在言语中也只字不提她的名字。即使是达西先生那样傲慢的人，最终也令人感动地承认了自己的爱意。玛吉知道查普曼先生年纪是大了些，人也老实，但这样的求婚，他还期待玛吉作何回应呢？假如她是一个与众不同的女孩，长相更漂亮些，在社交礼仪细节上更加得体端庄，她可能就知道如何回应，如何回绝而不让他感到被冒犯了（虽然她有些恼怒地想，他活该被冒犯——他难道就不懂得假装对她有爱意吗？哪怕一丁点也好）。但如果她是那种类型的女孩，她压根不会遇到这样的求婚了。

因此玛吉做了唯一理性的事。她从长椅上站起来，轻轻地提起裙摆，以防绊倒自己，旋即转向公园门口，跑了起来。玛吉身着晚礼服，流着泪在人行道上奔跑，不在乎一路上擦肩而过的人心里会怎么想。她跑上楼，冲进房间，锁上门，倒在床上，大口喘息着，身上的热度惊人地高，她的脚趾刚才因软底鞋在人行道上被挤压，弄得脚生疼。玛吉的思绪一团糟。

她听见楼下有人敲门，走廊里传来说话声。母亲的声音尖锐又焦急，父亲和查普曼先生听起来则是窃窃私语般低沉。她还听见父亲书房的门开了又关，接着是一段长时间不祥的静寂。玛吉躺在床上，双眼紧闭，她甚至不知道下一步要怎么做。他们仨会上楼来，也许是父母亲两人，上帝禁止成年男子进入未婚女子的闺房，父亲表情会很受伤，母亲会怒气冲冲。玛吉回忆起和母亲在客厅时的谈话。母亲早就知道的，查普曼先生已得到了父亲的许可，也许母亲当时也在场，也许是他们恳求查普曼先生把玛吉娶回家去（玛吉觉得这太丢脸了，因此这个想法转瞬即逝）。

楼下父亲的书房门开了又关，走廊里又传来说话的声音，这次语气更为平静、更具安抚性。门关上了，现在只剩下她父母亲的声音。玛吉站起来，打开卧室门，又躺回床上，做好楼梯上会响起脚步声的心理准备，他们会失望地来她的房间。

没有人来。

相反，玛吉听见他们走去了客厅，即使周围很安静，他们说话的声音也变得微弱难辨。晚饭后，女仆和厨子收拾完，结束了一天的工作，已经沉沉入睡了。现在只有玛吉的父母在楼下，对她的命运进行判决，而玛吉无望、无助地躺在房间里，不知道什么会降临到她的头上。

终于，她的母亲推开了房门。"玛格丽特·布鲁克·皮尔斯！"玛吉的母亲怒吼道。她火冒三丈，脸绷得紧紧的，玛吉退到床边，仿佛自己能穿墙而逃似的。"太可恶了，你这个忘恩负义的家伙！你胆敢拒绝查普曼先生？"

玛吉张了张口，意欲辩解，却只能发出一声尖叫。"你以为你有多受欢迎，男人为了你都排了好几条街的队吗？你已经二十四岁了，还没有结婚。你知道这意味着什么吗？可能娶你的男人都被抢光了！每一天你都老一点，但每一天外面都有比你年轻、比你漂亮的女孩，天知道她们还比你知书达理得多，再宜家宜室不过了。玛吉，这是你的机会，但你亲手把它毁掉了。"

"我不想嫁给他。"玛吉眼中噙满泪水，她的声音颤抖着。"他不爱我。我也不爱他。"

"爱，爱！我看你是一直读这些破书才老说情情爱爱的。噢，你以为我不知道你整天在干什么，玛吉，你这是在浪费时间做白日梦。其他女孩都在提升自己。她们平日多行善事，还去参加禁酒联盟的会议，就算她们读书，那也是读陶冶性情的书。她们去参加派对时从不抱怨，而你把自己关在房间里，看书写笔记，难得有一次出嫁的机会，你却搞砸了。"她的母亲愈发怒不可遏，她抬起手臂，猛地挥翻了玛吉书桌上的一沓笔记本和纸张。

玛吉跳下床，她站得笔直，垂在身体两侧的手紧握着拳头。"你根本就不在乎我。你想我嫁给他，无非是为了爸爸的生意。"有一本笔记本已经摔落在地上，页面敞开着，玛吉扑上前，合上本子，紧紧地抱在怀里。

"这有什么不对？你爸爸的生意让你吃饱穿暖，让你买得起那些宝贝书，等我们都走了，你一个老处女还能靠你爸爸的生意过活下半辈子。"

母亲尖锐的话语让玛吉哽咽了起来。"我不会结婚的。我会自食其力。"

"怎么自食其力？"

"我会成为一个作家。"玛吉不服地抬起下巴，但她心里没有半分轻蔑。玛吉想要把头埋在枕头中大哭。太不公平了。她知道爱情不一定要和小说里描写的一致，但难道期待她和将要嫁的男人之间产生火花也是错的吗？这样至少这段联姻有点盼头，而不是像她父母之间相敬如宾的、生意协定般的婚姻。

"作家？一个女性作家？作家能赚什么钱？就算能赚钱，你也过不起你一直过惯的这种生活，我告诉你，玛吉，你也老大不小了，想事情别老一根筋。"玛吉的母亲看起来还有话要说，玛吉正鼓起勇气听她接下来的话，突然，她的母亲像来时一样，风风火火地转身走了，大声地在身后摔上了门。

母亲走后，玛吉松开拳头，月光下，她看见自己掌心深刻的指甲印。玛吉突然觉得心力交瘁。她又倒在床上，盯着天花板，眼泪从她两颊滚落。没有后路了。玛吉看似拥有一切，实则一无所有。她的余生将会这样度过：看着母亲把她刺绣中的针脚一一挑出，在没人看见的情况下偷溜回房间写小说；任由父母亲把合适的对象带到餐桌上，搜遍各个角落，直到再没有合适的人选；然后玛吉会孤老终身，往昔那些愚笨的美梦没有一个会成真。

玛吉穿着睡裙睡着了，躺在被单上，鞋子都没脱。她清晨醒来时，给浴缸放满水，坐在里面泡澡，水都凉了也没起来。她在脖颈处把头发盘成一个结，梳妆打扮好，看着镜中的自己。她心想，自己确实看起来有点像一个悲惨的老处女：脸色苍白，穿着一条黑裙，好像在祭奠自己逝去的年华。好吧，就这样决定了，玛吉想。他们想要我嫁给他，我不，我就不。我要找一份工作，即使那份工作不是很体面，只是某个地方的打字员——现在越来越多地方雇用女性职员了。我会搬进某一间寄宿公寓，节日才回家，到时我们一家人礼节周到地围坐在餐桌上享用晚饭。得到自由，我会过得很快乐。

玛吉耸耸肩，晃了晃脑袋。她大步下楼，走进饭厅，她的父母正在吃早餐。与往常无异，报纸遮住了父亲的脸，母亲正在喝茶。她坐到椅子上时，母亲并没有泼她一脸茶水，这让玛吉有些讶异。

"早。"父亲的声音从报纸后传来。

"早上好。"玛吉低声回道。她从烤面包架上拿走一块吐司，往上面抹果酱。

玛吉的母亲从茶杯上抬起眼，一言不发。玛吉嚼着吐司，她齿间面包碎裂的咔嚓声像炮火声一样响亮。

最后，玛吉的父亲翻过报纸的最后一页，把它折叠起来，放在桌面上。玛吉费力地吞咽着，干硬的吐司摩擦着她的喉咙。

"你去欧洲吧。"父亲说道。玛吉的父亲每次都是按照自己的思维过程挑起话题，通常是令人困惑不解的，聆听的那一方总需要努力跟上节奏。

"什么？"玛吉惊道。她昨晚想过今天可能出现的所有情景，受哥特式小说和少数爱情电影的影响，她幻想的许多场景都极具戏剧性。但她从没想过会被送去欧洲，这完全超出了她的想象。

"我今天会帮你订票。你妈妈会带你去纽约，你在那里转机。"

"我不明白。"这是一个惩罚吗？对她的放逐？欧洲。当然，玛吉曾经幻想过要去欧洲，但那不过是一时的幻想而已。

"你的表妹伊芙琳要去欧洲旅游。"玛吉的母亲终于启口。她拿起纸巾，仔细地轻点着嘴角，即使她的嘴角处并没有沾上食物。玛吉曾无数次哀叹着祈求自己能学来母亲万分之一的仪态。"她缺一个伴儿，你去陪陪她。"

"但是，"玛吉刚要拒绝，却欲言又止。伊芙琳是个冥顽不灵的十八岁女孩。玛吉和她是家中仅有的年龄相仿的两个表姐妹。连续很多年的家庭聚会她们都被强行安排在一起。玛吉羞于承认的是，伊芙琳从一开始就在欺负她。这个骄纵、难伺候、不可一世的女孩以颐指气使玛吉为乐。在她们的游戏里，她是公主，玛吉是侍女；她是骑士，玛吉是坐骑；她是勇敢的英雄，玛吉是一无是处的恶人。伊芙琳很擅长利用不同的情况发挥她的最大优势，玛吉宁愿吞碎玻璃，都不愿意和她外出旅行半年。

除非替换的选项不是碎玻璃，而是和查普曼先生过下半辈子。相反地，把伊芙琳拖去美术馆听起来是绝妙的款待。去欧洲！伦敦！巴黎！罗马！看鹅卵石街道，大教堂，歌剧院，博物馆，城堡，公主。太梦幻了，玛吉不由地叹了口气。

玛吉的母亲看她陷入幻想之中，蹙起眉来。"你要照顾好伊芙琳，知道吗？他们送伊芙琳去旅游，就是想她……能通过这次欧洲之旅成熟起来。坦白说，我也是这么想的。你的行为说明，在这里你还不乐意去承担任何责任。玛吉，为你着想，我希望这次旅行能教会你珍惜你所忽略的东西。"她呷了一口茶，但从她嘴巴闭合的程度来看，她更像是在喝葡萄柚汁。

玛吉本想反驳这个提议。但看看自己，二十四岁，未婚，她最好的……好吧，唯一的打算是，假如地球上只剩下查普曼先生这么一个合适对象，她才会嫁给他——即使这样，玛吉也要深思熟虑才做决定。所以玛吉的面前有两个选择：要么接受命运，做一个纽约市最臭名昭著的未婚恶妇；要么嫁给查普曼先生，下半生的几十年在他对市政债券和税案的絮絮叨叨中度过。

"我什么时候出发？"玛吉问。

第五章
Chapter 05

玛德琳
Madelyn

1999 年

即使已筋疲力尽，我仍熬夜看外婆的日记，我整晚的梦里都是新潮女郎们和初次社交舞会。清晨醒来时，我困乏极了，脑袋昏沉。我对着天花板眨了几下眼，搞不懂为什么天花板的颜色变了，后来我才反应过来我在母亲家。我想起了菲利普，想起了母亲，想起了莎伦。我的精神由紧张到放松，又到紧张。

　　快九点了，但这个时间起床也不足为奇。我以前是个习惯早起的人，但自从结婚后，我再没有什么动力早起了。"你出去工作不合适，人们会认为我养不起你。"我开始浏览招聘信息后，菲利普是这么对我说的。我说无论如何我都要工作，他勃然大怒，因此我不得不搁置找工作的计划。一开始我以为这种情况最多持续一年，然而一年演变成两年，而且我当初所做的让步不过是一个暂时的求和提议，不知怎的，永久有效了。刚开始在斯特布勒美术馆担任志愿者时，我无比渴望与人交流，渴望找到人生的目标和存在的意义。志愿者协调员告诉我，她从未遇到过一个像我这样能快速上手解说所有展品的人，这让我有点不好意思，但却没有让我的渴望减少半分。

我能听见母亲在楼下转悠，门开来关去，她在地板上急速地走动着。有那么一瞬，我以为自己回到了孩童时期，我可以跑下楼，到厨房去，父亲会坐在桌子旁读报纸，我会悄悄偷走娱乐版，然后我们一起安静地阅读。我仿佛还能摸到指尖油墨的污迹，闻到父亲咖啡的香味，他读到报纸上有趣的故事时还会清清喉咙。这感觉太真实了，我屏住呼吸，憋了一会儿，想忍住不哭。回忆却汹涌扑来，让我迷惑又不知所措。

然后，我的肚子咕咕地叫了起来，似乎在提醒我人类需求的层次和乡愁之地的所在。前一天晚上，母亲出门了，我只吃了几块过期的饼干和一些不新鲜的奶酪，奶酪吃起来像吃土似的。我长叹一声，掀开被子，挣扎着下床。我睡觉时穿着一件宽松的衬衫和一条男士泳裤，我就是喜欢穿成这样睡觉，而菲利普永远不可能允许我这么穿。我低头看看乱糟糟的自己，耸了耸肩，径直下楼去了。

和前一天晚上一样，母亲的冰箱空空如也。我大灌一口玻璃水瓶里的甜茶（是的，我找不到任何食物，但显然母亲有自己的一套饮食标准），用手背擦擦嘴。我还翻找了储藏室和其他橱柜，什么都没有。

我踏进后院，这里最后一个度假胜地，我光着脚踩过湿润的草地，上面仍旧点缀着露珠，还有清晨洒水车的水珠，那些细软柔美的草叶挠着我的脚踝。在母亲的园子里，我最喜欢的季节就是夏天，万物生气蓬勃，透着狂野的成熟。但在这个春天，园子已经姹紫嫣红了：早春的玫瑰盛开了，拱起根茎，向着朝阳展开它的花瓣；果树伸出嫩白的叶子，花蕾从树枝上抽出，试探着空气；香草园子里长着一排排羞怯低矮的植物；观赏植物园周边的篱笆和石头耐心地静候着草木的生长，好让植物园变得生机勃勃起来。我弯腰躲进苹果树林里，跨过低矮的篱笆，到菜园里去。

等到蔬果成熟还为时尚早。我俯身穿过密集的叶片，不由得伤感地想起旧时夏季的午后：我悄悄地溜进母亲的菜园，树上的叶子扫过我的脸庞，番茄沉甸甸地从枝头垂下，压在地面上，我会摘下一个圆滚滚的还带着阳光温度的番茄吃掉。这种番茄表皮柔软，个头圆满，吃起来口感像苹果，多汁多籽。现在还有几个月才到番茄上市的季节，但我发现一个奇迹：一片草莓匍匐茎上长了一些无可争议的红色小果实。我把衬衫拉扯成篮子模样，贪心地摘取着，一次摘下两个，吃一个，扔一个进去。草莓几个星期后才会变得多汁，现在还很硬实，但却很清甜、新鲜，我的胃愉悦地接受了它们。

当我终于站起来时，我的舌头已经染成红色了，我的衬衫里装着一两把草莓。我低头望向篱笆的另一边，看见一个男人蹲伏在一棵胡椒树的叶子下面。透过叶片，他一本正经地冲我眨眼。

我吓了一跳，不由得倒退几步，踩进了一堆松软的泥土中，差点失去平衡，摔掉怀中的草莓。

"对不起，对不起。"他站起来，举起双手，做投降状。他戴着园艺手套，手里拿着一个橡皮槌。刚才他蹲在灌木丛中，活像一个连环杀手，现在他站了起来，即使手里还拿着槌子，看起来也没那么吓人。他没有束起衬衫，垂下来的衬衫下摆还有洞，宽松的卡其布裤子上还有斑斑土迹。他的眼睫浓密（我恨不得立马和他交换双眼），眉毛略浓，一头蓬松棕发，胡子也乱蓬蓬的。他看起来像一只友好的大型宠物狗。

"我以为你是鲍尔斯太太。"

"你蹲在灌木丛里就是为了躲开我的妈妈？"

他不好意思地耸耸肩。他的脖子上绕着一圈耳机线，线从他的口袋处延伸而上，那里装着他的随身听，裤子的线条都被挤变形了。

"鲍尔斯太太是你的妈妈？她不是很喜欢我。"他听起来有些失落。

"正常。她谁都不喜欢，就连我也不喜欢。"

"这肯定不是真话。"他说话时习惯慢吞吞拖长音调，一听就是本地人。他歪着头好奇地看着我。"你不喜欢你的妈妈。"他的随身听还在播放着音乐，我能听见从耳机传出微弱尖锐的吉他声，飘到静止般的空气中。空气又闷又湿，正在为即将到来的雨季做准备。

我一只手不自觉地抓了抓头发，把它压下去。通常我醒来时发型都会很壮观，而我匆忙下楼前都没有瞄一眼镜子。不，这时我的样子可能没有平常那么像母亲。

"噢，我不是她的女儿。"我回道，"我是花生棚里孵化出来的。"

让我惊讶的是，他仰头大笑起来，清晨的空中回荡着他浑厚、低沉的笑声。"你真有趣。"

我冲他眨眨眼："没人觉得我有趣。"

"我不是人吗？"他脸露讶色。

"好吧，我妈妈常说，萝卜青菜，各有所爱。你到底是谁呢？"

"不好意思。"他摘下手套，礼貌地伸出一只手。我握住那只手，马上我就后悔了——我的指间全是黏糊糊的草莓汁。"我是亨利·汉密尔顿。你是鲍尔斯家的女继承人。"

"你叫我玛德琳就好。不必那么客气。我姓斯宾塞，我结婚了。"我不知道我为什么要澄清自己的婚姻状况，虽然他感兴趣的可能是我穿的睡衣和手上的草莓汁。我并不是说亨利有多让人印象深刻。他形象看起来还不错，但总体上说，我很想给他拿一把剪刀，帮他修理一下粗犷的卷发和邋遢的胡子。他不算很高，但他有着宽阔的肩膀和一双大手，此时那双手上正沾满泥土。若是知道我们对彼此的初次印象，母亲会吓着的。

"玛德琳·斯宾塞。认识你是我的荣幸。现在你知道我的藏身之处了。我可以请问你为什么在园子里偷偷摸摸地走来走去吗？"

"我妈妈不会在家里保存任何食物，她靠薄脆面包和敌人的鲜血过活。"

他又大笑起来，他的卷发上下抖动着。"你真幸运。那些草莓没有两个星期还成熟不了呢。"

"然而幸运偶然眷顾了我。你呢，你在那家餐厅里工作吗？"

"实际上，那家餐厅是我开的。"

"恭喜恭喜。顺便说一句，我妈妈觉得在她家隔壁开餐馆的那位是个魔鬼。"

亨利蹙眉道："我知道。我感觉挺糟糕的。她是个了不起的园丁。我原本想着我们会有共同的话题。"

我的视线越过他的肩膀，看向他的园子。园子被打理得很好，泥土翻成一排排直长的垄，番茄笼架和草莓花架像哨兵一样伫立在一旁，立桩有规律地把庄稼隔开来。"这些蔬果是要供应给餐厅的吗？"

"能供应就供应。"

"真不错。"

"我想要种多些。我想和你的妈妈谈谈。我有好多问题想请教她，问问她是怎么做到这个产量的，但她拒绝和我交流。"

"嗯，这个问题不会困扰你太久了。很明显，她要卖掉她的房子。"

亨利一只大手握成拳，放到胸前。"再见！"他说道。好吧，没有，他什么也没有说。但他看起来惊讶极了，眼睛睁得大大的，手紧握着那可爱的橡皮槌，举到胸口处，仿佛他是摄政时期传奇小说里一个全副武装的女英雄。"噢，不！难道是因为我说了些什么吗？"

"嗯……她确实有点看不惯你。"

"是的，她表现得很明显。开业前，我邀请了附近所有人来吃一顿私人晚餐。除了她，每个人都来了。还有另外一对夫妇来了，但我送他们走了，因为那个妻子要临产了。"

"你真大方。"

"我喜欢把自己看作一个慷慨的邻里庄主。"他行了一个鞠躬礼，握着槌子的手垂在身侧，"不管怎样，你妈妈把请柬退回来给我，明确地告诉我该怎么处理它。"

"我妈妈？我觉得她不会这么做。"

"好吧，你妈妈并没有直接说出来，但含有我'破坏邻里关系'的意味。"

"哈，嗯，如果有人会礼貌地告诉你，你在破坏邻里关系，这个人很可能就是我妈妈了。"

"所以以后我会把请柬发给你。找个时间过来吃饭。我请客。"

"这个提议很不错。"我礼貌地回应，但我的胃也听见了这条关于美食的建议，又一次无礼地咕咕叫了起来。

"你该回去摘草莓了。"他冲我临时的"草莓篮子"点了点头。

"你该回去继续潜伏了。"

"如果不是从一大早就开始潜伏的话，是坚持不了一整天的。"他真诚地说道，话语风趣幽默，我忍不住笑了。"很高兴认识你，玛德琳。"

"我也是。"

我倒退了几步，不想暴露自己穿着单薄的男士泳裤。泥土在我的脚下轻缓地凹陷下去。有多久我没有赤脚感受过土地了？这种感觉太美妙了，奇异得让我几近落泪。亨利回去工作了，我转过身，往家的方向走去。阳光下，母亲房子上空洞的巨大窗户正冲我眨眼。

我一直住在这样的大房子里，似乎已成命中注定。屋里有各式古董，家具足够多，可以举办晚宴，草坪足够宽敞，可以举办募捐活动。那些都是学生年代的同学们做的事情。母亲随意寄给我一些《马格诺利亚杂志》和《马格诺利亚时尚》里的广告页，页面上是我认识的女孩们——如今是女士们了——正在家中和贵宾们享用早午餐的样子。

但我并不想要这样的大房子。我觉得在我们的公寓里我都会迷路，公寓甚至还没有母亲的房子的四分之一大，但仍然超过了我们所需要的空间。我担心某一天菲利普会宣告要搬去郊区，那样我就必须雇用一个管家、一个园丁和一个泳池服务人员。我更希望过上没有帮手也可以妥当打理的生活。

吃完草莓后，我把果蒂扔到落地窗旁一个超大号播种机里，落地窗是通往卧室的。屋里一片寂静。"妈妈？"我喊道。

"太好了，你醒了。"母亲风风火火地冲进厨房，手里拿着钱包和一沓纸张。当然，我还睡眼惺忪地穿着睡衣，头发根根竖立着。反观母亲，她可能五点就起床了，妆容和发型都完美无缺，身着一条炭灰色的宽松长裤，一件薰衣草开衫，脖子上还利落地系了一条丝巾，像空姐一样。

"还很清醒了呢。"

不同于亨利，母亲总是捕捉不到我的幽默。"你应该换身打扮。我要去办些差事，午饭前我得把这些文件给别人。"

我挺了挺腰。"午饭？我还没吃早餐呢。"

"没事，你很快就能吃得上午饭了，别担心。"

"不是，我是说我们在哪里吃？"

"妇女协会有个演讲者。在那儿你可以看到所有老朋友，阿什莉·海瑟薇会做介绍，我不明白为什么你回了镇上也从不和那些女孩儿聚聚。"

从学前班开始，每年我都和阿什莉一起念地方走读学校。每一年，她既是我的朋友，又是嫉妒我的对象。她是我母亲眼中的"别人家的女儿"，是我梦想成为的那种女孩。她娇小玲珑，长相精致，就算在夏季、冬季潮湿的时候，她那一头金发也都柔顺无瑕。我们初次在社交舞会亮相时，她的舞伴是表哥之类的人物，在家中排行第三，是一部电视剧的男配角。我几乎想不起来阿什莉有对我失礼的时候，但待在她的身边，我确实闻得到金钱的铜臭。

"可是我并不想去。"我回道。

"由不得你选择。"母亲答。

我想象出一幅妇女协会早午餐的画面。我想象出一件我并不想穿的衣服和那些我不想打招呼的人的模样。他们会问我日子过得如何，八卦我英俊无匹的丈夫身在何处，而我又会虚伪地吃完一顿饭，假装自己太饱，连沙拉都咽不下，心里却暗暗希望自己嘴里嚼的是汉堡包。

但母亲的表情告诉我，我非去不可。"好吧。"我应下。但我真正想做的是，任由冰箱门大敞，直接从罐子里挖出草莓酱来吃，然后又赖回床上，再看几页外婆的日记本，但很明显，我没办法这么惬意了。

"十一点钟开始早午餐会，你应该换上短裙。"

"我会的。"我接过邀请卡，上楼去。

"别忘了梳头发。"母亲在身后嚷道。我翻了翻白眼。

是的，我的母亲是个吹毛求疵的人，我一直都很让她失望。她想要那种女儿：娇弱、漂亮，说话柔声细气，能陪她逛街，能让她在妇女协会会议上炫耀一番。我没有一个方面达到她的标准。在交谊舞会上，我看着桌旁的那些女孩们，心里就油然而生成为她们一员的渴望；假如给母亲一千次机会，她一定都会选择那些女孩当她的女儿，而不是我。说实话，如今我依然十分渴望成为她们那样的人。假如你说我有三次愿望成真的机会，那我会许三个相同的愿望：让自己成为母亲心目中的女儿，菲利普眼中完美的另一半。也许那样我们会过得更舒心。

我上楼翻找带回来的行李。我弄不明白收拾东西时心里都想些什么。最后我决定穿一件淡玫瑰粉色的羊毛长裙。我有一件落肩的灰色开衫和一对珍珠耳环。虽然时下这套衣服有点热，但我想这身装扮看起来还算合宜，就像我本该如此。

母亲载我们去了一间静谧舒适的老旅馆，妇女协会的成员在那里会面。我又吃了一把胃药，才鼓起勇气走进去。阿什莉·海瑟薇一眼认出我来。"玛德琳。"她走过来，声音微颤，好像我的出现让她喘不过气来，"天哪，我好多年没见过你了。你和以前别无两样！"

"你也没有变化。"我不确定我们是否都在恭维彼此。阿什莉穿着两件套，戴着小巧的珍珠耳环，与她洁白的牙齿十分相衬，一头完美的浅金色短发，和母亲的发型一模一样。她贴上来，双臂抱住我，在我两颊印下轻柔的吻。我别扭地回礼，我并不擅长拥抱。出于各种原因，大学毕业对我来说算是一种解脱，我不必再忍受女生联谊会里的姐妹们时不时突发奇想的拥抱，她们肚子里好像植入了磁铁似的，很难和彼此保持距离。她们的拥抱总让我不适，把手放在像阿什莉这样纤细得像一只雏鸟的女生背上，我会生出"我很胖"的自知之明来。

"你去哪了？从婚礼过后我就没再见过你了！你那帅气的丈夫呢？"

提及菲利普让我感觉反胃，我捏紧左手，把手背在身后摩挲着，指间已空无一物。"噢，你懂的，"我敷衍着，避而不答，"你过得怎么样？"

"日子忙得焦头烂额！格雷森和亨特上四年级了，你相信吗！格雷厄姆的教育规划简直太仓促了。"她扮了一个鬼脸，做出一副筋疲力尽的模样，我看了真的感同身受。

"这太棒了！"我恭喜道，不明白为什么要为她的生活计划道喜。

"所以你回来是为了探望妈妈？你真是太孝顺了！"我眯着眼看她。这是什么意思？她在装模作样吗？她睁大那双碧蓝的眼睛看着我，好像她的一世幸福就系在我的回答上。

"我妈妈要卖掉房子了，我来帮她处理妥当。"这话说出来之前，我都没有这样的想法。但我还挺喜欢这个想法的，这让我听起来很无私，还让我感觉自己有个明确的目标，而非在逃避生活。

"她确实提过。"阿什莉用手捂住胸口，好像这个消息伤了她的心似的。阿什莉竟然在我之前就知道了母亲要卖掉房子？"可怜的西蒙娜，她忙得不可开交。你还回来帮忙，上帝祝福你。快进来打招呼！这里有好多走读学校的女校友呢！"

我跟着阿什莉走进舞厅，一路上收到很多女士的隔空飞吻和拥抱，我还记得她们是谁。她们当然会在这里。我们的母亲都曾参加妇女协会，现在我们也是其中一员。我们的孩子会去我们就读过的学校上学，会像我们一样上米娜夫人的钢琴课、帕蒂小姐舞蹈学院的芭蕾课，会在玉兰花交谊舞会上学华尔兹，在乡村俱乐部完成初次社交亮相。然后，这个过程会又一次在她们孙子孙女身上循环。

另外三个老同学，埃玛·费希尔、埃伦·奥康纳、奥德丽·亚历山大，跟在阿什莉的身后，像女生联谊会的特务似的，俨然几朵风韵犹存的娇花，与身着毛衣套装的阿什莉相得益彰。在学生时代，我们彼此熟知，我很确定这一点，但我却回想不起和她们做过什么亲密的事。我还记得我去参加过埃玛的生日聚会，初次在社交舞会亮相时站在奥德丽的身后，但我不记得我们之间进行过任何交谈，分享过任何心事，有过任何真正交心的时刻。难道我过了大半辈子，都没有一个知己吗？

结婚前我经常和她们见面，去参加过她们的婚礼和庆祝乔迁的派对，一起迎接她们宝宝的诞生。现在我坐在阴冷的舞厅里，看着周围走动着的谈笑风生的女宾，感觉自己是另一个星球的人。她们都使尽浑身解数，精心打扮——这是我从来都做不到的。正因为如此，她们的外表都千篇一律：终日不见阳光的白皙肌肤、长至下巴的柔顺秀发，身着毛衣套装和紧身短裙。我们用尽心思，就是为了和他人看起来相似，虽然没人揭露过这个事实，但很明显，任何在种族、宗教、品位、观点等方面存在不同的人都是不被认同的。

和她们交往，我自感有点寒酸，有点臃肿，有点渺小。我对她们的这种感觉一直挥之不去，尤其对阿什莉。我不能怪她，也不能讨厌她，真的，与她做了什么无关。只是因为她身上集合了所有我缺少的优点：身材娇小、面容姣好、说话有条理、做事高效、为人很正常。而我总是笨手笨脚、懒懒散散，作风和她们不一样，让人不自在。假如我去公立学校读书，或者母亲没有如此痴迷于园林协会、乡村俱乐部，拘泥于上流社会的条条框框，我会活出不一样的自我。我能结交一群挚友，和他们在一起我不会自惭形秽，不会有想变成另一个人的渴望，也不会陷入肤浅的自我厌恶中，让我的皮肤在潮湿的夏天变得油腻腻。天生贵胄家，却无公主命。

"请大家安静下来。"阿什莉站在舞台上，做了法式美甲的手指轻敲麦克风。她身后一枝金黄的连翘和她的黄色毛衣交相辉映。"女士们，安静。感谢你们今日赏光前来。"

阿什莉流畅而客套地介绍了那位女发言人。她是当地的作家，一站上演讲台便滔滔不绝地说开了。舞厅有一种魔力，让每个站在麦克风前的人都个性全无。她发言的时候，服务员手里捧着沙拉，默默地穿梭着。当然，沙拉旁的小银杯里盛着酱料。我挑出一些干了的蔓越莓，想弹向埃伦·奥康纳，她穿了一件安哥拉羊毛套衫，颜色正好和浆果的一致，想必弹上去她也不会在意这点锦上添花。

"天哪，简直胡扯一通。"莎伦大声咕哝道，从我们身后走来，一屁股坐在我隔壁的空椅子上。她在桌子底下甩动着钱包，弄得桌子不停震颤。我眼疾手快地把放在桌角的咖啡杯抢救回来，三滴色泽饱满的咖啡汁溅落到我的裙裾上。当然这是无法避免的。

"嗨。"我一边低声打招呼，一边稳住桌子，把咖啡杯放回去。莎伦递给我她的清水，我沾了些许在裙子上。"我不知道你也是妇女协会成员。"

"职场机遇啊。那些女士有可买卖的房子，还腰缠万贯。你的理由呢？你甚至都不住这里。"

"同侪压力。"

"嗯，对，但度假的时候，我是绝不会花时间和这些婊子周旋的。"莎伦骂道。她转身面向坐满同学的桌子，脸上绽放出一百瓦灯泡般的闪亮笑容，仿佛她刚才并没有称呼她们婊子般若无其事。然后她转头面向那个发言人，双臂交叉，懒洋洋地靠在椅子里。我们以前上几何课时，她也是摆出这副样子，挑衅老师点她的名字。

我看向那张地方走读学校的女士们围坐的桌子，看向阿什莉、埃伦、埃玛和奥德丽。我曾与她们一起去舞会、去郊游，一起为完成学校项目而奋斗。大学时，我们同属一个姐妹会；毕业后，我们参加彼此的婚礼，一群人约出来吃早午餐。

如今，看着她们，我的内心毫无波澜。我并非生气，我没有什么童年的怨恨之情，也不认为她们是婊子。她们大多数人都很友善。相反，当我看见阿什莉和奥德丽啜饮不加糖的冰茶，在叉一片苦涩的莴苣叶前用叉子尖蘸一点沙拉酱时，一种陌生的同情涌上我的心头。我一直把注意力集中在一连串强加于我的、我无法迎合的世俗的需求上。但是我从未思考过，在这间房里的其他女士也被迫去契合这个上流社会的模板。只不过她们表面看起来游刃有余，实则也许表里不一。

我们永不可能谈及这个话题，没有人能够为了一次开诚布公的谈话去打破这些规则、传统和僵化的思想。一想到这个，我的心就像受到重击一样闷痛。我想要站起来，冲出舞厅的门，跑到阳光下，扯掉所有柔软的丝带，这丝带将我们全囚禁其中，导致我们无法挣脱那些过时、令人不适的教条，我甚至想象不到会有人附和认同。但我不能这么做。这样做不对。我对着餐盘，举起叉子，把叉尖埋入了酱料中。

第六章
Chapter 06

玛　吉
Maggie

1924年

船只的始发港是纽约，玛吉和她的母亲只好带着一堆笨重的行李乘坐火车，准备到华尔道夫－阿斯托利亚逗留几天，看望伊芙琳和她的家人。这几周事务繁忙，玛吉的母亲几乎应接不暇，需要制作几条合身的新裙子、采购新外套、考虑玛吉能带几本书。但玛吉猜测，母亲最失望的是她没能在离开前打造出一个全新的玛吉。

　　伊迪丝阿姨是伊芙琳的妈妈，她从未去过欧洲，但她罗列了一长串去参观的场所和博物馆名单。玛吉看着餐桌对面的阿姨，她穿着一件裁剪得有点短的礼服，她的头发修成时兴的波波头（这个年纪的女人！想想看）。室内光线不佳，烛光得以照亮房间。玛吉心想，伊迪丝阿姨要郁闷了，但并不是因为要与宝贝女儿暂别，而是因为她不能与她一同出游，艰难的生活横亘在前方，重返青春已是奢想。

　　玛吉整个下午都陪着伊芙琳，她本该去买手套，此刻却坐在茶馆里看书。伊芙琳在一旁抽着烟，路过茶桌的人络绎不绝，都停下来和她搭话。玛吉恨不得告诉伊芙琳的母亲，自己很欢迎她来代替自己这个角色。她们没有买到手套，两手空空地回去了，伊芙琳说了谎，宣称因为玛吉的双手尤为宽大，她们找不到任何一双合适的手套。由此玛吉对伊芙琳的厌恶之情尤盛。玛吉努力克制住不用自己"尤为宽大"的手赏伊芙琳那张虚伪的嘴脸一记激情的恨拳。玛吉发现，也许最糟糕的是，她们在热火朝天地讨论伊芙琳的意中人、旅游计划和回来后盛大的初次社交舞会时，玛吉的母亲却在桌子下戳了她好几回，提醒她随行出游，是为了学习伊芙琳的闺秀风范，好让自己早日出嫁。玛吉心里狐疑，单看此刻没有大人在场时伊芙琳的所作所为，自己怎么可能向她学习。

两人的母亲把她们安置在房间里，早在一天前，搬运工就把衣箱和行李送过来了。玛吉站在码头上，凝视着这艘铁甲巨船，心里隐隐闪过期待。她没有想将来会否和伊芙琳发生不可避免的、无休止的争执，也没有想前些日子和查普曼先生的纠葛、父母对她的失望。她要去欧洲了。她要去探寻伦敦塔，在巴黎的咖啡馆里写小说，看西斯廷教堂的天花板，她要变得与众不同、富有探险精神、光彩夺人。她们站在船的甲板上，头顶万里晴空，前方等待她们的是盛夏的欣荣迹象，是那片充满亟待探索的宝藏、历史印记和传奇故事的大陆，是不认识平凡又无聊的玛吉·皮尔斯的欧洲人民，玛吉为此欢欣雀跃。

这种欢喜持续了不过两小时。她们和站在码头上的母亲挥手道别，船只发出长长的、哀怨的汽笛声，铁板哐当哐当地呻吟着。两艘拖船护送她们驶远了码头，仿若婚礼上的两个小花童。船刚开，伊芙琳就转过身来瞪着玛吉，眼神刻薄不善。她们周围的很多人已纷纷从栏杆处走开，到顶层甲板去欣赏风光，或回房去歇息，还有的去找乐子。伊芙琳在手提包里翻了翻，抽出一根烟，点火，缓缓地转过头去吐烟。烟雾飘散开，掠过玛吉的脸颊。"听着，玛吉。我知道要想妈妈同意我去欧洲，你必须跟着来，这是我同意你来的原因。但这次旅行我真的要尽情玩，你最好不要扫兴。"

玛吉从没奢想过在此次欧洲之旅中，她和伊芙琳的关系能有什么改善。她们都不是那类在城堡里、荒野上咯咯娇笑的人，玛吉也没有想象过两人坐在和平咖啡馆里喝着奶咖，八卦对方约会对象的情景。但玛吉有想过：去乌菲齐美术馆和卢浮宫，她必须拖曳着伊芙琳才能参观完；去斯卡拉歌剧院看歌剧，伊芙琳会昏睡过去，还得把她叫醒；她会抽烟，会对门卫抛媚眼；旅程结束前至少得从夜总会里解救她好几次。但玛吉从未预料到她会这样公然地反叛起来。

"所以我想做什么就做什么，你去做你……要做的事。"伊芙琳怀疑地瞄了一眼玛吉身上笨重的旅行服，"我们井水不犯河水，知道吗？"

说完，伊芙琳意味深长地瞥了一眼玛吉的身后。玛吉转过身，看见了一群年轻人，她猜他们的年纪约莫在她和伊芙琳之间。分别是两位女士、五位男士。女士们正呷尝着玻璃杯里的香槟，其中两位男士手里拿着瓶子，直接往嘴里倒，好像他们是随处可见的酒鬼似的。玛吉知道船上不禁酒，但她想，可能等到有人突破了某些看不见的界限，规则就会树立起来。"我能干什么？"玛吉问。

"读书或者其他什么的，像你一样的女孩不都这样吗？"伊芙琳答道。离她最近的栏杆上的黄铜尖顶饰被擦拭得闪闪发亮，她凑过去检查了一下自己的仪容，也没说一句再见，仿若玛吉是幽灵，只有一团空气而没有实体一般绕过她，加入那一群人谈笑风生去了。其中一个女孩拿来一个香槟杯，但伊芙琳傲慢地夺过酒瓶，仰头灌了起来，这一举动赢来他们的一片喝彩和掌声。伊芙琳什么时候认识他们的？也许他们对上眼的刹那，就算相识了。伊芙琳和那些女孩都具备美貌和自信，这个奇异的新世纪是为她们这样的人量身定做的，这个年代的女士们有自己的事业，亮相社交舞会时胆敢穿短裙，抽起烟来也肆无忌惮。

那群人四下散开了，玛吉留在原地，孤身一人站在甲板上，她的视线越过栏杆，看向船坞，直到船只渐渐驶离那一块造就纽约的弹丸之地。过了一会儿，玛吉回到船尾，看着高举火炬的自由女神像矗立的那一边。玛吉向她敬了个礼，凝视着那片渐行渐远的土地。两侧的拖船脱离了大船，缓慢地向陆地方向驶去，玛吉面向前方那片空荡荡的蓝色大海。

出行的魅力和新奇感就此消退。玛吉转过身，看着身后城市的黑色轮廓。这会儿，船只开始以惊人的速度前进，大烟囱冒出滚滚浓烟。玛吉有点想家了，她的喉头发紧，眼中涌上泪水。

"够了！"玛吉大声喊道。她猛地转身，快速地眨掉眼中的泪水。想家，那么多事情，她到底为什么想家？那么多年来，她不是都梦想着能有什么，或者任何人（除了查普曼先生）携她逃离父母家，远走高飞？她不是读了关于女性闯江湖的百卷书，总幻想自己就是她们，可以常年游历，还爱上一个看似卑鄙实则迷人的海盗，去破解米兰画作盗窃案、探索尼罗河的吗？如今她已踏上征程，手持一张付过费的船票——事实上是很多张——准备开始游历，她却在甲板上掉眼泪，想要回到自己一直想远离的母亲身边？"玛吉，做你生活中的女主人公！"她呐喊道，大步走下甲板，要去探索这艘船。

不知不觉，时间飞逝，一周过去了。玛吉在海风呼啸的露天甲板上漫步，坐在阅览室靠窗的位置上看书。在阅览室正好可以将船头风景收揽眼底，看它在无边无际的大海中斩风劈浪。晚间，玛吉会打扮好去吃晚餐，隔壁伊芙琳的座位一般都空着。玛吉就会与餐桌上年龄比她大的夫妇礼貌地交谈。所有交谈过的夫妇看起来都很好奇她到底在船上干什么，但他们没有一个会鲁莽地开口提问。饭后玛吉会去听讲座，有一晚，她还和天文学俱乐部的人去散步。看着漫天闪烁的星星，玛吉觉得它们像是百年前迷失在天际的讯息。她在一间鲜有人至的客厅里发现一处静谧的私人空间，在那里，她可以不受干扰地写作。她把笔记本带过去，一页接一页、行云流水地写，完全沉浸在创作中，不必提心吊胆地偷听楼梯上是否传来母亲的脚步声，随时准备一跃而起，把笔记本塞进抽屉里，内疚地藏好墨迹斑斑的双手。

玛吉时不时会看见伊芙琳和那群人。第一天起航，这艘船看似很庞大。玛吉从船头走到船尾，每一个房间、俱乐部、餐馆都进去参观，不时感叹木材的光泽度和闪闪发亮的窗户。如今她觉得这艘船太拥挤，来往的人太多了。那晚玛吉和天文学家们出去，回来后，她的双眼里闪烁着无数星星细碎的亮光，她的思绪纷飞，脑中装满了各种故事、愿望、白日梦和神话，却在半路遇到了伊芙琳和她的同伴，他们喝得醉醺醺的，在走廊里笑得颠三倒四，不时冲撞两侧的舱门，毫不在意里面是否有人在酣睡。

有一个小乐队每晚都在音乐厅里演奏，船员会在地毯上铺设一个小舞池，白天那里摆放的是桥牌桌。有一晚，在回房间的路上，玛吉看见伊芙琳和一个男人在舞池中慢慢地舞动，昏暗的灯光下，两人贴得很近。伊芙琳的双手随意地搭在男人的肩上，指间松松地夹着一杯香槟，好像才喝了一会儿的酒。他们的朋友彼此倚靠着，围坐在角落的几张椅子上，不时放声大笑，像废墟里的石像，却透露出优雅的气息。次日清晨，玛吉坐在同一张椅子上品茶，试图捕捉他们那种气息。她背靠在垫子上，想嗅一嗅女士们的香水味，但只闻到消散的烟味，只能隐约记起那充满魔力的回忆。并不是这间房，而是房里的那些人。玛吉忧虑地想，她身上可能根本没有什么魔力。

船离瑟堡越来越近，玛吉开始紧张起来。在船上任由伊芙琳和那群人游荡没问题，这是个封闭的场所，也不可能摔进水里，她闹不出什么幺蛾子来。但在欧洲，她就变成玛吉肩上的责任了。

船靠岸后，和伊芙琳做伴的这些年轻男女们必然各奔东西，去到各自的目的地，剩下玛吉和她相依做伴。她们还要环游欧洲。她们手里有票，两位母亲已经写好并发出电报预订酒店。一切都会很顺利的，玛吉安慰自己，努力压下心头的不安。

抵达的那天早晨，玛吉起了个大早，去看船只停泊。眼前的土地一片安详，周围不再是无边无际的海水，船坞下方船员们忙得热火朝天，大船缓慢地停靠到码头上，放下舷梯。早餐提供得很早，玛吉和其他睡眼蒙眬的乘客们一起享用，席间无言，大家十分疲惫，却又按捺不住激动的心情。回房的路上，玛吉在甲板上停下脚步，看着下方的游客离船。他们抬头深深地吸入空气，望着头顶的太阳。脚夫们来去匆匆，忙着把行李搬上小推车运到火车站去。

当然，前一天晚上伊芙琳并没有回房，玛吉越发焦虑起来。但吃完早餐后回房，她看见伊芙琳正在收拾行李箱。或者更准确地说，伊芙琳穿着晚礼服，懒洋洋地靠着床，坐在一堆杂乱的衣物中间，翻阅着一本杂志。她的行李箱占据了几乎整个房间的空地面。"嗨。"看到玛吉，她似乎毫不讶异，虽然她已经故意躲避了玛吉有一周之久。"收拾东西太麻烦了，对吧？"

"我想是的。"玛吉试探地回道，耐住心里的焦躁，心想，这么随意的搭话是否预示了伊芙琳叛逆行径的缓和。玛吉希望下船后她们俩待在一起时，伊芙琳能收敛一点，表现出一起挑选参观的博物馆和遗址的兴趣。毕竟旅行即将开始，玛吉怎么可能不为此欢欣雀跃呢？她们将在巴黎度过两个星期，玛吉想，她们怎样才能走完这些地方：博物馆、林荫大道、商店和咖啡馆。整个星期，玛吉都在幻想她们可能有的奇妙旅程。而且玛吉负责规划本次旅行，她手里握着她们的资金、护照、酒店订单，还有将要去做的教育事业清单，但玛吉并非完全局限于这些计划。如果伊芙琳想要抽出一个下午的时间去购物，或者两人决定来一次凡尔赛一日游，也无妨。自由，这璀璨而令人垂涎的自由啊，在她面前展现的是怎样一副大好光景。即使现在伊芙琳对巴黎兴趣缺缺，只问了哪间是她们下榻的酒店，但玛吉肯定，真正看见这座城市后她会改变心意的。

"下船的感觉真好，是吧？在上面太封闭了。"

"没错。"伊芙琳赞成道。能下船似乎让她很高兴，她跳下床，开始随意地叠起几件衣服，把它们塞进行李箱去。"我迫不及待要看看巴黎。"

"我也是！"玛吉甚至无暇掩饰她的欢欣。她是个无可救药的傻瓜，她知道，但她怎么抑制得了自己心中的期待之情呢？她要去欧洲。她要去追寻伊迪丝·赫尔、梅·辛克莱、格特鲁德·阿瑟顿、伊迪丝·沃顿这些她钦慕了很久的作家的足迹。

伊芙琳提起一件衣服，抖了抖，把它丢进行李箱里。"昨晚我度过了美妙的一晚。我们去了船长的舞会——你去了吗？"

玛吉瞥了伊芙琳一眼，暗忖她明明知道自己没有一起去舞会的舞伴，还这么问，目的何在。但伊芙琳一派天真坦荡的神情。"我只是路过了。"玛吉回答。晚餐后她经过舞厅，往里瞧了一眼，夜晚的激情已经在预热了，女士们穿上为这种场合珍藏的最名贵的礼服，显得光彩夺人。管弦乐队轻声演奏着，几对舞伴正测试舞池。玛吉确实很想进去加入这五光十色的派对，坐在一桌子欢乐的人旁边喝香槟，和一位身着燕尾服的男士跳一支舞。初次社交亮相那年，玛吉舞跳得太多了，如今她几乎不跳。参加家中举办的舞会时，玛吉常常被困在那张坐满了比她老、比她抑郁的女人们的桌子上——那些是真正的老处女、寡妇——玛吉就会拿起一本书，偷偷溜走，以避免直面这种命运。在这里，谁也不认识她。但玛吉低头看看自己穿的这件黑紫相间、镶满珠子的呢绸乔其纱礼服，觉得它风格呆滞乏味又不值钱。假如她要进去，她只能站到墙边，看着别人享受快乐时光。故而她拿着笔记本，去了音乐厅。空荡荡的房间里只有一个钢琴家在静静地演奏。在那里，玛吉写了一个故事，故事里有个女孩在船上参加舞会，邂逅了一位英俊的男士，和他跳了一整晚的舞。玛吉写完后，心情幽怨，又夹杂着几分欢喜，不禁掉了泪，才沉沉睡去。

"好吧，这太可惜了。真的，玛吉，你应该来的。现在让我们下船，到巴黎去。我好想去买新裙子，都整整一周了，我都没有一件像样的衣服穿。"

等伊芙琳随随便便地收拾好东西，穿好衣服，船上还有熙攘的人流不断走下船去。一个脚夫拿着她们的行李走在前方。路过邮箱时，玛吉投了一封写给母亲的信进去，让信跟着船回程。信里写满了动听的谎言，玛吉编造了她们从未有过的其乐融融的晚餐对话，绘声绘色地描写了她根本没现身的舞会和没见过的人。母亲还说她做的作家梦毫无用武之地呢。

在火车上，伊芙琳口若悬河，喋喋不休。玛吉不得不借口找餐车去喘口气。她不知道哪种情况更坏些——一是放任伊芙琳在一个陌生的城市里游荡，但她担心这会给自己带来麻烦；二是和伊芙琳待在一起。玛吉笨拙地操着一口吐字不清的法语，招来一辆出租车，去了下榻的酒店。她和伊芙琳的鼻子压在车窗上，"看！"车一边驶过，玛吉一边嚷道，"巴黎圣母院！协和公园！香榭丽舍大道！"玛吉的手贴着车窗，仿若可以用指尖抚过巴黎的每一寸，就像很多年前的那天晚上罗伯特抚摸她那样。

一想到这，玛吉像打了个激灵似的坐直了。伊芙琳还趴在窗户上，但玛吉看得出这个年轻的女孩儿的双眼紧闭着。她靠着冰凉的玻璃睡着了。

过了这么多年，是什么让玛吉重新想起罗伯特？此时此刻她并不想想起这个人。她度过了美妙的一晚，没必要让现实毁了这段回忆。她想要一次浪漫欢乐、新奇刺激的欧洲之旅。她想要一次与众不同的旅行。她不想因被勾起一段在美国的露水情缘的回忆而搞砸了她的好心情。

她们住进了酒店房间。脚夫搬她们的行李上楼，没有一丝怨言和脾气，最终玛吉内疚地塞了小费进他的手里，她稍后会发现这笔小费的金额不菲（钱币很难分得清）。伊芙琳开始翻行李箱里的物品，扔得到处都是，弄得这间房和船上的房间如出一辙地乱。随后她溜出房门，进了浴室，再出来时已是容光焕发，神采奕奕，完全看不出她过去二十四小时的睡眠只有在出租车上那个小盹儿而已。玛吉换了鞋，准备看一看旅游指南《巴黎及其周边》。现在已接近傍晚，但她们肯定可以进卢森堡公园或沿塞纳河散散步。

伊芙琳拎起包包和外套。"我下楼去发个电报，告诉妈妈我们到了。"她说道。玛吉在房间里呆坐了一会儿，决定跟她下去。她可以坐在大堂里，等伊芙琳发完电报，然后两人可以出去走走。想到这，玛吉的心跳有点加快。她迫切地想出去逛，想踏上法国大革命的英雄们走过的街道，想经过巴黎画家们聚集的咖啡馆，想享受这趟旅程的每一刻欢乐。这样，就算玛吉回家了，和妈妈坐在客厅，把手里的针刺入刺绣环的小圆布上，听着耳边没完没了的钟表嘀嗒声，感觉无聊乏味的光阴一点点地流逝，她也能有无数可追思、可幻想、可创作的回忆。

但到大堂后，玛吉发现伊芙琳不是在发电报。她站在船上那群人之中，那些人懒散地躺在大堂休息区的几张沙发上，好像这是他们的卧室一样。

"伊芙琳？"玛吉走到她身后叫道。

伊芙琳转过身，睁大双眼。那群人懒懒地抬眼看向玛吉，其中一个女孩顿住，用手掩脸，和另一个女孩说起悄悄话，那个女孩咯咯地笑了起来。玛吉羞红了脸，热气往她脸上冲，她的心可悲地一点点往下沉。

"你在干什么？"

"我们要出去。"伊芙琳答道，好像一切照计划进行似的，即使玛吉和她几刻钟前才聊过这个话题。

"但是……"玛吉开口，却发现她无话可说。但是什么呢，玛吉？难道你还奢想伊芙琳在巴黎和在船上能表现得截然不同吗？还是你以为在欧洲你就是与众不同的另一个人，无论如何伊芙琳都不会把你抛在身后？玛吉心里涌上一阵忧伤，这种忧伤让她恶心，她发现那才是伊芙琳一直以来的计划。她会问玛吉酒店的名字，不是因为她对旅行感兴趣，而是为了告诉朋友们去哪里接应她。

"玛吉，真的，你完全无药可救了。"伊芙琳嫌弃道。她转向朋友。"我们走吧。"她说道，然后那群人慵懒地起身，仿佛伊芙琳刚把他们从睡梦中叫醒。男孩们缓慢地走着，女孩们拖着脚走到门边，只留玛吉一人独自站在大堂，一只手拿着指南，另一只手拎着包，既无计划，也没有任何打算。

外面，整个巴黎都在等着她，但玛吉心情低落，茫然失措。她做不到，她被拒了，她不知道她要告诉母亲些什么。最后，一个很不友善的保安冲玛吉清了清喉咙，示意她不要站在大堂中央，玛吉才走到前台去发电报。她手中的笔在纸面犹疑了很久，才写下了简短的一句话：平安抵达，玛、伊。

巴 黎
之 光

THE LIGHT
OF
PARIS

第七章
Chapter 07

玛德琳
Madelyn

1999 年

第二天，母亲又邀请我去吃午餐，但我拒绝了。我不能再坐一个下午，不仅自己假装，还得看着别人假装。想到我们在那个房间里的所有人都在扮演各自的角色，我仍然感到很难受，我受不了再来一次。

她走后，我到罗威街找吃的。在这条我父母住的街道的街尾，一排排的商店和餐馆坐落在低矮、不起眼的砖砌建筑中，朝两个方向延伸。这里是城中一个历史比较悠久的地段，我年轻的时候，这里还是个很体面的地方：母亲在精品店买围巾，旁边是一家头饰店和一家大学生们常去的沙拉三明治餐厅。上高中那阵子，我常去这条街逛，假装受尽了折磨，在咖啡馆里喝咖啡，在书店看艺术书籍，或是在诗歌区闲逛，希望能邂逅一个诗情画意的十几岁男孩（仅供参考，根据我对青少年的广泛研究，我很确定不存在这种男孩子），要不就是买和我的脑袋一样大的饼干，沿街浏览商店的橱窗。

但是，此时此刻，当我沿人行道寻找食物的时候，我注意到，街上的一切都果断地改换成了奢侈冷淡的风格。头饰店不见了，取而代之的是一家出售当地制造的珠宝和艺术品的商店，一家精酿啤酒厂占用了沙拉三明治的店面（在大学生看来，这八成是一种公平的交换）。我找到了一家新开的餐馆，里面有一个小院子，四周围着一圈铁栅栏。我点了火腿蛋吐司和咖啡，然后，我一边等着食物的到来，一边向后倚靠着，闭着眼，任由阳光像一个温暖的承诺，照射在我的皮肤上。

时间在我前面向前延伸，空虚、开放、自由，仅此一次，让人感觉很舒适，我不再感觉必须找点事做来打发时间。

我单身并独自生活那会儿，我经常做什么来着？这就像是我正试着记起一个我曾经听过却怎么也想不起来的故事，框架模模糊糊，细节前后矛盾。下午画画，直到天色变暗，眼睛和手指开始痛，晚上去空荡荡的二轮影院，手上沾着爆米花上的黄油和盐。除了我每小时的生活，我还记得那种感觉，那是一种令人眩晕的自由，就好像我在过一个永远不会完结的暑假。我会看着周围的人，觉得自己仿佛做了一件错事却逃脱了惩罚。现在我想知道，为什么我会有那样的感觉，毕竟我的生活就是我想要的。

"你在偷懒吗？"我吓了一跳，猛地睁开眼睛。在太阳的照射下，我的脸滚烫，眼前都是光斑。我眨眨眼，光斑消失了，我眯起眼睛，莎伦的身影渐渐地出现在我的视线中。

"嗨。我只是……我妈妈家里连一口吃的都没有……"我相当肯定她是在开玩笑，但现在，我还是着愧难当，就像光束下的一只猫，被人抓了现形，毕竟在这个时候，我本应该做一些有用的事。

"放松，放松。我开玩笑啦。我能坐下吗？"她穿着一条裙子和一件运动夹克，但我还没来得及说话，她就盯着餐厅院子周围的黑色栏杆，跳了上去，把腿翻到栏杆的另一边。片刻后，她坐在我对面那张空椅子上，把她的钱包和夹克挂在椅背上，四处寻找服务员。

我不再懒散地靠在椅子上，而是坐直身体，在我的手提包里翻了个遍，找出一副太阳镜，从镜片上的污迹和抓痕的程度来判断，它八成是从去年夏天开始就在那里了。我的手指拂过手机，那东西一直处在顽固的沉默中。我猜，菲利普还没原谅我，或者他在纽约只是很忙。是他坚持我们都使用手机，而那之后很久，手机才流行起来；他还坚持只要有新设备问世，我们就要使用。菲利普总是要拥有最好的东西。

"你在这里干什么？你住附近吗？"我问，声音有些太大了，我要把菲利普赶出我的脑海。

"我？"莎伦大笑起来。她的声音和高中时一样，粗哑，像是喝多了威士忌，在整个校园里都能听到她的笑声。"不是的，我可住不起这个地段，除非我肯脱光衣服。而这是不可能发生的。"她指着自己又矮又胖的身体说。"实际上，我只是给另一个客户送传单来的。你认识她吗，贝齐·林恩·奇尔弗斯？她和你妈妈是朋友。"

听到贝齐·林恩·奇尔弗斯的名字，我浑身一哆嗦。想起她给她的那些狗穿衣服，无论去哪里都带着它们；可在我很小的时候，就因为我弄脏了她家的地毯，她就不停地对我大吼大叫。"真不幸，我的确认识她。她是我小时候的噩梦。"

"她是我现在的噩梦。"莎伦说。然后，在服务员过来的时候，她叫了杯咖啡和一份薄煎饼，"不过呢，她挺有钱的，还要我替她卖房子。所以呢，干杯！"她冲我举起水杯，然后喝了起来。

"但愿房子能轻轻松松地很快卖出去。"我道。

"不开玩笑了，你怎么样？抱歉那天吓到你了，我还以为你妈妈会告诉你。"

"是的。我和我妈妈并不总是能沟通好。老实说，我觉得她肯定以为我不在乎呢。"

"那你在乎吗？"

"说来也怪，我的确介意。很傻吧？从根本上说，自从我离开去上大学，我就没在那所房子里住过了。"

"一旦涉及房子，人都会做出奇怪的举动。不过千万别放在心上。你妈妈只是想离开那里。住在那所房子里，她要做太多家务。"

"她要搬进公寓吗？我简直没法想象。"

"的确。花园协会的所有老年贵妇人都搬到那里去了。"莎伦的咖啡到了，她拿了几个糖包，摇了摇，一股脑儿都倒进了她的咖啡里，这下子咖啡就变成了百分之九十的甜味剂和百分之十的液体。"贝齐·林恩也要搬过去，我相信她的邻居们都很激动，因为她养的那些狗整天叫个不停。不管怎样，她和她的问题说得已经够多了。我很高兴你在城里。"

"我也是。"我回道，惊讶地发现这竟然是我的真心话。每次来看母亲，我都备受煎熬：她总是不停地批评我，而我则要拼命地取悦她。但这次感觉不同了，我觉得我没有什么可失去的了，就如同摆脱她对我的衣服、头发、体重的抱怨变得更容易了一样，似乎那根本就不是我的问题。"你怎么样？你从高中开始就一直在这里吗？"

"那倒不是，我流浪了一段时间。我跟着费西合唱团四处游荡了几年，住在旧金山的那段时日，玩得很开心。后来，我回到这儿来，还遇到了我的男朋友，于是我决定留下来。"

我们的餐来了，我们把餐巾铺在身上，挪动盘子腾地方放好早餐，而我则想象莎伦在泥泞的田野里跳舞、在旧金山的街道上散步，无拘无束、自由自在，就像一个迟到了二十年的花童。"我不得不说，想象你做那些事，比看到你住在这里，要容易得多。这地方实在是……"我琢磨着该用什么样的词来描述我在前一天午餐会上的感受，我既为自己羞愧，也为我们所有人悲哀。总之，感觉怪怪的，但就是找不出合适的词。

但莎伦明白我的意思，至少看起来是明白的。"当然，一部分是那样吧。我和你就是在那样的氛围里长大的，但并不总是那样的。这儿有很多很棒的商店、餐馆、美妙的现场音乐，我男朋友是个音乐人。从根本上来说，就因为这个，我才当了房地产经纪人。总得有人付账单，是吧？他和孩子们在家里。"

我差点被嘴里的鸡蛋噎到。"你有孩子了？"我问，尽量礼貌地打嗝，我喝了口水，顺过气来。在我们的社会实践课上，我见过莎伦用从餐厅拿来的一个苹果雕刻了一个大麻烟枪，然后带领一群女孩径直穿过监护人的房间，去森林里过瘾。现在那个女孩竟然会换尿布，摇晃婴儿入睡。

"当然了。双胞胎儿子。快两岁了。凯文白天在家里看着他们，我就出来工作。"她咬了口吃的，冲我顽皮地一笑，"你很惊讶吗？你觉得我不像当妈的人？"

"啊……也不是。我是说，我上高中那会儿和你不太熟，但……"

"算了，没关系。大部分谣言都不是真的，但谣言背后的情绪是真的。老实说吧，我很高兴有这样的名声。与我保持一定的距离，不让我加入完美圈子。我都不知道你是怎么活下来的。"

"完美圈子？什么意思？"

"你知道的。你啦、阿什莉啦、埃伦、奥黛丽，还有埃玛。那些婊子，她们的头发完美无瑕，还戴着聚珠项链①。我不是说你是婊子。我一直不太明白你为什么和她们一起混。"

"不知道。我的头发一向不怎么漂亮，我也经常弄丢我的聚珠项链。我不知道她们为什么让我和她们在一起。也许有了我的衬托，能让她们自我感觉更好。"说这话时，我有点不寒而栗，羞愧万分，仿佛多年来我一直向自己隐瞒真相。显然，我的人生目标是，拼命依附那些自认为对我很好的人，因为我也是这么认为的。

莎伦"哼"了一声。"应该是反过来才对。我记得你的画还在高级艺术展上展出过呢，你画得太棒了。你现在还画画吗？"

---

① 世界上最受欢迎的陶瓷收藏系列之一，可用作勉励人心及表达爱意、友情和关怀。——译注

"不了。"我说，"不了。我的意思是，我从来都不是画家。我只是玩玩而已。"我对派因小姐也是这么说的，但这次听起来不太一样。这是我父母会说的话，不是我的。我不是玩玩。我的创造力对我很重要。

"那太糟糕了。你以前很棒的。"她说，"不管怎样，我一直都觉得你很酷，虽然你戴着那种项链，还与那样的人为伍。很高兴知道我没弄错。"

我从充满艺术气息的记忆中清醒过来，慢慢地对莎伦眨了眨眼。她以为我很酷？她，曾在校服外面穿皮夹克配马丁靴，骑摩托车载她的约会对象去参加毕业舞会，在午休时离开学校（严重违反规定）去抽烟（再次违反规定），和公立学校的男孩吃比萨饼（又违反了规定），这样一个她觉得我很酷？她是不是看我看得不太准，还是我看自己看得不太准？

"和我妈妈一起工作，感觉怎么样？"我清清喉咙，改换了话题，以免沉默太久，让彼此尴尬。

莎伦小心翼翼地切开薄煎饼，显然是在思考如何回答。"你妈妈这人……很认真。"

"如果你这个认真指的是过于挑剔又很负面，那一点都不错。她的确是这样的人。"

"从小到大在她身边，肯定很有意思。"

我微微一笑，却无法发自真心。从小到大和母亲在一起，可不是一件容易的事。现在则很难和母亲共同生活。母亲一直对我很严厉，尤其是对我的艺术和外表。她认为我在学校的画室里待的时间太长，就给我报名参加了少女协会。上走读学校的最后一年，高级艺术展已经展出了三个礼拜，她却一直没来观展，后来我央求她去，她用一种让我想哭的语气说，"真的吗，玛德琳，那真的很重要吗？不过就是些画而已。"从我六岁到离家上大学，她一直在监控我的饮食，并且经常告诉我，要是我不打理我的头发，继续笑得那么大声，还不去减肥，那我这辈子都别想嫁出去。

但我还是忍不住取悦她，我知道这不合理。我知道，我永远也不能使她高兴起来。但她是我的母亲，我还能怎么办呢？我一直希望有一天，我们可以一起讨论一些重要的事情，而她不会批评我；我一直希望有一天，她会给我一个拥抱，而不会嘀咕我胖了多少、瘦了多少；我一直希望有一天，她会说："我爱你，即使你并不像我。"她无数次嘲笑我，以我为耻。但她是我的母亲，我知道，在我死之前，我都将继续期待我们之间有奇迹发生。

不过我无法向莎伦解释这些，于是，我只是说："事情很复杂。"

"嘿，莎伦！"这时，一个女人停在栏杆的另一边。她牵着一条老狗，那只狗此时正急切地嗅着我的腿。我把手伸过铁栏，抚摸它，它热情地闻着我的手。我一直想养一只狗，或者至少是一只猫，但菲利普讨厌宠物掉毛，我也不会养那些令人毛骨悚然的无毛犬。

"怎么了？"莎伦站起来，隔着栏杆拥抱了那个女人。她们聊了起来，我则用一只手抚摸狗狗，用另一只手吃东西。"玛德琳，这位是卡桑德拉。街尾的针织店就是她开的。你看到过吗？是你离开后新开的。"

我把嘴里的食物咽下去，一手拿着餐巾擦嘴，伸出另一只手和卡桑德拉握手。她个子很高，一头棕发梳成长辫子，有的地方挑染成鲜艳的紫色，她戴着一个鼻环，整个人看起来很迷人，比起妇女协会里那些虽然优雅却古板的女人，我更喜欢她。

"很高兴见到你。"

"嘿，吃早餐吗？"莎伦问。

"不用了，我吃过了。但我想喝点咖啡。"就这样，卡桑德拉把狗拴在栏杆上，和莎伦一样翻了过来。卡桑德拉先把一张桌子拉过来，然后找女服务员点了一杯咖啡。

"你有家针织店？"我问，尽量压抑我声音中的不确信。

"是呀。去年开的，就在街尾，挨着爪哇好时光。"

"那家店以前是高档宠物商店，卖狗狗专用的芭蕾舞鞋和袜子。还记得吗？"莎伦插口道。

"记得啊。谢天谢地，那家店不干了。怪吓人的。"

"我知道。实际上，我们搬进那家店后，我还请了一个大师来驱灵，赶走那些被迫涂狗狗指甲油、戴蝴蝶结的可怜狗的鬼魂。这可是完全合理的业务支出。"卡桑德拉说。她从莎伦的水果盘里拿了一颗葡萄，塞进嘴里。"你们是怎么认识的？"

"我们是高中同学。现在我为她妈妈卖房子。"莎伦解释道，"她回来帮忙。"

我喜欢她给我找了托词，但卡桑德拉自然不认识我，不可能想知道我为什么在那里，或者我的母亲、丈夫是谁，或者为什么我没戴婚戒。

没人关心。没人关心我穿什么衣服或应该做什么。这就像夏天的洒水器一样自由自在，我真想向后举起胳膊，让水淋遍我的身体。

"真好。"卡桑德拉说着又吃了一颗葡萄。

"莎伦·贝克。"我听出亨利的声音，抬起头来，"你说过你绝不会去别的馆子吃饭。"一看就知道莎伦见到他特别兴奋，她猛地从椅子上站起来，隔着栏杆拥抱了他一下。

"公平地说，你那里是不供应早饭的。"她说着放开他，坐回到座位上。

亨利戴着墨镜，一只胳膊下面夹着一份折叠着的报纸，手里拿着装在纸杯里的咖啡。卡桑德拉也拥抱了他，然后，他看到了我。"鲍尔斯女士。"他一边说着，一边幽默地冲我行了一个大礼。

"美食小厨先生。"我答。

"再次见到你，我很高兴。我都不知道你们几个认识。"

"我和莎伦是同学，和卡桑德拉刚认识。至于你，显然是马格诺利亚最不为人知的社交秘密。"

他把眼镜架在头上，他的头发和我上次见到他的时候一样乱，不过他身上的土倒是少了一些。他的裤子膝盖处松松垮垮，都磨损了，强壮的身体上套着宽大的 T 恤，但令我惊讶的是，看到他，我心里竟然有些小鹿乱撞。当然，这样很蠢，毕竟我已经结婚了，而且菲利普比亨利好看多了。但当我看着他那凌乱的胡子，我不由自主地脸红了，我想象着他的胡子蹭着我的皮肤是什么感觉，我连忙阻止自己继续想下去。

"我就是太阳啊，马格诺利亚的社交轨道就是围着我转的。"亨利道，仿佛他承担着很大的负担。我一边喝水一边"哼"了一声，想象他在乡村俱乐部，与我母亲、贝齐·林恩·奇尔弗斯、莉迪亚·恩迪克特在一起，恩迪克特看起来永远像是浸泡在柠檬汁里。

"亨利以前和我男朋友一起组乐队的。"莎伦用餐刀指着亨利，继续吃起了她的薄煎饼。

"乐队？啊，你还真是有很多不为人知的秘密啊！"我道。

"那是很久以前的事了。我们可是真正的重摇滚。"

"那你怎么退出了？重摇滚现在很有市场呢，你不知道吗？"

"我年纪太大了，不适合干那种事了。通宵和比我小十几岁的孩子在俱乐部里混？我可不认为那有什么好。再说了，我发现做一些我擅长的事，回报更大。"

"这周末的首周五活动，你有没有贡献？"卡桑德拉一边吃着莎伦的早餐，一边说，她眯着眼睛看着亨利。

"啊，你知道的。还和往常一样。让那些饥饿的人填饱肚子。你呢？"

"店里有一个针织小组活动，我请来了一位针织大师展示作品。真的很棒呢，你应该来看看。"

"我应该能去。"亨利说。

"首周五活动是什么？"我问。

"每个月的第一个礼拜五，商店都不营业，而是举办街区派对。商店啊、餐馆啊都会举行特别的活动，还有现场音乐。你也来吧！可好玩了。"

"他们把整条街都封了？我妈妈肯定讨厌这样。"

"这么说你会来了。"亨利道。

"我绝对不会错过的。"

"还有别忘了,我邀你去我的餐馆吃饭呢。你什么时候来都行。"他用他的报纸指着我,我顺从地点点头。

"说到这里,我得走了。很高兴见到你们。卡桑德拉,如果你们周五想要茶点,就告诉我一声。我想办法做些出来。"

"太好了。"她说,他挥了挥手,转身朝山上我母亲家和他的餐馆走去。

"你是怎么认识亨利的?"莎伦问。

"我们前几天在院子里见过面。"我说,忽略了我的睡衣和疯狂草莓的部分。

"他这人不错。"

"我妈妈肯定受不了他。"

"这是肯定的。"她说,冲我露出一个顽皮的笑容。

我们三个坐在阳光下,在女服务员收走我们的盘子后,继续喝着咖啡。我人生中的很多时光都是在出租车上和温控的房间里度过的,我忘记了处在真正的社区里是什么感觉。人们在社区里生活和工作,还会不期而遇,不用送雕刻字母的请柬就能见面。我们坐在那里,周围人来人往,有的是莎伦的熟人,有的是卡桑德拉的熟人,那些人是艺术家、音乐家和商店老板。这条街上的泰国餐馆老板瓦尼停下来跟我打招呼,并邀请我去她店里吃午饭。卡桑德拉向我介绍了雕塑家基拉,她在几个街区之外开了一家美术用品商店,皮特和他的妻子买下了咖啡馆，莎伦的男朋友凯文带着双胞胎过来，他有黑眼圈，我们边聊边笑，看着孩子们在空桌之间跑来跑去。我不由自主把手伸进手提袋里拿我的抗酸药，而且我惊讶地发现，我的胃并没有痛。

走在回家的路上，罗威街上的喧闹声在我身后渐渐退去，被树木吸收了，树木将阴影投射到人行道上，在我的头顶上方轻声说着祝福的话，我禁不住笑了起来。时至今日我才意识到，马格诺利亚并不只有乡村俱乐部、阿什莉·海瑟薇和妇女协会的识字募捐活动——这是多么奇怪，又是多么悲哀——还有卡桑德拉、针织小组、凯文的乐队、餐馆的老板们，以及那些在罗威街上开巫术商店的人——他们出售水晶和鼠尾草，还举办前世回溯讲习班。

这让我以前所未有的方式爱上了马格诺利亚。我错过了多少个首周五活动？我错过了多少次与那些人一起吃饭的机会？而他们的故事能让我开怀大笑，让我想要坐下来，说："快点，把你喜欢的这件事原原本本地都告诉我。"就因为我从未想过要突破我所知道的界限，我错过了多少？我这么做是为了谁？头发、衣服、权利委员会，以及并不适合我却很完美的丈夫？我当然不在乎这些，我不喜欢大多数在乎这些事的人。那为什么它们对我如此重要？

母亲的房子看上去总是那么大，但当我朝前门走去，却又觉得它很小。我看向侧面，只见餐馆的停车场空空如也，但我仍能听到里面传来的声音，有微弱的音乐声，锅碗碰撞的叮当声，以及偶尔的叫喊声。我渴望去那里。我渴望回到街边咖啡馆的桌边，和每一个路过的人打招呼，了解他们，用全新的方式了解我的家乡。

第八章
Chapter 08

玛　吉
Maggie

1924 ^年

玛吉一个人坐在旅馆里吃早饭，怒气冲冲。伊芙琳前一天晚上没有回来；她的床和她离开时一样，没人在上面睡过。玛吉试着读小说，试着写东西，先是写了小说，然后给母亲写了信。可是，她上次写的信里满是谎言，现在她该怎样解释真相呢？

　　她写这些东西，目的是希望在陆地上，她和伊芙琳的关系能变得更好，希望伊芙琳能表现得更好。但是显然，一切都没有改进，玛吉真的很担心这种冒险在真正开始之前可能就已经结束了，她生怕伊芙琳的行为表示玛吉是一个不称职的行为监护人，她的父母会让她回去，一切都将回到老样子：发霉的客厅，壁炉架上的时钟吃掉时间，和绝望的单身汉或鳏夫尴尬地吃饭。当她意识到无处可逃时，她内心的悲伤与日俱增。

　　好吧，够了。她一直在看旅行指南，现在她决定自己出去转转，让伊芙琳去死吧。只要她在晚饭前回来，她一定能看到伊芙琳准备出去过夜生活，到时候她们就能聊一聊。在巴黎，玛吉会允许她由着性子来，但到了该离开的时候，那就会像计划一样，只有她们两个了。玛吉在脑海里想象着这样的情形，她既坚定又坚强，而且，她意识到这样安排很明智，便愉快地点了点头。

来到外面，她的信心消失了。在旅馆里，大多数人都至少会说一些英语。但是在街上，她听到的只有法语。玛吉听到那些声音，有点惊慌失措，她上高中和大学的时候都学过法语，但从那以后她就再也没说过法语了，她渴望教室里那种人造环境，那种单一的、带有美国口音的方言，以及老师和教授们缓慢而沉着的讲话。她从没想到她需要面对不同的口音，有的人说话含糊，还有的人说话很快，或者，当她走进地铁站，询问列车在哪个站台，她得到的回答与教科书中整齐有序的对话完全不同：Où est le train? Le train est là^①。相反，售票处的那个男人快速地说出一连串法语，而玛吉只听懂了"左"和"右"这两个词，根本记不起什么对什么。于是，她只好退了回去，把自己隐藏在人群中，祈祷他们去的是她想去的地方。

但她打开指南上的地图，确实找到了她要去的地方，快到的时候，她就跟着其他看起来比她更熟悉路的人。在卢浮宫里，她发现自己跟在一群美国人后面，仿佛自己是他们的一分子，她站在那群人的最后

---

① 意为：火车在哪里？火车在那里。——译注

面，听着美国人那舒缓的元音，听着南方人和波士顿人那慢吞吞拉长调子说话的方式。他们走来走去，博物馆的地板在他们脚下嘎吱作响，愉快地哼哼着。玛吉发现她的思绪从艺术转移到了这座宫殿本身。她能想象朝臣、国王和王后在同样的楼层里走动，于是她闭上眼睛，试着感受她脚步之外的他们的脚步。在更大的厅堂里，她想象着人们穿着最华丽、最极致的服装来参加舞会，看到自己戴着闪亮的高假发，从马车里走出来，她的脸化着很时髦的妆容，她的舞会礼服闪闪发光，一个英俊的男人，不，是一位王子，来迎接她，他……

"打扰了，小姐①。"

玛吉睁开眼，发现自己站在一个门口，一对夫妇想从门口过去，这会儿正好奇地打量她。她摇了摇头，挣脱了蜘蛛网一样的白日梦，走到一边，露出了腼腆的微笑。尽管如此，她穿行各个展厅，依然寻找着她的王子，她的目光落在一个又一个年轻人身上，想象着他们在一起散步，他握着她的手，他们一起共赴宫廷舞会，或者在爱抚时，她的脸靠在他的脸上。她很可怕，她知道的；她本应关注艺术，本应改善自己，但她的想象力似乎总是要把她带走。

她穿过杜伊勒里宫，仿佛在飘浮，午后的阳光洒在野餐者、散步者和拿着冰激凌的小孩子身上。也许这就是为什么他们称巴黎为爱之城，它那慵懒的美让她感觉夏日永远不会完结，那是一种永恒的自由，

---

① 原文为法语，mademoiselle。——译注

让爱无法压抑。她微笑着穿过花园，协和广场周围车水马龙，她像是受到了粗鲁的侮辱——巴士、汽车、马匹和马车一片混乱——她迷迷糊糊地往旅馆步行。

此时是傍晚时分，金黄色的阳光怪怪的，天空中有一抹紫罗兰色，太阳落向豪斯曼①规划过的这片无穷无尽的建筑群，洒下了一抹更浓的黄色，黑色的阳台和摆满鲜花的窗台，红色、紫色、蓝色和白色，争奇斗艳。人们移动的速度比在华盛顿或纽约慢，他们是在街上闲逛而不是匆匆而行，到处都是咖啡馆和餐馆，人们坐在人行道上的桌边，吃饭、喝咖啡、抽烟、聊天。她一边走，一边看着人群，路人的面孔，餐馆里或自家窗边的人。食物的味道十分诱人：黄油和大蒜酱汁做的贻贝，壳向天空张开；温热的面包散发着浓郁的酵母味，热气腾腾的；新鲜的青豆散发出阵阵清香。

她徜徉在这座城市中，感到仿佛她已经是城市的一部分了，仿佛这座城现在已经属于她了。只要不必和任何人说话，她就很喜欢法语飘在她周围的空气中，她从咖啡馆经过会听到断断续续的对话，偶尔能听到箭一样的尖厉叫喊声，那是一个母亲从窗边喊孩子，或是工人在大叫示警。而且，孤独的感觉是那么新奇。她以前有过如此孤独的经历吗？即使她把自己锁在房间里，感觉很像埃米莉·狄金森写小说时的样子，她也不是一个人。她能听见母亲和女仆在屋子里走来走去，

---

① 豪斯曼男爵在拿破仑第三时代曾任巴黎所属的塞因省省长 17 年之久，主持巴黎改建及美化。——编注

楼下厨房里正在准备晚饭的嘈杂声；或者，她晚上读书时，她父母的低语在客厅里响起。在这里，她也被人包围着，但又与他们毫无瓜葛。这种无名无姓的感觉让她十分愉快，因为语言和文化的不同而被孤立，但主要是出于自己的选择，她穿行巴黎的街巷，仿佛她深处一个玻璃罩里。没到饭点，她还是在咖啡馆里吃了一顿晚餐，喝了一杯浓郁的红酒，她不顾腰围吃完了法国焦糖蛋奶冻，在甜蜜中走回旅店。

玛吉吃晚饭吃了很长时间，当她回到旅馆时，她可以看出伊芙琳回来过但又走了；东西被稍稍弄乱了一些，空气中弥漫着伊芙琳那柠檬、玫瑰和薰衣草味的香水和乳液的味道。她本可以去找伊芙琳，但她该从哪儿找起呢？这座城市那么大，那么热闹，正在迎接夜晚的到来，她的表妹可能在任何地方。随着夜幕降临，咖啡馆里开始活跃起来，沉寂了一段时间的街道又恢复了生机。在其他的建筑物里，窗户在落日的余晖中闪闪发光，茫然的面孔下隐藏着他们的秘密，伊芙琳可能躲在任何一扇窗后面。

街对面，有音乐从地下室飘了上来，玛吉看到人们下楼梯进去。那里是一家夜总会，不过进去的人看上去完全正常，与她一直被警告远离的堕落之人大不相同。她也可以去，不是吗？现在没人阻止她。但是，她听人讲过的故事使她无法挪动脚步，几个小时前她体会到的独立的快乐被习惯性的恐惧吞没了。如果她出去被抢劫了怎么办？如果她被人误以为是妓女了呢？如果那些完全正常的人一进俱乐部，就变成愤怒、暴力的酒鬼呢？但是，噢，那音乐。她很少听爵士乐，她的父母当然不会在家里听这种音乐，她参加的任何聚会也不会演奏爵士乐。但一听到爵士乐，你难道不想跳舞吗？玛吉靠在窗户上，低头看着，她的双脚兀自悲伤地挪动着，希望她有勇气走出去，参与其中。

事情就是这样发展的。玛吉不在的时候，伊芙琳来了又走，玛吉越来越怀疑伊芙琳在回避她们不可避免的冲突。玛吉很早醒来，走在依旧安静的街头，垃圾工人和面包师忙着各自的工作，城市的其他地方都开始带着睡意醒来。她去了她从书中看过和梦到过的地方：她在卢森堡公园里散步，羡慕那些在雕像之间徘徊的恋人，他们在树荫下接吻，当她匆匆走过时，她不由得脸红心跳，连忙别开目光；她爬上无尽的楼梯，来到圣心教堂，和其他一百个人一起坐在台阶上，看着夕阳西下，整个巴黎像祭品一样在她的脚下摊开；她走过圣米歇尔桥，冲从桥下经过的船夫挥手；她逛西岱岛上的小店铺，然后消失在它的弯曲古老的街道上，街巷中是如此静谧，仿佛整个城市都在她周围停下了脚步，屏住了呼吸；她爱上了她所见到的每一个年轻人，她坐在万神殿的台阶上，柱子在她身后庄严地耸立着，她写着想象中的情书和诗句，试图捕捉她内心的苦涩情感。她真不想离开。

就这样，一个星期过去了。然后，有一天晚上，整个城市陷入了黑夜，黑暗的一面仍让她如此害怕。她匆匆回到旅馆，发现伊芙琳在她们的房间里等着她。令她惊讶的是，伊芙琳已经收拾好了行李，尽管她们还要再过一个星期才离开巴黎。

"你好。"玛吉试探性地说。她关上门，手依然放在门把手上，像是需要快速逃跑。

伊芙琳穿好衣服准备出门，而玛吉一如既往地在她自己的白日梦中飘荡。在梦里，她和她在街上遇到的所有女人一样美丽和时髦。此刻，她突然感到悲伤和邋遢。伊芙琳穿着一件轻薄透明的白裙，像仙女的华服，上面缀满了如同星光一样的珠子。她的白色围巾上装饰着貂皮，尽管玛吉的母亲会对她在快到夏天的时候穿皮草感到惊讶，但玛吉认为这增添了她的魅力。伊芙琳看上去就像一个迷失的俄国公主，一个由雪组成的生物，充满了魔力，闪闪发光，仿佛她的梦想一定会实现。

"你好。"伊芙琳答道。她不耐烦地上上下下打量玛吉，显然是觉得她有很多不足。玛吉耸了耸肩，真希望她没有穿过这条裙子和这双鞋，她怀疑自己的袜子堆在脚踝上，她不由得脸红了，她的头发也很乱。

"你在巴黎过得愉快吗？"玛吉礼貌地问，话一出口，她就恨自己这么问。她有很多话说，却没有勇气说出来。

"听着，玛吉，"伊芙琳道，紧紧抿着嘴唇，"我要走了。我只是回来取我的东西和拿钱。"

"走？"玛吉虚弱地问。她午饭吃的奶酪在她的胃里直翻腾，午饭时分，她抱着浪漫的想法，在卢森堡公园的美第奇喷泉边愉快地野餐。

"你要回家吗？你生病了？"她感觉到自己仍然紧紧地抓着门把手，使得她的手就跟爪子一样弯曲着，于是她强迫自己松开手，向前走了几步。

伊芙琳摇摇头。"我没病，玛吉。我要离开巴黎，也要离开你。"她又说，仿佛是要把话说清楚，"现在，如果你把我那份钱给我，我马上就上路。"

"等等，你要去哪里？"

"不管我去哪里，都和你没关系。"

"当然有关系！我现在要为你负责。如果不是我，你妈妈是绝对不会让你来这里的。我们两个应该一起旅行的。"她知道，她听起来很可怜，仿佛是在哭诉，好像她错了。她站在屋子中间，紧紧攥着的双拳垂在身体两侧，膝盖在衣服下面微微颤抖。事情不应该这样发展。她给了伊芙琳一点自由，仅此而已，当她摆脱了愚蠢的想法后，她们就会开始她们的母亲希望她们进行的旅行。那是玛吉一直梦想的旅行，欣赏各种各样的画作，晚上去歌剧院，在城堡花园里邂逅英俊的王子。

"我又不是三岁的小孩。"伊芙琳说，现在她也在哭诉了，不过玛吉并不想指出来，"我不需要监督人，我当然也不需要你，以及你所有的指南和你那枯燥的历史知识。你可能是个老处女，但我还年轻，我想好好享受。我不想看老式的城堡或博物馆。我想看看现在流行的东西。"

但所有那些城堡和博物馆现在都很重要，不是吗？玛吉很想这么问。她想到自己是如何度过这些日子的，在陈旧的博物馆里闲逛，在皇宫花园里徘徊，寻找贵族们的浪漫幽灵，她感到羞愧。哦，她很无聊，不是吗？她和伊芙琳永远不会和睦相处。她所希望她出现的改变只不过是她自己的想象，又是另一个实现不了的白日梦。

"我才不是老处女。"她终于痛苦地说。

伊芙琳站起来。她把围巾裹在肩上，叹了口气，摇了摇头，她的短发微微动了一下，然后头发又完全恢复了原位。"我连一分钟都不想再和你待了，玛吉。你会不会看人眼色的？你就像一只小狗到处跟着我，我不需要你。现在把钱给我，让我走。"

"我该怎么和你妈妈说？"

"你愿意怎么说就怎么说。她能怎么样？来这里找我？她胆子太小，根本不可能离开纽约。我不要成为她那样。我才不要一辈子只盼着做这做那，我现在就要做。而且我也不会拖着你到处跑。你就是个累赘。"

玛吉想到了计划、电报、写的信、订好的旅馆、旅程和她现在再也看不到的地方。她想到这次旅行给她带来的希望和宽慰，她想到一个人乘船回家。现在，这一切压迫着她，不仅是正等着她的未来，还有失败的沉重打击压得她喘不过气来，她无法控制一个被宠坏了的愚蠢女孩。愤怒在脑海中涌现，她怨恨伊芙琳的自私和幼稚，对得到的一切一点也不感激，她恨一切对她来说是那么容易，她的未来金光灿灿，她如此确定她可以做任何她想做的事，而玛吉的未来就如同海浪一样看起来是那么黑暗，充满了不确定性。

令她吃惊的是，她的愤怒从她的心里喷涌而出，她的声音和双手都在颤抖。"你被人宠坏了，伊芙琳。你不仅被宠坏了，你还自私和残忍，你一直都是这样。继续吧，继续和你愚蠢的朋友参加愚蠢的聚会吧。但我不会为你撒谎，我也不会保护你。我早上要给我们的母亲写信了，把事情都告诉她们，到时候你自己去处理吧。"

伊芙琳喘了口气，仿佛要做出回应似的，然后她紧紧地闭上下巴，玛吉都听得见她的牙齿发出的咔嗒声。她自己的心怦怦直跳，她确信整个旅馆都能听到，血一阵阵冲向她的耳朵，能听到像是蜜蜂的嗡嗡声。她感到有点头晕。她以前说过这么坦率的话吗？曾经为自己辩护过吗？她记不起曾有过这样的时刻。"很讨人喜欢。"人们总是这么说。"爱做白日梦。"她深深地沉浸在她自己的幻想中，所以不会吵吵闹闹。但现在她是在小题大做。

显然，伊芙琳也同样感到震惊。她那精致的鼻孔张得很大，看上去像头公牛，毫无特色，一点吸引力也没有，她的眼神冷冰冰的，显得很愤怒。玛吉准备好面对一连串的谩骂，但伊芙琳最终只是伸手去抓玛吉的包。她把包里的东西全都抖到玛吉收拾整洁的床上，拿起她的护照，以及玛吉一直小心翼翼地保管携带的一沓钱，然后转身离开。她把手放在门把手上，转过身来。最后一道天光从窗户射了进来，衬托得她的皮肤闪闪发亮，她的衣服看起来亮晶晶的。伊芙琳总是知道如何说出最戏剧化的话。"回家吧，玛吉。巴黎不适合你这样的人。"然后她打开门，走出去，"砰"地把门关上。玛吉站在那里，心跳减慢下来，怒气平息，伊芙琳的话在她的脑海里回响。这不是真的，不是。过去的一周，巴黎对她张开了双臂。这座城市适合伊芙琳，也适合她。现在这都不重要了，她苦涩地想。因为没有伊芙琳，她没有理由留下来。她要回家了，她再也看不到巴黎了，她永远也不会成为她知道巴黎会让她成为的那个女人。

巴 黎
之 光

THE LIGHT
OF
PARIS

第九章
Chapter 09

玛德琳
Madelyn

1999 年

想到芝加哥，我只能想象那里的点点金光，耀眼的阳光洒在水面上，摩天大楼上成千上万的窗户，明亮的玻璃反射和折射着无限的光芒。芝加哥在我的记忆中是白色的，令人目眩的白。

　　除了冬天，那里的其他季节都很短。天气总是很冷，天寒地冻，位于极北之地，犹如一座冰雪之城，而不是由玻璃和钢铁建造而成的城市。比起雪，我记得更多的是冰。秋天来了，转瞬间就又离开了，树木在一夜之间披上了灿烂的颜色，色彩的迸发充满了希望，春天倒转过来。然后，冬天很快就会到来，冰覆盖了整个城市，大自然给街道两旁矗立着的玻璃筒仓一样的闪亮建筑物增添了一抹光芒。在树叶被一扫而空之前，路面上就覆盖了一层厚厚的冰，既诱人又危险。走在大街上，你可以看到叶子被冻在了路上，紫红色和金色的秋天被冰蓝色的冬天所覆盖，就像昆虫被困在琥珀中，那是来自陌生而被遗忘的时代的奇珍异品。

冬季漫长无比。当我晚上上床时，我把一床床毯子和棉被都盖在身上，它们的重量如温暖一样令人舒适。恒温器显示温度还不错，但寒意刺骨，即使在出汗，我也能感觉到寒冷。然后，春天忽然到来，一夜之间，冰融化了，取而代之的是一股湿冷的寒意。尽管如此，树上的新芽还是坚持了下来，吐露出了希望，它们是发白的绿色和最苍白的黄色，扫除了树枝上的霜冻。水在沟渠里奔流，河水涨得又高又满。城里的居民都出来了，他们眨着眼，晃动着身体，他们把眼睁得大大的，看着神奇的春天。但是春天就像秋天一样，不会持续太久。夏天来到之后，只消眨眼工夫便会消失，好像其他季节一直把它压在水下，它只有短暂的机会抬起头呼出芬芳的热气、太阳的压力、漫长而又奢华的白昼，然后，它倒吸一口气，再次沉入水下。

即使马格诺利亚有它自己的冬天，我也只能想象它的夏天。深冬时节，当我画马格诺利亚的时候，我只记得潮湿的日子，风吹到我的皮肤上，像是柔软潮湿的爱抚。我想到我的头发下面总是湿漉漉的，我的脸总是红扑扑的。我想到了母亲的花园，绿色叶子十分柔软，长长的穗，叶子不朝阳的一面是浅色的，花朵的花瓣很诱人，害羞地隐藏起它们的花蕊，直到太阳哄它们开放——奶油黄色的玫瑰，粉色牡丹像芭蕾舞鞋，剑兰的茎是蓝紫色的，花朵一直长到后面的栅栏，大丽花和喇叭花姹紫嫣红。我想到冰激凌融化，流到我的手上，太阳懒洋洋地落下，空气中弥漫着氯的气味，光好像穿透了金色的筛子，笼罩着万事万物和每一个人，让世界变得明亮又娇弱，越发完美了。

虽然马格诺利亚还没到夏天，但我感到有某种东西在我心中苏醒，那东西就像夏天，太阳的手指伸进了我那冻得结实的心，融化后慢慢地滴进我的肚子里。我看外婆的日记看到很晚，读到她害怕独自面对巴黎，她接受巴黎以及伊芙琳的背叛。这让我想起了姿色中等的痛苦，接吻的惊奇和探索的兴奋，我为曾经年轻的我们而哭泣。我真希望我认识她。

我的初次亮相让人失望。我为此等待了好几年，上了无数个小时的沙龙舞课和仪态课，以为舞会是最后的成功机会。我以为自己是一只毛毛虫，将蜕变成蝴蝶；是丑小鸭，将变成天鹅。自从我出生以来，我就一直是那个存在的一部分，但我从未有过归属感。我的朋友和同学从来没有经历过尴尬的阶段。她们的头发又滑又直，而我的头发则是卷曲的，很不服帖。她们苗条清秀，而我却身材粗壮，肩膀和游泳运动员一样宽。

没有人公开对我不好。我们都是朋友，只是关系不远不近，毕竟如果毕业班只有八十个女生，那你们一定都是朋友，但我从来没有被完全接纳，永远在边缘徘徊。大多数周末的晚上，我都是一个人待着，或是画画或是读书，要不就是和我儿时最好的朋友阿曼达一起去看电影。阿曼达后来转到了公立学校，所以基本上从我的生活中消失了。平时，我去上学，然后去游泳，或者去母亲为我们安排的各种各样的预备活动，去跳沙龙舞或上钢琴课，或者去一些新鲜的地方，比如少女协会。我们就像纯种马，被牵着走过一圈，让我们跳过栅栏，直到我们熟记这些技能。

其他女孩子去跳舞、交男朋友，但男孩子对于我和外婆一样，就像镭一样神秘和陌生。我有时在书店里会碰到一个男孩，他轮廓鲜明，四肢发软，睡眼惺忪，现在回想起来，他可能是嗑药了，但当时的他看上去很有思想，很浪漫。有一次我把围巾掉在地上，他捡起来递给我，我的脸都红了。原来他与阿曼达是同学，但我并没有让她去打听那个男孩，也没告诉她我对他感兴趣，或是我幻想着亲吻他，和他一起沿着里弗街跑到河边，我从没告诉她，我有时整整一个星期都在期待见到他，在小说区和他擦身而过。

我翻看高中毕业纪念册，仔细研究我没参加过的派对和舞会的照片，看着我的同学们穿着漂亮的罗兰爱思牌的裙子，脸上挂着灿烂的笑容，和她们的约会对象在一起。照片上的女孩们自信、泰然自若，而我则语无伦次，整个人都很紧张。有些夜晚，我躺在床上，一想到她们拥有什么，并且知道我永远也成为不了我想成为的人，我就感到非常痛苦。

起初我以为上了大学，就迎来了我自己的流金岁月。因为母亲的坚持，我参加了大学生联谊会，因为我的父母也参加过这个联谊会，所以我也被录取了。他们很喜欢我，但在俱乐部拍照片的时候，我总是站在后排，从来没有在按动快门的时候露出过微笑，我的脸很红，我的衬衫皱皱巴巴，看起来像一个不小心走进照片的人，而不像别人本就属于那里。

我的初次社交舞会是我最后的希望，但在我第一次试穿衣服时，我就发现不对劲了。多年来，我一直梦想穿上露肩裙，我一直在想象，想象着我将是多么完美，就像斯嘉丽·奥哈拉或戴安娜王妃。母亲带我去购物，我从架子上拿了一件裙子，那件裙子恰巧和我想象中的一模一样——洁白无瑕，露肩，宽下摆。但当我穿上它，看着镜中的自己，我的母亲和售货员在外面等着，前者专横，后者毕恭毕敬，我的心终于碎了。我把前额靠在冰冷的镜子上，闭上眼睛，哭了起来。我穿上多年来梦寐以求的露肩裙是那么不协调，一层层的布料搭在我的上臂处，让我的肩膀看起来更宽，低腰线正好位于我的臀部中间，并且向外蓬起，让我看起来像被塞进肠衣里的香肠。我痛哭流涕，脸和胸口都脏了吧唧的。"出来吧，玛德琳。"母亲用颤音说，我迈着沉重的步子从试衣间里走出来。

"天啊。"女售货员看着身穿梦想美裙的我说。

"真是一场灾难啊。"母亲道，"当然还有效果更好的衣服吧。"她对售货员说，后者点点头，真的是飞奔回店里去找别的选择。只剩下我们两个的时候，母亲看着我。"别哭了。一定能找到合适的礼服。现在把那件裙子脱下来。拜托。"她说，她的声音听起来几乎像是在央求。我们当然找到了一条裙子，但我并不喜欢，它不是我梦想中的样子。

所有的一切似乎都与我梦想中的情形大相径庭。

早上，我打扫厨房，母亲则进进出出，坐在我父亲的书桌边打电话（显然是有很重要的事，需要在书房打，我知道她平时一直在厨房或客厅里打电话）。然后，她匆匆出门了，不是去开会，就是去大学女性社团义卖会整理捐赠物。隔壁餐厅提供午餐和晚餐，我在家里走过来走过去，能听到餐馆后院里笑声不断。我已经习惯了住公寓，习惯了家里只有一层，所以每次上下楼梯似乎都让我筋疲力尽。难怪我母亲想卖掉这个房子，做每一件事，似乎都要多花上十分钟。

八点多一点，母亲又出去吃晚餐，我礼貌地拒绝前往，这时候，我的手机终于响了。我疯狂地冲了过去，从前厅的桌上抓起钱包，它机械地朝我发出三声颤音。桌上摆放的插花正在凋谢，有几片花瓣落在了我的包上。当我终于拿出电话时，花瓣落到了地板上。

"喂。"

"喂。"菲利普说。

我心中一凛，但为什么会这样？几天前，我难道没有打电话给他，祈祷他会接电话，并告诉我一切都是个错误？

"喂。"我又说，因为我不确定接下来该说什么。

"我在纽约的家里。"

我不晓得什么样的回答才合适。"恭喜？"我终于说道。

他可没笑。"我打电话是想问一下你的航班星期六什么时候到。"是为了公事。当然了。他打电话来，并不是因为他想念我。这和预约医生一样没有人情味。没有原谅，也没有道歉。

"我不知道。"我说，"我得查一下。"我的语气中带有一丝防备。我来这里，难道不是为了检讨过错，等他原谅我吗？但我没有那么做。我一直想象住在这里是什么感觉，想象与卡桑德拉、莎伦和亨利做朋友是什么感觉，如何打造没有芝加哥妇女俱乐部或者马格诺利亚妇女协会的生活，而且，我意识到，我在所有想象中都没有把他包括在内。

"星期六晚上要和投资人吃饭。你最好一起去。"

又是吃饭。上次吃晚饭的情形出现在我的脑海里，迪皮·斯托克顿那粗声粗气的笑声，讨论假期成本、足够为慈善机构提供一个月资金的珠宝，没完没了的互相攀比，我忽然强烈希望可以不去赴宴，再也不要那样吃饭。"听着，我不知道我星期六能不能回去。"我紧张地等着他的回答。

"你必须回来。晚宴在星期六晚上举行。"菲利普重复道，但听起来他并没有生气，只是有些恼火，仿佛我一直在妨碍他做一些他想做的事。

"恐怕不太好办。妈妈决定把房子卖掉，她需要我帮忙准备。"我假装很忙，说得很自信。他不会因为我帮母亲就生我的气，对吧？

"就不能找别人来吗？"菲利普急躁地说。我感觉我也来了脾气。

"我是家里的独生女。"我解释道，仿佛我和他并不认识，仿佛我从未告诉过他，我有多想要兄弟姐妹，而且为了他的姐妹们和我不亲近，我有多失望。"啊，是啊，她可以花钱请人，但有些东西需要整理。是我们家里的东西。"

"但晚宴就在这个星期六。你要我怎么和人家交代？"他的声音很尖，听起来十分不满。我可以想象他站在客厅里眺望湖泊的样子。厨房岛上肯定有外卖餐盒（他一直不会做饭，每次我出门回来，都会发现垃圾桶里装满了塑料叉子，而菲利普总在抱怨肚子越变越大，好像那是我的错），有越来越多的衬衫放在我这一边的床上，因为他觉得他太忙了，没办法去干洗店。

"我不知道。"我老实说。我感觉这根本不是我的问题。

"你们两个平时就没那么亲近。你是从什么时候开始关心你妈妈的？"他问。

他的话刺痛了我。有多少次我向他抱怨我的母亲，大声说希望我们多一点相似之处，希望她不会对我失望？在这次来看她之前，我曾多少次抱怨，并且迟迟不愿意打包行李？

我很清楚我该怎么做。我应该告诉他，我当然会回家。我应该要他忘了离婚的事，让他意识到他很想我，这才是关键。我应该给他一点空间，然后回去，把一切都搞定。只是难道不应该有所不同吗？不是他应该道歉吗？不是他应该想让我回去吗？

而且，难道我不该想回去？

可是，我现在知道我不想回去。一点儿也不想。

"我不会留下她一个人搬家的。"我说。我仍然躲在母亲后面，她其实并不需要我，我对她毫无用处，但这是我唯一的借口。

"你太自私了。我需要你和我一起赴宴。我们是夫妻，玛德琳。你还记得吗？"

"你还说过我们应该离婚。你还记得吗？"我终于厉声说道。

"别傻了。"他说着重重地叹了一口气，听起来筋疲力尽，好像不是他第一个提出了离婚，好像是我在胡编乱造。我觉得自己很愚蠢，竟然相信他会真的坚持到底。说我们应该离婚，对他来说不过是赢得这场战斗的一种方式，他只是在提醒我，我是多么幸运，他是多么容易就能把一切都拿走。"你真是身在福中不知福。你知道有多少女人上赶着嫁给我吗？"

他说这话的时候，仿佛他是任何人所能得到的最大的奖赏，是一个值得不择手段争取的对象。而且，我内疚地想，我当初不也是这么想的吗？难道不是为了这个，我才不顾所有那些明明白白的警告信号，而那些信号都表明同一个意思："别嫁给他！"

"我不想再谈下去了。"我说，我的声音空洞而疲倦。他宁愿把我压垮，宁愿残忍地把我留在他身边，也不愿让我离开，这迫使我不得不面对我以前拒绝去看的关于他的一切。而且，如果他不知道这一切错得有多离谱，我甚至不知道如何开始向他解释。

"那实在是太好了。因为我也不想再跟你说话了，玛德琳。"他冷冰冰地说，一个字一个字地说出我的名字。我把电话从耳边拿开，盯着它，希望拿着的是一台老式旋转拨号电话。那样的话，我就可以满足地把话筒摔了。相反，我把花瓶里的一些花推到一旁，把手机扔到水里，然后走开，心里既得意又害怕。

第十章
Chapter 10

玛 吉
Maggie

1924 年

伊芙琳走后的第二天早上，玛吉坐在双叟咖啡馆里，这是一家漂亮的小咖啡馆，就在圣日耳曼德佩教堂对面的街角。但是玛吉没心情观光。她给她的母亲写了一封信，这次她说的是真话，她在信中向她汇报了伊芙琳的事，还提到她身上没多少钱了，并征求她的意见。她知道发电报更合适，毕竟情况紧急，但她希望这封信能把事情推迟一点。酒店的住宿费是支付到下个星期的，玛吉还有一些钱，都是她塞在行李的不同地方而保留下来的。虽然不够她大手大脚，却足够她去一些不那么热门的景点或博物馆，还够她在这里喝一大杯奶油咖啡、吃黄油卷。如果她能在巴黎多待几天，她只吃这点食物也能撑下去。

似乎没人介意你在咖啡馆里待上很久，于是她就坐在外面的一张桌旁，清晨犹如生锈的汽笛风琴一样准备好出现。她已经把信封好了，为了驱散那封信带来的苦涩，她写了一个故事：一个女孩去欧洲旅行却不幸生病，只能被迫回国，比起她自己的情况，这听起来更浪漫，也少了几分沮丧，虽然最后的结果是相同的。附近的一张桌边坐着一个年轻人，她正在考虑把这个年轻人写成那个不幸生病女孩的法国追求者。他留着一头金黄色的长发，俊朗不凡，虽然现在流行很短的背头；他轮廓分明，就像被凿刻出来的一样。他的桌上放着一支笔和一个打开的笔记本，他则向后靠在椅背上，手指交叉放在脖子后面，歪着头朝着阳光。他闭着眼，脸上露出淡淡的微笑。

他睁开眼睛，发现玛吉正看着他。她被人抓了个正着，吓了一大跳，但在她把目光移开之前，他向她慢慢地眨了眨眼睛。玛吉满脸通红，又低头写了起来。不，她不能把他写进她的故事里。他可能也会发现她这么做。

不过，能见到像他这样的年轻人，能见到巴黎的任何一个年轻人，看到他们既活泼又健康，真是太令人高兴了。战争使某些年龄的男人变得十分稀少，他们都被留在了法国、意大利和德国的田野上，只有仍然穿着黑色丧服的母亲们还记得他们曾存在于这个世界上。一群看上去和她差不多年纪的年轻人走了过去，然后走进咖啡馆，她对他们的好运感到惊奇，他们都是奇迹，竟然如此年轻、健康和热情。他们挤在桌子周围的椅子里，看起来是那么显眼，肢体动来动去，吵吵闹闹，她觉得这里似乎没有足够的空间供他们活动。不过这里当然够大，然后，他们又开始大呼小叫地点咖啡，咖啡端上来了，他们一边喝咖啡一边抽烟，有些人前倾身体，把双手放在桌上，热烈地交谈着，其他人则向后靠在椅背上，和她一样看着路人经过，这一切都感觉那么恰到好处，好像是被精心安排好的，他们，那个年轻男子和她，好像生来就是为了在这一刻出现在这里。

　　她停下笔，开始活动手指，一根一根地拉动手指，指关节咯吱作响。她母亲讨厌这种习惯，她说，这让玛吉看上去像个棒球运动员，还说玛吉接下来八成是要开始抽雪茄了。玛吉在心里对母亲吐了吐舌头，但她在现实中肯定也这么做了，不然坐在邻桌的一个女人也不会露出奇怪的表情，玛吉叹了口气，把舌头关进牙齿的监狱里。

　　"你好①。"一个男人说道，玛吉抬起头，只见刚才冲她眨眼睛的金发年轻男人此时站在她的桌前，手捧着咖啡杯和咖啡盘，笔记本夹在腋下。

　　"你好②。"玛吉答。几天以来，她一直在勤加练习法语，只可惜一说出来，依然感觉不优美，听起来很别扭，在她听来，她带有很浓的美国口音。

　　"我能和你坐在一起吗？"他用流利的英语问道，他浓郁的法国口音使他的英语变得更动听了。在她看来，一个年轻女人独自坐在咖啡馆很不合时宜，更不用说与陌生男子为伴了，但她还没来得及反对，他就把东西放下，拉出对面的椅子，坐了下来，仿佛她一直在等他。"你是个作家吗？"他问。

　　玛吉低头看着她的笔记本，脸腾一下红了，她赶忙把本子合上，掩饰里面乱糟糟的字迹和文字传达得更为混乱的感情。"谈不上。我想当

---

① 原文为法语 Bonjour。——译注

② 原文为法语 Bonjour。——译注

个作家，但现在我……我也不知道我是什么，我想我只是写着玩的。"

"你看起来很像个作家。"他牢牢地注视着她说，"你在写作吧？"他有着一双她从未见过的明亮的绿眼睛，至少她没见过有人有这种颜色的眼睛。她曾在夏天的田野里见过这种绿色，在闪闪发光的翡翠戒指中看到过这种颜色，但他的眼睛使其他类似的颜色显得低劣和虚假。

"只是不停地写，是成不了作家的。反正成不了写书的那种真正的作家。"

"你认为写书的作家是怎么开始的？"他指着她的笔记本问道，"他们和你一样，就在巴黎的咖啡馆里写作。"

"也许吧。"玛吉怀疑地说，一想到有人觉得她是个真正的作家，她强忍着才没有笑出来。

"不是也许，事实就是这样。"他露出了灿烂的笑容。他的嘴唇饱满，牙齿洁白。"你介意我坐在这儿吗？"他问，尽管他早已自顾自地坐下了。他把手伸进夹克口袋，掏出一包香烟和一盒火柴，不过他没抽，只是把香烟放在桌上，就好像要准备开始一天的工作了。

"不介意。"

"你是美国人吗？"他有口音，说起元音来舌头卷曲，说辅音的时候，他的舌头会碰到上牙膛。

"是的①。啊，是啊。"她咳嗽起来。真的一看就知道她是美国人吗？

---

① 原文为法语 Oui。——译注

她当然不认为自己像巴黎人。巴黎女人穿着宽松的裙子，看起来是那么清秀娇美，她们的脚踝纤细，颧骨高高的，头上戴着钟形女帽。她们的大衣微微地从肩膀上滑下来，仿佛她们总是要过来，准备坐下待一会儿，或者随时准备离开，开始另一次冒险。和巴黎女人站在一起，玛吉觉得自己块头又大，又欠缺优雅，她们则随随便便就能优雅迷人。甚至连男人也有他们特有的魅力：跟她说话的这个年轻人松松垮垮地系着一条围巾，她知道，她要想系成这个样子，得用上几个小时，他的头发顽皮地垂在脸上，焦糖色的金发遮住了他的眼睛。

"现在，只要是在巴黎的人，都是美国人。我除外，我是法国人。我叫塞巴斯蒂安①。你呢？"

"我叫玛吉。"她说，然后她忽然停下，不知道为什么改变了主意，"我叫玛格丽特。"

"玛格丽特。"他重复道，她原本以为这个名字沉闷无趣，平凡普通，但自这个年轻人口中说出，听上去却是那么新奇优雅。在学校的法语课上，他们只是带着口音说她的昵称"玛吉"，跟英语发音一样呆滞沉闷。但现在她是玛格丽特。玛格丽特不一样。玛格丽特不会被人甩掉，不会无法参加舞会，她会受邀去参加派对，并且成为派对上的焦点。玛格丽特会坐在咖啡馆里和陌生人调情，有时甚至喝酒跳舞。玛吉突然感到痛苦不已，她最想做的就是成为玛格丽特。

---

① 原文为法语 Je m'appelle Sebastien。——译注

塞巴斯蒂安举起咖啡杯，和她的杯子碰了一下。"很高兴认识你[①]。"他说着又冲她眨了眨眼。

玛吉呷了一口咖啡。她有个秘密，那就是她不太喜欢咖啡，但是她学会了点加奶油而不是加牛奶的咖啡，还要多加糖，并且会等到咖啡里的糖分饱和，那样喝到最后，杯底还留有淡淡的泥状糖粒。战后，这可谓是一种美味的浪费了。"你是作家？"她问。

"不是，不是。"塞巴斯蒂安嘲弄地说，"只有美国人才是作家。"他轻轻地对她眨了眨眼睛，她忍不住笑了。她不知道他为什么选择和她坐在一起，但是他的好心情是有感染力的，她很高兴在她周围有一点快乐。如果她只能在这座城市再待一个礼拜，她还不如把时间花在享受上，她才不要闷闷不乐。"不，我是个画家。我们法国人都是画家。"他翻开笔记本，给她看他画的素描：有时候一页上有几幅小的素描图，有阴影中的艾菲尔铁塔，素描咖啡杯，一个女人的耳朵，精致的贝壳；有时候，一幅画横跨两页，有塞纳河上的一座桥在水中的倒影，还有花团锦簇的花园。他飞快地翻页，仿佛要呈现出动态画的效果，翻到最后的空白页后，他合上了笔记本。玛吉想从他手中拿过画本，再次打开，让它的秘密展现在她面前。她画的画糟糕透顶，充其量能画一些幼稚的简笔画和风景画，比如方方正正的房子、僵硬对称的树木，她羡慕会画画的人。

---

① 原文为法语 Enchanté。——译注

"真漂亮。"她低声说。

塞巴斯蒂安挥挥手，仿佛能驱散赞美的气氛，又喝了一口咖啡。"不是这样的。我画这些，只是为了提醒自己以后该画些什么。就像为写小说而做笔记，是吧①？"

"是的②。"玛吉说，这一次她没有纠正自己，因为玛格丽特觉得即使她是美国人，她也会用法语而不是英语"是"。

"你一个人来巴黎做什么？"

玛吉叹了口气。"我本来是和表妹一起来的。我负责照看她。"

"那她在什么地方？"塞巴斯蒂安左右看看。仅此一次，玛吉很感激伊芙琳不在这里。如果塞巴斯蒂安看见她，那就没她的事了。一直都是这样的：只要有伊芙琳在，玛吉就成了隐形人，不仅年轻男人如此，侍者、搬运工或售货员也是如此。她们下船的时候，她不得不在搬运工面前打个响指，因为他看伊芙琳都看太入迷了。她曾见过一个男人在街上只顾着看伊芙琳，结果撞到了灯柱上。只听"砰"的一声，那个可怜的家伙看起来大吃了一惊，他看了看灯柱，非常生气，玛吉只好捂着嘴，免得笑得太大声。

"我们来的时候，她在船上遇到了一些朋友，现在，她和他们跑了。"

"跑了？"

---

① 原文为法语 oui。——译注

② 原文为法语 Oui。——译注

"你知道的。她丢下我一个人，和他们一起玩去了。"

"明白了。"塞巴斯蒂安皱起眉头，在心里串联起整个故事。他的英语无可挑剔，但玛吉不确定她说得清不清楚。她一向不重视习语，从不考虑那些在他们说话时会不知不觉说出的习语，这让说的话变得难以翻译。她记得，几年前在高中，她忘记去见法语老师，结果老师说玛吉"Tum'a posé un lapin"，意思是"你放我鸽子啦"。说这种话多傻啊，玛吉心想，可英语里的类似说法更傻。

"这么说，她走了，你还在这里？"

"是的[①]。"

塞巴斯蒂安又笑了，他笑得那么灿烂，任何人面对这样的笑都会缴械投降："那就更好了！现在你可以拥有全部的巴黎，用不着有她跟着你。"他伸开双臂，仿佛是要抱住整个城市，献给玛吉。

"不不。"玛吉道，"我……"她琢磨着该如何解释，"你知道的，我来这里，只是为了陪她。我应该照顾她的。现在我必须回家了。"

听到这话，塞巴斯蒂安显得非常惊恐，玛吉见了差点儿笑出声来。"离开巴黎？"他双臂抱怀，好像玛吉伤了他似的。"你才刚来呢！"

玛吉耸耸肩，试图不去理会内心的挣扎。她知道。啊，她当然知道。她给母亲写一个字，同时都在心里写了十个字，说明这一切是多么不公平。"我知道。但我不能一个人待在这儿。那不合适。"

---

① 原文为法语 Oui。——译注

"这个……"他打了个响指，眯着眼睛望着天空，寻找合适的字眼。他真的很有魅力，玛吉心想，他太有魅力了，搞得她都忘了问他为什么坐在这里和她说话了。她原本以为他的头发是焦糖色，但当他的脑袋在阳光下动来动去时，他的头发则呈现出十几种不同的颜色，既像是玉米须的颜色，微红的金黄色，也像是深栗色。他的眼睛是绿的，明亮无比，睫毛又黑又浓。他有一双纤细的手，手指修长，他说话时会摆动双手。她痴痴地看着，想象着自己抓住他的一只手，把它贴在她的脸上，只贴一会儿，只为了感受他是多么真实。

"惩罚？这是惩罚吗？"他看上去很满意找到了这个词。

"想必是的。"她说，这个念头让她十分忧郁，"我母亲……"她说道，却无法把话说完。玛吉对母亲的感情太复杂了，根本解释不清楚。

一个带着小孩的女人走过来，坐在教堂外的长凳上。她给了孩子一个法棍面包，他蹒跚地走来走去，把面包屑扔到空中，时而追赶鸽子，时而被鸽子追。在咖啡馆的另一张桌边，一个留着胡子的男人坐在那里，一边喝着饮料，一边在笔记本上写着什么，他那双肉嘟嘟的手很大，能覆盖住笔记本。他旁边有两个法国女人，她们头碰着头，好像在讲最重要的秘密。艾菲尔铁塔！拿破仑墓！让她看不到她尚未参观的景点，就是惩罚。但还有更严厉的惩罚，那就是不让她享受巴黎的简单快乐，让她远离这个地方，不能独自坐在咖啡馆而不被人批评她伤风败俗，不能写上几个小时而不被母亲打断，听她的批评，不能看着散步的人群经过，不能去看有这些人存在的勇敢新世界。

"是这样，"她说，从她的愠怒中挣脱出来，"我已经写信给我母亲，告诉她伊芙琳走了。她会给我回信，再给我寄钱来，好让我回家。"她没提到她不愿去想的那些部分：母亲的愤怒，她自己的失望，当她回到华盛顿时要面对的风暴。当她把这些想法抛到脑后的时候，她想她父母的愤怒并不是她回家后要面对的最糟糕的部分，最糟糕的是查普曼先生。因为这是她逃跑的机会，她却毁了这个机会。现在她再也没有借口了。查普曼先生在旅程的另一端等着，像一个长着一张瘦脸的刽子手。她真想趴在桌上痛哭一场。

塞巴斯蒂安身体前倾，把玛吉放在一边的倒扣着的信封拿了起来。他疑惑地看着她，她点了点头。他用两根手指把信拿起来，看了看玛吉用潦草的字迹写的地址，接着，他好像回答了什么问题似的，点了点头。

"如果你不回家呢？"他一边缓缓地翻转信封，一边说。她能听到信封摩擦他的皮肤，发出沙沙声。

"啊，我不能那么做。不合适。"她说。

"你说过这句话了。"

玛吉有些慌张地继续说道："伊芙琳把大部分钱都拿走了。我在这里谁也不认识。旅馆的住宿费付到下个礼拜。但在那之后，我就没地方可住了，而且，我也没有足够的钱生活。"

塞巴斯蒂安叹了口气，放下信封，点燃一支香烟，抖了抖火柴，随即把它放在邻桌的烟灰缸里。他吐出一口烟，透过烟雾眯着眼看着她。"你可以去找工作啊。在巴黎，过日子用不了多少钱。很多美国人住在这里，就因为生活成本低。你可以住在巴黎，没问题。"他又打了个响指，她看了看他的手。

"你是谁？"她问，忽然有些难为情，觉得不该坐在这里，向一个陌生人倾诉心事，如果她在家乡，这个英俊的年轻人一定不会发现她身上有什么值得看的东西。

他又朝她咧嘴一笑，慢慢地吸了一口烟，让烟在空气中形成一股慵懒的阴霾，然后回答："我叫塞巴斯蒂安①。"

"不不。我知道你的名字。但你是谁？你在干什么？你为什么和我说话？"

"啊。"塞巴斯蒂安在烟灰缸里轻敲烟头，将烟卷起来，形成一个尖头，"我是个画家，我已经告诉过你了。而我和你说话，是因为你看起来像是需要找个人聊聊。"

"啊。"玛吉有些沮丧。她在想什么呢？也许她有什么特别吸引法国男人的地方？但这是错的吗？如果她这辈子有这么一次被别人夸赞漂亮，不是很棒吗？有人说她很聪明，甚至夸她才华横溢。但她更希望自己漂亮，想要别人称赞她漂亮。她认为她有一次是美丽的，就在她第一次参加舞会的那个晚上，她的衣服有魔力，那天晚上吹进来的冷风也有魔力。但是，到了早晨，魔法消失了，在阳光下蒸发了，她的美丽也一起消失了，她唯一美过的证明就是对罗伯特那个吻的记

---

① 原文为法语 Je m'appelle Sebastien。——译注

忆。"谢谢你。"

塞巴斯蒂安向后靠在椅背上，若有所思地低下头，默默地抽着烟。

"有办法了。"他终于说。

"什么办法？"

"当然是解决你的问题的办法了。你必须留在巴黎。我知道一个地方，所有来这里的美国女孩都住在那里。你也可以住在那里。就把这封信撕了吧，你写信给你母亲，告诉她你要留下来。"他又拿起那封信，让它从手指间滑落，好像它就像沙子一样一文不值。

"我不能留下来，塞巴斯蒂安。"在她心里，她已经和所有她可以在这里做的事说再见了，比如看着太阳从塞纳河的艺术桥上升起，在左岸的狭窄小巷里漫步，想吃的时候就去吃巧克力面包，在咖啡馆里品尝着美酒和写作，与画家和作家们待在一起，而正是因为有了这些人，巴黎才如此特别。

"你必须留下来！离开实在是莫大的浪费。浪费！"他掐灭香烟，向前探身，用明亮的绿眼睛注视着她的眼睛，用一只手握住她的双手，他的手很软，指甲的边缘粘着小块月亮形状的颜料。她低头看着他放在她手上的手，感觉着他的手带来的无声压力。"美国有什么在等着你，让你这么着急回去？"

有什么在等她？没有。没有一样是她想要的。她父母的失望。封闭、闷热的客厅和刺绣。妇女慈善社会。查普曼先生。她的视线越过塞巴斯蒂安那张既严肃又诚恳的脸，再次落在窗外。教堂塔楼里的钟声昭示现在是中午；那孩子把面包都分给了鸽子，现在和他母亲一起坐在长凳上，不断地竖起耳朵听一些对小孩子来说至关重要的问题；街对面来了一个小贩，正小心翼翼地把一小块布料挂在教堂的篱笆上，仿佛它是一个陈列柜；一个卖花的人正兴高采烈地向人推销，当人们从地铁上下来时，他就把花束硬塞给他们。她不想离开这一切，不想连试都不试一下，就违背她对自己许下的诺言。她还不想回家。

她的父母一定会很生气。他们还会拒绝支持她。她还有几百法郎，花光了就身无分文了。但他说在巴黎用不了多少钱。她可以工作，她的法语也会好起来。她会像寄宿公寓里的那些女孩一样独立。她会有自己的钱，自己的工作，自己的生活，再也不会有人批评她如何消磨时间、读什么书、她是谁。

塞巴斯蒂安还牢牢地握着她的手，仿佛她是一只稀有珍贵的鸟儿，可能会飞走。她想起了查普曼先生那双干瘪、紧张的手和他干裂的嘴唇。她想到了沙特尔大教堂、凡尔赛宫、露天市场，她还没有去这些地方探索。

玛吉深深地吸了一口气，好像是要把胳膊举到空中，一头扎进深水里。"好吧。"她说，"你说我应该住的那个地方在哪儿？"

第十一章
Chapter 11

玛德琳
Madelyn

1999 年

和菲利普争吵后的第二天早上，我拖着脚下楼，只见母亲已经穿好衣服，还涂了口红，坐在父亲的书房打电话。她面前放着一本黄色的便笺簿，上面有她的完美字迹。我走进来时，她挂断了电话，又写了一些记录。

"你没梳头。"她抬头看着我说。

"这是真实的人生选择。"我醒来的时候发现头发看上去还不错，而且我一直不敢去碰我的头发。我的头发已经恢复了平常的自然卷，母亲则认为这是一个巨大的失败，就像成了瘾君子，但我对此无能为力。

母亲回头看了我一眼，仿佛她踩到了什么东西。我提高嗓门，换个话题。"你在做什么？"我问，声音有些太大了。

"别这么大声，我就在这里。我在给一些评估师打电话。"

"不能让莎伦做吗？"

"这栋房子和里面的东西不行。我知道你认为这里的一切都老掉牙了，毫无价值，但其中很多都很值钱。"

"等等，你怎么会这么认为？我才没觉得这些东西一文不值。"

"我见过你的房子。那里……很现代。"听她说这话的语气，好像用嘴说出来，感觉很恶心。

"那又不是我的选择！我们搬进去的时候就是那样的。你还记得我在这里的房间吗？就是我和菲利普结婚前住的？一点也不现代。"想起我在马格诺利亚的公寓，我不由得感到一阵悲伤，大学毕业后到认识菲利普之前，我一直都住在那里。我几乎忘记了我曾经有过一个完全属于我的家，我惊讶地发现我竟然失去了它。

公寓在市中心的一栋老建筑里，有着华丽的原始镶花地板，打开玻璃落地门是一个阳台，从那里可以看到迷人的风景，但太小了根本无法使用。有三间卧室，其中一间是从来没有人使用过的客房，另一间是我的，还有一间是主卧，我把它改造成了画室。我不在主卧睡觉这事让母亲非常抓狂，这下我就更喜欢主卧了。父亲不同意我住在那里，他想在比较新的大楼里给我买一套公寓，要配有门卫，位于商业中心，而且地段得好。但所有这些听起来都很复杂，我想要一些属于我自己的东西。现在，我真恨自己当年住在里面时不懂它有多好。

"你想要什么东西，就趁评估师来之前告诉我。"

我想要的东西有十几件，我从小就记得那些东西在家里，母亲还给我讲过背后的故事，但我能把它们放在哪里呢？我想起了芝加哥的公寓，低调、优雅、冷冰冰的，我不禁打了个寒战。

"知道了。"我说。我学斯嘉丽，决定明天再想这个问题，"那是莎伦列的清单吗？我们接下来该做什么？"

母亲用她那精准的牵引波束似的目光盯着我，小时候，她无数次用这种目光看着我，把我压在原地，把真相从我身上扯出来。"你为什么老是说'我们'？出什么事了？你和菲利普还好吗？"

天呐。这是一个非常非常大的问题。菲利普有很多问题，我和菲利普之间的问题更多。也许我的问题比前面这两者还多。但我没兴趣和母亲一起探讨这些话题。或者说，我不愿意和任何人谈起这些事。

"他很好。"我说。这难道不是真的吗？菲利普一向都很好。而且，菲利普会一直好下去，因为对菲利普而言，他绝对没有任何问题。任何问题、困难、缺陷，都属于别人。"我只是想确保你能得到很好的照顾。"

她又盯着我看了很长时间，冷静地评价着。"你有什么事要跟我说吗？"她往后靠在椅背上，放下笔，双臂交叉在胸前。椅子吱吱作响，想起父亲已经不在了，悲伤再次涌上心头。我在他的书房里跟他谈过无数次，当时的情形和现在一模一样。他坐在书桌后面的椅子上，身子往后靠，椅子发出吱吱的声音，我坐在他对面的椅子上，仿佛我是他的客户，而不是他的女儿，虽然我以前从没有这种感觉。

父亲是一个温柔的人。一直以来，他和我谈话，好像我是大人。我一遇到麻烦，总是先去找他，我们一起找出解决办法，然后，他从书桌上的罐子里拿出一块糖给我，送我到门口，让我出去玩。

几次，我张开嘴又闭上。"事情有点复杂。"我无法想象告诉她我和菲利普很痛苦，他威胁要和我离婚，而且，尽管他已经让步了，我却有点认为离婚是个好主意。我不知道她会怎么回答。我和母亲从来没有对彼此那么诚实。

"你知道，维持一段婚姻很难。"她说，她的声音异常伤感。母亲平时都会用话刺激我，对我挑三拣四，批评我的头发，一条条详详细细地列出我都做错了哪些事，但她仍然是我的母亲，这意味着我心中有一簇永恒的火焰，盼着她有些时候不要认为我是一个破破烂烂需要修复的东西。我的心情稍稍好了一些，也许我可以告诉她。我们也许真的可以谈一谈，她或许可以帮我解决这个问题。

"我知道很难。"但我原以为一开始嫁给了合适的人，会容易得多。

"我肯定你能搞定。"她说，脸上的笑容变得平滑而虚假，我心中升起的希望一转眼就消失了。不会有好莱坞式的结局，我们拥抱在一起哭得稀里哗啦，背景中响起一首感性的曲子。现实生活中从来都没有这样的事。至少在我身上不会发生。

而且，也许我和菲利普能解决我们的问题。也许说到底，我还是属于那里的。

因为我家里人没有离婚的。我父母的婚姻并不是什么伟大的爱情故事，但他们一起坚持了下来。我想不出有谁离过婚。我听过的那些杜撰的故事总是涉及一些戏剧性的情节：情妇，开曼群岛的秘密银行账户，赌博成瘾，酗酒。没有人会因为不快乐就改变自己的一生。我为什么应该这样？

无论如何，我都不知道，我离开后该去哪里。我以为和他待在一起会更好，即便在我无意中泄露我偷吃东西后，他会把体重秤放在地板中央；即便我要继续扮演给他留下深刻印象的善于社交的完美妻子。这总好过孤孤单单生活在不确定之中。

毕竟，嫁给他是我自己的选择。这是我的选择，即使我的理由不是最好的：因为我厌倦了孤独，因为我想让父母都高兴，因为生活看起来像一个巨大的抢椅子游戏，我确信音乐将随时停止，每个人都会看到我连个伴都没有。

而且，至少在一开始，我还是看到了与菲利普结婚的其他许多好处。例如，我一直希望有姐妹。所以当菲利普告诉我他有两个姐妹时，我简直欣喜若狂。太棒了，她们是我的家人，她们是我的姐妹。不幸的是，事实并非如此。菲利普的姐妹们是我在马格诺利亚认识的那些女人的翻版，只是更冷酷，她们的头发是黑色的而不是金色的，穿着同样的无袖连衣裙，裙子是柔和的纯色，而不是夏季印花裙，而且，她们知道我不是她们中的一员。

斯宾塞家的三个孩子之间有一种联系，感觉就像一个力场；每当我试图接近，就会被弹回来。她们以他们的母亲为榜样，溺爱菲利普到了疯狂的地步，而我作为独生女，永远都无法理解兄弟姐妹之间的关系；他们三个是最好的朋友，他们是如此亲密，以至于不可能把他们分开。在为菲利普的家人举办的订婚派对上（除了婚礼，所有事情都来了两遍，这意味着收到很多很多的礼物，要写很多很多的感谢卡），两个姐妹各挎着他的一只手臂，代替我接受祝贺，和本应该是我去见的亲戚朋友一起欢笑，沐浴在家庭的温暖里。而我越来越确定，我无法完全融入他的家庭。那次派对表面上是为了我举办的，而大多数时间，我都躲着菲利普的母亲，我喝了太多的红酒，与一盘蒜味鹰嘴豆泥卿卿我我。但所有礼物都是我的，所以我想是我赢了？

　　婚礼结束后，摄影师的样稿送来了，在很多照片中，都可以看到菲利普和他的姐妹们依偎在一把扶手椅里，笑个不停，他们都有黑头发，男的帅、女的俏。不知怎么搞的，他的姐妹们的衣服完全没有褶皱。就我个人而言，我太害怕把自己的衣服弄皱了，所以从我穿上礼服的那一刻起，我就拒绝坐下，迎宾时，因为我的膝盖长时间不动，我差一点就晕倒了。

　　"你们是什么时候拍的？"我们看照片的时候，我问他，我抚摸照片边缘，仿佛只要摸摸，我就能加入他们。

　　菲利普靠过来看了一眼照片。"在新郎准备室拍的。那时候婚礼还没开始。"

　　"啊。"我说。就在菲利普和他的姐妹们拍这张照片的时候，我默默地站在新娘准备室里，我的裙子很硬，穿着很不舒服，我的头发紧紧地向后梳，皇冠头饰上的梳叉贴着我的头皮，母亲挑剔地看着我，其他的伴娘都聚在角落里一边喝香槟一边大笑。

　　很明显，菲利普在扮演自己的角色时游刃有余。在招待宾客的时候，他趾高气扬地在餐厅里走来走去，没有我，他一个人与各桌的客人应酬，接受那些喜欢他的人的祝贺和最美好的祝愿。我只认识一半的人，所以试探性地和他们打了几次招呼之后，我便退到贵宾桌独自吃晚饭。他独自去招待客人，本来可以说是很体贴的……那我为什么不觉得他体贴？他应该带我一起去的。他应该把我介绍给那些我不认识的人，把我当作他的妻子，让我站在他身边。但这不是菲利普的风格。婚礼前，一切都是母亲做主，她计划了整个婚礼，包括包裹约旦杏仁的个性化薄纱和与伴娘礼服相配的餐巾。到了婚礼当天，做主的是菲利普。我不知道我是如何在自己的婚礼上失去了自己的位置，越来越觉得我很像坐在婚礼蛋糕顶端的小塑料新娘，只不过是菲利普秀中的一部分布景。

在我们度蜜月的每个晚上，我进入梦乡后，他都去酒店的酒吧喝酒，一直喝到星星消失，和客户聊天，接受他们对他的祝贺。我醒来，发现他走了，房间里空荡荡的，只有冰冷的月光陪伴着我。我无法入眠，凝视着银色的黑暗，直到门"吱"的一声开了，他躺在我身边。我什么也没说，他也从来没有暗示过他的安排有什么问题。我没有人可以问。婚礼礼仪指南有的是，却没有一本是关于婚姻的。

我犯了一个严重的错误。而愚蠢的是，我早就知道自己犯了错。站在教堂外面的通道里，我看着教堂里面，我感觉就像看着一个布景。红地毯沿着中间过道从圣坛一直铺到门口，像一条粗俗饥渴的红舌头。走在过道上，我注意到观众，感觉很不自在。我要微笑吗？或者我应该严肃？我应该看着菲利普，还是看着客人？

看着照片，我被自己的表情吓到了。没有一张照片里的我看起来是开心的。相反，我站在那里，面无笑容，眼睛睁得大大的，呆若木鸡。当一个女人做了一件可怕的事，却不知道怎样才能摆脱这件事时，才会有这种表情。

菲利普并没有注意到。他被自己的外表迷住了。他的单身周末是在拉斯维加斯的泳池边度过的,为了婚礼,他把皮肤晒得微微有些黝黑,看起来十分健康。我则脸色惨白,于是有人鼓励我(我是说强迫我)穿冷冰冰的白色礼服。结果,我看起来苍白疲倦,冰冷忧郁,就像冬天一样,尽管我们的婚礼是在六月举行的。菲利普似乎没有注意到。"看看我。"他吹嘘道,一张张地翻着照片,而我在每张照片上的影像则让我越来越震惊和害怕。"我晒黑了。这些照片太棒了。"他一边说,一边用一根手指在我们两家的照片上画着他自己的脸。

我看着他,看着我嫁给的这个自恋的男人,他爱看自己的照片,根本看不到我。在这些照片中,在他身边,我看上去就像一个幽灵,就像很久以前拍摄的遗像,就像一家人聚集在一个死去新娘的冰冷尸体旁。

那天晚上,我照镜子,我看到了和照片中一样的恐惧。"我做了什么?"我低声对自己说,试探地向镜子里那个也在看我的女人伸出一只颤抖的手。"我做了什么?"

巴 黎
之 光

THE LIGHT
OF
PARIS

第十二章
Chapter 12

玛 吉
Maggie

1924 年

果然不出所料，玛吉的父母非常生气。即使电报不是都用大写字母写的，她发誓她也能听到他们在大西洋彼岸大喊大叫。

信中内容不能接受。

订了船票从瑟堡到纽约。

伊迪丝阿姨伤心极了。父亲很生气。

立即回家。

她甚至懒得回复最后一封电报，因为她能想到的唯一回答就是"不"。不，她不会离开巴黎。不，她不会回家。现在不行，也许永远也不行。

因为外婆已经无可救药地爱上了巴黎，这座城市受尽了战争的茶毒，被悲伤笼罩，并且向自己承诺，他们进行的是"结束所有战争的战争"。也就是说，第一次世界大战会是最后一次战争，他们不会再经历悲伤，再挨饿，再次面对丈夫、父亲和兄弟或死或伤。他们将从废墟中重建，并饮酒庆祝。玛吉去了艾菲尔铁塔的塔顶，看着城市在她脚下延伸。她没完没了地沿着人行道走，与一对对恋人擦身而过，听人们争吵，与一起出门的家人相遇，看醉汉摇摇晃晃地回家，见证了快乐、伤心、愤怒和激情。她去了拿破仑墓，她发现那里有些阴森可怕，却令人肃然起敬。她去了战争先贤祠，她很清楚她不该看那幅全景画，毕竟它不符合她的和平主义信仰，但全景画如此美妙，她情不自禁地掉了几滴眼泪，因为战争既带来荣耀也造成痛苦，以及无尽的苦涩浪漫。她沿着铺着磨损石头的街道而行，走进安静的教堂，教堂里落满了灰尘，烛光闪烁，她却没见到有人点燃蜡烛。她去国立网球场现代美术馆的画廊，她的思绪飘到从前，那时候，这里还不是博物馆，而是拿破仑打网球的地方，她写了一篇小说，讲的是一个艺术大盗和一个大胆女侦探的故事。她在杜伊勒里宫的树下睡觉，当她醒来时，一个保安过来赶她走。她在巴黎市政厅的台阶上吃巧克力蛋糕，在回家的路上舔着黏糊糊的手指。

她这辈子都不想离开巴黎。

塞巴斯蒂安介绍她住的地方是美国少女俱乐部，那是一幢庞大的建筑，懒洋洋地矗立在蒙帕纳斯大道旁边的一条小巷里。她离开宽阔的林荫大道，只见那栋大楼位于狭窄的街道上，楼身向前倾，仿佛急于认识她似的。她真想倒抽一口气，高兴地拍拍手，就像吉尔伯特和沙利文创作的歌剧中的角色那样。街上的建筑物都很旧，刷着白粉浆，而不是像城里的很多建筑那样是奶油金色的，那些建筑虽然美丽，却单调重复。而且，美国少女俱乐部安装了绿色的百叶窗，花箱里种满了紫色、粉色和蓝色的鲜花。大楼看上去更像是一座乡间别墅，而不是一座离巴黎最繁华的街道仅几步之遥的建筑。

她敲了敲门，但没有回音，她转动门把手，门竟然就这么开了。她走进门厅，经历了外面的明媚阳光，只觉得里面很暗，冷飕飕的。一个女人坐在一间办公室里，办公室的一扇窗户对着门厅，玛吉走了过去，很有礼貌地等她打完字，注意到玛吉。

那女人终于抬起头来看到玛吉，她的表情几乎没有变化。"有事吗？"她瓮声瓮气地说。

玛吉吓了一跳。"有事吗？"她附和道，忽然又感觉自己很傻，"啊，你好①？"等等，她现在可是在美国少女俱乐部。她为什么要说法语呢？"我是说，你好。"

"有事吗？"女人不耐烦地又问了一次。

"是的，我叫玛吉，你知道的，我是美国人。"她飞快地笑了笑，以为她的国籍会赢得对方的一点善意。那女人依然带着严肃坚决的表情看着她，仿佛要把玛吉这个障碍清除掉才能继续工作，而老实说，她的确打扰了人家的工作。"有人说我可以住在这里。"她的声音有些沙哑，她用力地咽了咽口水。

---

① 原文为法语，Er, bonjour。——译注

"是的，我们出租房屋。你有美国护照吗？"

"有有。"玛吉说，"我是美国人。"

玛吉似乎说了什么咒语，不然那女人也不会开始在小办公室里忙忙碌碌地走来走去，从不同的文件夹上拿起各种表格，把一个笔记本放在她和玛吉之间的窗台上。

她一边整理文件，一边滔滔不绝地介绍俱乐部的住宿条件（单人房或共用房间，共用浴室），各种规则（不准带男人回来，不准饮酒，不准在浴室里使用烫发工具）和费用。

现在只剩下三楼的一个单人房了，玛吉听到住宿费的数目，不由得咽了口唾沫，但她深吸了一口气，点了点头。不管有多愚蠢，她还是把剩下的钱都带在了身上。在出发前，她母亲经常大声警告她，不光欧洲的扒手阴险狡诈，女服务员也常偷东西，旅馆老板非常贪婪。在玛吉的母亲看来，欧洲就像中世纪的地图，地图绘制者在欧洲这片未知的空间里填满了恐惧，到处都有恶龙出没。尽管玛吉也不愿意相信母亲的焦虑，但她还是记住了母亲的话，所以，每次离开酒店房间，都不知道该如何决定：应该冒着遇到扒手的风险，随身携带贵重物品，还是把它们留在房间里，便宜偷窃的女服务员？最后，她大部分时间都带着它们，还安慰自己说，法语里似乎都没有扒手这个词，不得不从英语中借用。她用颤抖的双手打开包，掏出钱，慢慢地数出一百二十五法郎，这是第一个礼拜的住宿费。这已经很便宜了，但她觉得这是她花过的最大的一笔钱，尤其是她看到她所剩的钱少得可怜。当那个女人数钱的时候，玛吉小心翼翼地把她递给她的卡片填好。她做到了。她确实做到了。

她填完卡片，桌子后面的女人叫了一个女孩带玛吉上楼。她的向导是一个有点狂妄自大的女孩，名叫海伦，来自俄亥俄州，她带着玛吉穿过俱乐部的狭窄走廊，上楼去她的房间。这座建筑是 U 形的，中间有一个庭院，有六个女孩坐在阳光下，几个在读书，几个在聊天。角落里有一个龙头，曾经可能连接着一口井，由于废弃，石头上长满了苔藓，都开裂了。院子的后面有一个玫瑰园，在阳光的照耀下，盛开着又大又香的花朵。塞巴斯蒂安说过，这家俱乐部（或者更具体地说，是住在这里的女孩子们）很有名，玛吉准备好在转过每个角落后都会见到丑闻，但似乎没有什么不对劲，她不由得有些失望。

　　海伦带她上了一段很陡的楼梯，来到二楼，只见门厅的另一边有一间阳光房，明亮干净，而下面一层就昏暗阴凉。她们穿过兔窝式的走廊，上到三楼，这里更安静了，尽管走廊里的屋顶窗开着，空气仍然十分闷热。她们一边走，海伦一边讲了一长串额外的规则和指示，玛吉则一面听她说，一面留意每个角落里的声音，试图记住这栋大楼的弯弯角角。在她的头脑里，她反抗的鼓声和她母亲坚决反对的声音在对阵，但她并不感到羞耻。楼梯没有使她感到焦虑或疲倦，她只是为即将到来的一切兴奋不已。在华盛顿，她父母家那条街的街尾有一栋寄宿公寓，很多女孩子住在里面，她们每天早上自信地出去工作，她现在和她们一样了，她将和她在咖啡馆里看到的作家一样，低头疾书，她会像塞巴斯蒂安或伊芙琳，充满勇气，不再害怕。

　　她们终于来到一扇门前，海伦给了她一把钥匙。"你的房间到了。"她们在走廊的尽头，玛吉试探性地打开了门，看到阳光从两扇屋顶的窗户射进来，光线充足，可以看到光束里飘忽的灰尘。

"两扇窗户呢。"海伦说，"祝你好运。"她看了一眼房间，然后耸耸肩，"再见啦。"

玛吉走了进去，她的手在她身侧张开，仿佛她在吸入空气，让这个地方进入她的身体里。她打开窗户，外面是俱乐部后面那条街上的房子的背面，她低头看到晾衣绳上的衣服，一只兔子正在院子一角的菜园里吃东西。有风吹进来，她跑到另一扇窗子前，也把这扇窗推开，望着庭院，下面的姑娘们还在懒洋洋地晒太阳，玫瑰花的芳香随风飘到玛吉面前。

屋内的地板是明亮的金黄色木头，尽管使用多年后出现了磨损和裂缝，但却使房间焕发出光彩；白色的墙壁刚粉刷过。屋里有一张金属框架的床，一张床垫，一个枕头，上面有一沓床单，一个梳妆台，一把椅子。除此之外没有其他家具。玛吉在一个富有的家庭中长大，房子里摆满了家具、古董和所有人都想要的钱，她几乎要为这里的简单而哭。这房间是她的，巴黎是她的，这生活是她的，她终于可以为自己的生活做主了。

她搬进来的第二天早上，玛吉找前台的那个女人打听找工作的事。女人打量了她一番，最后拿出一张写有地址的卡片。"巴黎的美国图书馆昨天来过电话。他们在招人。"

玛吉用颤抖的手接过卡片。图书馆的工作！在巴黎！好像这一切都是为她量身定做的。她戴上了那顶新买的法国帽子，她找了好几天才找到一顶足够大的帽子，因为法国女人的头好像都很小，头发也比她的服帖很多。然后，她穿着最好的鞋子，出发去了爱丽舍大街10号。

图书馆与她想象中的不太一样，也不像她家乡的图书馆。她穿过香榭丽舍大道花园附近一条宽阔的小巷，找到地址标注的地方，那是一幢富丽堂皇的连栋房屋，又宽又高，大大的前门十分壮观，从窗户里没有传出任何声音。一个洗窗工站在隔壁的阳台上，被他擦过的玻璃在阳光下闪闪发光。街道两旁的房子都差不多，四下里静悄悄的，玛吉觉得根本没人住在这里。街对面是爱丽舍宫的高墙，墙上设有铁栏杆，总统就住在里面，两个宪兵走到街上，用怀疑的眼神看着玛吉在人行道上犹犹豫豫。

他们的关注让她非常不自在，于是她强迫自己走近那扇门，拉起沉重的铜门环，敲了两次。在安静的街道上，敲门声听起来很大，但没人应门。她又敲了敲门，没人回答，她转动门把手，走了进去。

这座曾经辉煌的房子现在显然缺乏修整。她面前的空间很宽敞，地面上铺着大理石，上面有巨大的黑白方格图案，看上去落满了灰尘，十分昏暗。门厅的中央放着一张空桌子。她向前走，同时左右观瞧。两边房间的房门都开着，木地板是暗色的，都已磨损，东方地毯因为被无数人踩踏而褪色。房间里摆着书架，架子上都是书，还有杂乱的桌椅。右边的房间里挂着一盏枝形吊灯，看起来只要好好清理一下，就可以再次变得光辉灿烂。一个矮小瘦弱的男人坐在一张桌旁，他戴着沉重的圆眼镜，几本书摆在他面前。两个女人坐在左边的房间里看书，阳光透过窗户倾泻进来，她们的脸被晒得温暖而金黄。玛吉站在门厅里，闻着书、旧木头和灰尘的气味，愉快地笑了。

"有什么可以帮你的吗？"一个女人从后面的一个房间里走出来，她穿着高跟鞋走过地板，咔嗒咔嗒直响。

"我是来这里找工作的，是美国少女俱乐部介绍我过来的。"玛吉说。那个女人走到她身边，伸出一只手，玛吉和她握了握手。

"太好了。我叫玛丽·帕森斯，是这里的馆长。你是……？"

"我叫玛吉·皮尔斯。"帕森斯小姐像巴黎人一样文静而优雅，但她显然带有美国口音。她穿着一件蓝色连衣裙，纤纤细腰上系着腰带。她的头发在脖子后面挽成一个很松的发髻，不知何故，这仍然让她看上去年轻时髦。玛吉难为情地摸了摸自己的头发，她一直都梳着维多利亚式发结，拘谨古板，一点也不时髦。

"我很高兴你能来。他们以前介绍过一个女孩，但她绝对是个灾难。你绝对不是灾难吧，玛吉？"她一边走回门厅中央的书桌，一边扭头说。玛吉站了一会儿，然后意识到她应该跟着，便急忙走了过去。

"不会的。"玛吉说。她本想说得很自信，结果听起来好像连她自己都不肯定她会不会变成一场灾难。住在巴黎，实在很奇怪，有时候她觉得对这里越来越熟悉，能恢复说话的能力，会用法语点法棍面包、煎蛋卷，或从街角那个可爱男人那里买番茄，而不是哆哆嗦嗦不敢说话，知道如何坐地铁，自信地走在街上，而不是像游客那样捧着地图看。然而，在图书馆这个她自己国家的前哨站，她却不知道该说什么才好。"我的意思是，不，我不是灾难。"玛吉说，发现她的声音中有一种她没有完全感觉到的坚定。

"你对图书馆了解多少？"帕森斯小姐问。她手上没戴结婚戒指，玛吉便以为她未婚，虽然她比玛吉大十岁。她自信、漂亮、高效、现代，但没有一丝不得体。玛吉想坐下来叹口气，盼着能像她一样。

"不太了解。"玛吉坦言相告。她应该有所了解吗？图书馆是一个很好的地方，提供你所能读的所有书。还有什么？

"Atrum post bellum, ex libris lux，"帕森斯小姐说，仿佛这是一句咒语。玛吉在拉丁语课上睡觉的时间比清醒的时间还多，她听不懂这是不是拉丁语，"你会说拉丁语吗？"

"恐怕不会。"玛吉在心里给了自己一脚，惩罚她在塔潘小姐讲词形变化的时候呼呼大睡。只是语法学起来太费力了，她从没想过拉丁语会派上用场，一点也没想到。

帕森斯小姐似乎并不介意。"书籍的光辉驱散战争的黑暗。这是我们的座右铭。"她说着把一沓文件摆在她面前，一边说一边用力地盖章，"巴黎美国图书馆建于1920年，用来存放图书馆战争服务部为驻法美军提供的130万册藏书。我们的目的是纪念在法国的美国远征军，促进对美国的了解，并为欧洲的图书馆员提供美国图书管理方法的范例。"帕森斯小姐说完这一番话，连看都没看玛吉一眼，而玛吉坐在桌子前面的一张椅子的边缘，但她不再做文案工作，抬起头来。"你了解图书管理方法吗？"她问，她的兴趣和希望都比她对玛吉是否会拉丁语表现出来的要多。

玛吉越来越确信自己过不了面试——这算是面试吧？——便痛苦

地摇了摇头。"我学的英文专业。"她说，然后，她带着真诚的热情说，"我真的很喜欢书！"这似乎可以弥补她的缺点。

帕森斯小姐亲切地对她笑笑。"这是个很好的开始。我们现在已经拥有数百名会员，虽然目前这里很安静，但这种情况是很少见的。我们平日每天营业十二个小时，周日营业八个小时，接待来看书的人已经是一项全职工作了，更不用说把藏书进行图书编目和管理了。你的职位是……"她说得很随意，好像一定会聘用玛吉，玛吉有点激动，"你是做临时工，你的薪水是由我们一个慷慨的赞助人资助的。你的工作重点是处理我们档案室里的一些项目，但是我们总是人手不足，所以你要做各种各样的工作。当然一定要整理档案，还要负责传递信件，在咨询台值班……"她再次停止给文件盖章，拍拍她面前的桌子，"反正就是需要你做什么你就得做什么。我们每个人都是多面手。"

玛吉已经想象自己坐在办公桌后面，像帕森斯小姐一样，熟练有效地在文件上盖章，向顾客露出同样自信温和的笑容，帮助一个房间里坐在桌边的男士找参考资料，向在另一个房间里看书的两个女士推荐新小说。她会在档案馆里找到宝藏，自豪地把它们送给帕森斯小姐，说："快看，这是马克·吐温的初版小说。"或者"你说这是不是埃米莉·狄金森的信？"她会戴着新帽子，自信地沿着街道向图书馆走去，她的衣服在她的脑海里比在现实中更讨人喜欢。

"你还好吗，玛吉？"

玛吉眨眨眼，把自己从幻想中拉了出来。"对不起，帕森斯小姐，你能重复一下问题吗？"她问。

"请问你为什么来巴黎？"帕森斯小姐问道。

"啊，我本应该和我的表妹一起在这里的，但她决定一个人去旅行。我受不了只在巴黎待几天就离开。"现在，这话听起来貌似有理，玛吉自己也愿意相信。把伊芙琳说得好一些会有不幸的副作用，但这也使玛吉显得不那么悲惨了。帕森斯小姐放下印章，把文件整齐地堆成一堆。然后，她在桌上把手臂交叉在一起，身体前倾，更仔细地看着玛吉，看着新帽子下面的老式发型、大大的眼睛、圆圆的脸颊、衣服，这些衣服都是她定做的，但就像所有玛吉的衣服一样，都很不合身。最后，帕森斯小姐好像看到了什么她很喜欢的部分，轻轻拍了拍手。

"你独自在这里，你家里人怎么看？"她问。

玛吉有些犹豫，虽然只是一刹那，但帕森斯小姐还是轻轻地点点头，仿佛印证了心里的想法。"他们希望我回家，但我就是不能离开，帕森斯小姐。我才刚来这里！还有很多东西等着我去探索呢。"

"好吧，你写信的时候，请告诉你的父母，我会做你的监护人，确保你不会受到伤害。"她交叉着双手，仿佛她这一表态，已经解决了问题，"目前你的月薪只有五百法郎，我知道这不多，但我想你的家人会支持你的。"

玛吉艰难地吞了吞口水。五百法郎足够支付她在俱乐部的食宿，但她仍得勤俭度日。尽管如此，还是值得的。清贫度日，可能也很浪漫。"我能应付。"她说。

"太好了。"帕森斯小姐说，"在这里工作，就有机会见证一些伟大的事。你说你喜欢读书，是吗？你能见到在巴黎的所有伟大的美国作家，伊迪丝·华顿是我们的创始受托人之一，你知道，经常有作家来这里。"

玛吉读过伊迪丝·华顿的所有书，她很有共鸣，而且深深地嫉妒，她简直高兴得要鼓起掌来。"太好了，帕森斯小姐。我什么时候可以开始上班？"

"明天怎么样？"她问，"啊，这位是多萝茜。你们以后一起工作。"一个比玛吉大几岁的年轻女人走下楼梯，帕森斯小姐挥手示意她过来。和帕森斯小姐站在一起，玛吉本就感觉自己很寒酸，但见了多萝茜，她更觉得自己无地自容了。多萝茜不仅身材高挑，穿着时髦，甚至比伊芙琳还要漂亮，但没那么自恋。

帕森斯小姐给她们做了介绍便离开了，匆匆上了楼梯，多萝茜坐在帕森斯小姐的座位上，身体前倾，优雅地把头搭在一只手上。"什么风把你吹到图书馆来了？"

"我需要工作。"玛吉说，然后慌忙补充说，以防她听起来太绝望了，"我喜欢读书。"

"我也是！"多萝茜说，一般人在发现和别人有共同之处时才会这么兴奋，比如一起喝过酒，或是有相同的过敏反应，但绝不会出于对书的热情。"你会喜欢在这里工作的。我们的脚都快跑断了，但能摸到喜欢的书，实在是棒极了。你最近读过什么好书吗？"

玛吉很肯定这是一项测试，便犹豫起来。她应该说一些正经书的名字，对吗？应该说一些让多萝茜印象深刻的书，毕竟她可能读过非常高深的书，并和非常高深的人讨论过那些书。"《西方的没落》？"

她见过她父亲读这本书。这书有两卷，一看就知道很难读。

"啊。"多萝茜听起来有些失望，"恐怕我的品位有点庸俗。我刚刚看完了《燃烧的青春》。我知道，我太落后了，但那本书真的很好看呢。看来别人说的一点也不假。"

"我很喜欢《燃烧的青春》！"玛吉大声叫道，她声音太大了，在图书馆这么说话可不合适。在家乡图书馆的书架之间，她用了一个下午就把这本书看完了。没人和她谈这本书，好像很不公平，而且，要是被她母亲发现她这么快就看完一本关于女孩的书，她一定会很震惊。母亲要是知道有人写这种书，也一定大为震惊。玛吉认识的所有女人都只会承认读过有教育意义的励志书籍。能够和别人谈论她真正喜欢的书和小说，玛吉不由得有些头昏眼花、心花怒放。她向前探身。"你看过《酋长》吗？"

多萝茜梦呓般地叹了一口气。"看过了。我是先看的电影，一直在想象瓦伦蒂诺。不过我得承认，我不认为他们会幸福地生活下去。"

"为什么不能？"

"他们的性格太不一样了。她那么固执，至少一开始是这样的。就我个人而言，我不介意被酋长绑架，在沙漠里过着奢侈的生活，多有异国情调啊。我甚至可以用巴黎来交换。"

"但他们最终不得不在一起。"玛吉说，有点困惑，"这是真爱。真爱可以征服一切，不是吗？"

多萝茜若有所思地望着她，仿佛她说了些很有争议的话。最后，就在玛吉正要说些什么来填补尴尬的沉默时，多萝茜开口道："我想是的。"

第十三章
Chapter 13

玛德琳
Madelyn

1999 年

发现生活不如意，外婆是怎么做的？她看到前方的路，意识到自己不想走的时候，她是怎么做的？她去了巴黎。我在做什么？我躺在儿时的床上，吃着从楼下抽屉里找到的不新鲜的圣诞糖果，逃避我的生活。

　　我从卧室的窗户往外看，那是一扇屋顶窗，和外婆在巴黎时的屋顶窗一样，只是从她的屋顶窗可以看到艾菲尔铁塔，而从我的屋顶窗只可以看到霍普家的后院。我坐在我的床上，枕头堆在我身后，我弯曲膝盖，架着笔记本，方便阅读。如果我闭上眼睛吸气，便能闻到母亲玫瑰园里的花香，我几乎可以想象那就是美国少女俱乐部花园里的玫瑰香，我就是七十五年前的外婆，冒险、自由和青春带来的刺激在我的胸膛里躁动着。

　　好吧，我不会在接下来的几个小时里去巴黎，但为了留在这里，我的婚姻已经岌岌可危。这真的是我能做到的最好的吗？

读着外婆对塞巴斯蒂安双手的描述，我想起了派因小姐手指上的颜料渍，而且，在很久以前，无论我擦洗了多少次，我指甲周围的角质层上总是有一层薄薄的颜料。我身上总有颜料，一块黄色颜料把我的一绺头发粘在一起，我的眼睛下面有一块蓝色颜料，就像一颗长错了位置的美人痣，还有一次，我后退看画布，结果弄掉了画笔，画笔在我的皮肤上留下了一块印记。这就好像艺术占有了我，使我归属于它，不管我愿不愿意，我都要见证那种激情。

但现在我几乎记不起我上次画什么了。虽然我能感受到画笔在我手里的重量，闻到颜料如肥皂一般的香味，回忆起我连续画画几个钟头后的肌肉疼痛，以及随着我不知不觉沉迷作画时，时间缓慢消失的奇怪感觉，我不记得我上次是什么时候做到这些的。我对艺术的兴趣深深地吸引了菲利普，因为这让他看起来更有文化。但我们刚结婚那会儿，我提到在公寓里腾出地方来画画，他却一口拒绝。菲利普不喜欢混乱、怪味和分心的事物。他说，没地方放我的画架和画布。

但这里很宽敞。

我光着脚走过走廊。母亲在她的花园里，承包商在阁楼上忙着，我周围的房间很安静，我走下楼梯，楼梯吱嘎响的回忆涌入我的脑海，好像我回到了十几岁的年纪，晚上睡不着，便偷偷溜到地下室画画。在我青春期的梦想中，我盼着长大后有一个明亮的画室，白得耀眼，就像外婆在巴黎的房间，通风良好，阳光照亮我的画，给它们带来我父母家地下室里永远无法企及的光芒。一路走过来，那个梦想消失了。

年轻时对我们那么重要的东西，怎么可能消失？如果你在我上高中时让我放弃画画，我一定会一笑置之。因为那就像放弃我的心一样。但我还是放弃了。没有隆重的仪式，没有宣告放弃，但这种事还是以一种微小悲伤的方式发生了，逐渐疏远，直到有一天，你要我别再画画了，而我却震惊于我早已停止了作画。年轻时，我们感情充沛，唯一宣泄的办法便是生活在别人心中的声音里；生活在响亮的音乐声中，那些音乐足以淹没我们自己的迷惑；生活在画布上的艺术作品中，而画布大到足以捕捉我们内心的混乱，或是小到充满无限的细节，可以用舞蹈、诗歌、戏剧和艺术解释我们，那个时候的我们所重视的东西，为什么会失去？为什么？

　　但是，我打开地下室的门，里面的气味扑鼻而来，充满了比一千个巴黎玫瑰花园更多的回忆，在我的内心有个东西裂开了，我感到自己再次变得年轻、狂野和痛苦。

　　楼梯还是原来的样子：被我一踩就吱吱作响，每一级上都有黑色的橡胶梯面，我赤着脚踩在上面，感觉很粗糙。地下室多年来没有什么变化，我都不知道母亲是否曾经来过这里。地下室的最里面有个小棚子，用来放她的园艺工具，而大多数值钱的东西都保存在阁楼里，从我记事起，这里的东西就一直在这里：两把扶手椅和一张沙发，椅面都需要重修了，镶在框子里的旧木网球拍，一个门球架，一堆纸板箱，看上去好像是为了搬家而被打包好，却从来没有被打开过，现在在各自的重量压迫下，已经下陷了。

　　我的画架就在角落里，在两扇窗户之间，光线像小路一样照射到地板上。这是我上高中和大学时画画的地方，搬出去后，所有东西都是新买的，于是我就把这些东西留在了这里。墙壁是煤渣砖做的，我曾在墙上画了一幅壁画，现在几乎看不见了，在潮湿的环境中褪色了。十几张画布靠在墙上，有些空白，但大部分上有画。我其他那些油画和素描呢？我画的画肯定有几百幅。我隐隐记得，结婚前我把一些画带到这里储存，但不是全部。我是不是全扔掉了？因为我很肯定我还会接着画，永远不会停下画笔？

我翻动墙边的画布：一幅静物写生，我显然一直在努力掌握一壶水的明暗关系和半透明的棱镜效果；一幅风景画，透视画法是我自学的。这两幅画都不太好，但也不算差。还有一幅红黄相间的抽象画，用宽而平的画笔画出方块状的条纹，到了画布的边缘，颜料像是蒸汽一样渐渐消失。我盯着这幅画看了一会儿，试图回忆起我当时想要捕捉的东西。我从来都不擅长抽象画，即便我学着理解，还看了相关的书籍。

最后，我想起了两幅油画，其中一幅画的是我父母家的阁楼一角：一张桌子靠在窗户下方的墙壁上，桌子正中间放着一台古老的打字机，一个键凹陷下去，一张纸从卷轴上滑了下来，好像有人只是暂时离开一会儿，然后就会回来完成正在写的东西。无论我想在那壶水里寻找什么，我都在这里找到了；透明玻璃窗外是母亲五彩缤纷的花园，阳光洒在地板上，照亮了空气中的尘埃；一堆照片像卡片一样散落在桌子上，一个小盒子放在桌子一角，等着被打开。即便是当我看着这幅画的时候，我都很想冲上楼，探索阁楼，寻找更多外婆的书，寻找她年轻时在巴黎拍的照片，那时她尚未嫁给我的外公，寻找更多的笔记本，看看她在婚后是否依然写日记，发现她表面下真正想要成为的那个人。

我翻到最后一幅画，那是一幅自画像：我穿着初次参加舞会的服装，坐在乡村俱乐部靠窗的座位上，望着外面的夜色；我身后是一个舞池，能看到模模糊糊的无尾晚礼服和女士礼服；在我前面，只有寂静的夜晚，我被夹在中间。这是一幅真实的肖像画，它太真实了，我很惊讶我竟然有勇气将其画出来，我的头发松散了，从优雅又紧绷的高髻中掉了出来，我身侧的赘肉贴着白色的丝绸，在昏暗的灯光下，我表情茫然，远离我身后的明亮灯光。我把这幅画命名为《逃离》，当我看着它时，我感到胸口有个小疙瘩，无声的眼泪眼瞅着就要夺眶而出。我辜负了那个女孩。我根本没有逃离。我曾有过追求自由的机会，但我却直接进入了我明知并不适合我的生活。

我把画重新靠在墙边，走到墙角的一张凳子边，曾经在我作画时陪伴我的那台溅满颜料的大手提收音机还放在上面。我打开收音机，按下录音座上方的播放键，吉他的旋律从扬声器中传出来。一开始，我捂嘴大笑起来，好像我找到了一座宝库，转而，我却很想哭，想起这些歌曲曾经对我多么重要，我边听这些磁带边作画，却从不听那些在学校舞会上播放或其他女孩听的音乐，我只听对我来说很有意义的音乐，那些萦绕在心头的忧郁旋律，美妙动人，让我周围的一切变得更强烈：月亮更亮了，夜空更加漆黑了，时间变得更有弹性，充满了无法兑现的诺言。

我拿起一张空白的画布，剥掉塑料薄膜，抚摸着表面。画纸很光滑，画框仍然是笔直的，我拿起画布放在画架上，欣赏它的清新和空虚。对我来说，这一直是开始作画的最佳时刻：动笔之前的那一刻，颜料跃然画布形成画面之前的那一刻。这个时刻仿佛有魔法，让一切皆有可能，我心中的情感和我脑海中的影像完全一致。这之后，我才会用画笔在画布上作画，将刚才的一切毁掉。

画架下面是我保存颜料的工具箱。我跪下，把一管管颜料抽出来。其中大多数都是丙烯酸颜料，一半是用过的，现在已经干了，宛若来自另一个时代的化石。但底部有三管未开封的颜料，我用力一压，感觉里面依然软软的。我拧开盖子挤颜料，调色板里出现了三小块颜料，我在水槽里找到了几支画笔，用水冲洗画笔，直到它们再次变软。然后，我站在画架前面，看着空白的画布，在心中勾勒出了一幅画面，然后，我画了起来。

我不知道过了多久，只知道磁带自动播放到另一面后，播完后，又开始重播，就这样循环播了两遍。我一边画，一边唱歌，歌词在我的脑海中清晰地浮现，就像我前一天还听过这些歌，就像肌肉记忆，是一种难以忘怀的模式。我又变回了十六岁，每逢礼拜五晚上就独自在这里；我又像是回到了二十一岁，把我对未来的恐惧画在了画里；我十二岁时，学习如何把心里的情感在画布上描绘出来；我三十四岁时，身心俱疲，心有恐惧，我把内心的感受都呈现在我面前的画布上。

"玛德琳？你在下面吗？"

我吓了一跳，猛地把画笔从画布上拿开，撞到我放调色板的凳子上。哐当一声，调色板正面朝下，扣在了水泥地上。果然。

"在。"我喊道，连忙把调色板从地上拿起来。我看着水泥地上糊在一起的颜料，心想，这不是第一次了。我走到楼梯边，抬头看着母亲。

"你在下面干什么呢？那是什么声音啊？"

"音乐啊。我以前经常听的。"

"太难听了。你干什么呢？"

"我在画画。"我说，一抹笑容兀自出现在我的脸上。

"啊，我都忘了你把那些东西都放在下面了。还是把那些东西清理了吧。莎伦说地下室最好是空的，这样就显得能放下很多东西。"

我母亲对我画画的兴趣不过如此。我难道在期待她有不同的反应？我的父母向来都不赞成我画画。他们说，上艺校只会浪费时间和金钱，毕竟我拿学位有什么用？嫁给艺术家？当画家？我父母的圈子里没有艺术家。那些人都很实际，做着恰当的职业：医生、教师、律师或投资银行家。当然还有这些人的妻子。

于是我上了大学，获得了一个无趣沉闷的学位，我却只希望自己能成为一名艺术系的学生，穿着溅满颜料的衣服在校园里走来走去，头发上还粘着一小块一小块已经变硬的黏土。毕业后，我找到了一份安静、沉闷的工作，但我选择了一间光线充足的公寓，在那里，我花费数小时独自作画，一如既往地快乐。

那之后，我结婚了。

"有事吗？"我问。

"是的，我就是告诉你一声，我要去图书馆董事会议了。"

"一路平安。"我说，把画笔抬到我的额头边，敬了个礼。

她关上门后，我慢慢地走回画架。天渐渐黑了，太阳从外面消失了，地下室被阴影笼罩。上高中的时候，我找到了一些旧灯，并把它们放在我画画的地方周围，但是当我试着打开其中的几盏灯时，灯泡亮了又马上就灭了，灯丝"嗞嗞"的声音划破了夜的寂静。

我不再摆弄灯光，清洗了画笔和我的手，做着和几年前一模一样的动作，我不想扔掉任何东西，我不想扔掉画布、画架或旧画笔。我甚至想要更多。我想找一家美术用品商店，买些新鲜、明亮的油画颜料，一个崭新的素描本，一把超大的费尔伯特画笔，描绘一片广阔的蓝天。我想重温我以前画画时的感觉。

自从我到了马格诺利亚，我的心里就像压着一块大石头，十分沉重，现在这份负担消失了。这也是在很长一段时间里，我第一次感觉到，我开始了解我是谁，而不是其他人期望我是谁。

巴 黎
之 光

THE LIGHT
OF
PARIS

第十四章
Chapter 14

玛 吉
Maggie

1924 年

就像我和我的母亲一样，玛吉和她的母亲也不亲近。也像我和我母亲一样，玛吉在她们的交往中总是感到一丝失望，因为玛吉知道，她永远也不能让母亲满意。不够漂亮、不够淑女、不够听话。有时，彻底的残忍是毫无必要的；有时，所需要的只是一辈子不满的一瞥、失望的叹息、受挫的希望。

　　因此，当她接到母亲关于她将留在巴黎的回复时，她甚至都不奢望能收到好消息。

　　读着信，她只是感激母亲没能亲自传达出这么严厉的信息。尽管母亲的字迹堪称完美，但玛吉似乎仍能看出母亲握着笔用力地在纸上写着，字里行间透着沮丧和愤怒。玛吉不听话，忘恩负义。她是一个不懂得安全和家庭价值的孩子。她不值得信任。玛吉坐在房间里的床上，看信的时候双手颤抖。

玛吉不认为她自私，她也不理解母亲为何发怒。她现在能够自己养活自己了，不是吗？她不会伸手找他们要任何东西。她扑倒在床上，用手肘遮住眼睛。"太不公平了。"她对自己说，随即哭了一会儿。她应该回家的，她心想。应该忘记所有的一切，应该安抚她母亲的不满。

"不要。"她大声地说，她又坐起来，擦去眼角的泪水。黄昏的斜阳透过窗户泻进她的房间。这是她的冒险。这是她的城市。她在这里，在这个房间里哭着，巴黎的阳光温暖美丽，照射在她身上；在外面，城市延伸开来，她说过她想认识这里的人，想要结识作家和艺术家，在咖啡馆里喝酒聊天，开创美好的未来。沿着蒙帕纳斯大道走几步路，就能到巴黎城内最有名的三家咖啡馆：圆顶咖啡馆、精英咖啡馆和穹顶咖啡馆。听说玛吉住在俱乐部后，多萝茜便告诉她，那些咖啡馆是巴黎艺术界的中心，人们在这几家咖啡馆之间往来穿梭，交谈，传播思想，就在这一切发生的时候，玛吉却只是独自坐在房间里，自怜自艾。似乎她把自己独自关在房间里的时间太久了，因此错过了很多精彩。

她决定不再干坐着不动。她脱下工作服，小心地把裙子和夹克挂起来。她只有几套合适的衣服可以穿去图书馆，也没钱再买了，所以她尽量保持衣物整洁，免得有人认为她是卖火柴的小女孩。

玛吉伸手解开头发，让头发自然垂在背上。她的头发一直是她和母亲争吵的根源。她的头发和她父亲的一样，不仅发量多，还是自然卷，不得不每天定时用梳子蘸上润发油，把头发梳理得服服帖帖。她母亲的头发又细又柔又直，得以让她母亲梳理任何发型，不过，在玛吉的记忆中，她母亲向来都留着整洁的维多利亚式发髻。玛吉的头发很厚，用不了普通的梳子，波浪卷很不服帖，就算用卷发钳也无济于事，要想把头发梳好，没有几十个发夹和大量的发蜡是不行的。玛吉自己从来没有掌握把自己的头发弄服帖的本领，内莉只有迫不得已才会给她梳头发。每次玛吉的母亲亲自给她梳头发，大概是仗着纯粹的意志力获胜的，至少有一段时间是这样。然后，晚饭吃到一半时，她的发型就开始乱了：一缕缕头发从她母亲精心设计的波浪卷发中掉出来，由于她的头发很厚，掉出来的头发便向后滑，仿佛要从她的头上滑下来，在她的脖子根部塌陷成一个豪华的池子。

现在看来，她这个厚重的头发太不合时宜了。这样的头发属于从前的玛吉·皮尔斯，伊芙琳曾经说那个玛吉是"累赘"，是"老处女"，那个玛吉只能嫁给和她父亲一样老的男人，那个玛吉只会住在父母的房子里，而外面的世界一直在变化，其他女人工作着、生活着、恋爱着。玛吉忽然有了一个愿望，她急切地想摆脱她的头发，就像她急于想摆脱命运一样。

旅店送来了她的箱子，玛吉从里面找出了一把剪刀。剪刀很小，是用来做日常缝补的，而不是用来剪掉六英寸长的浓密头发，但不剪也得剪。她对着镜子，用一只手把头发抓成马尾辫，用另一只手开始剪。这是一项艰苦而缓慢的工作，中途她不得不休息几次，放下胳膊，肩膀因尴尬的姿势而疼痛，剪刀更像是在啃，而不是在剪。剪完后，她甩了甩头，就这样完成了。她默默地看着手中的头发，来回转动着洒满阳光的头发，惊叹她的头发竟然这么多，然后，她看着镜子里的自己。

她会第一个承认这不是最整洁的发型，但也不是最糟糕的。摆脱了头发的自身重量之后，她的头发自然也卷了起来，松散地垂落在她的脸庞周围。此刻，她的眼睛看上去更大更亮了，脸颊的曲线多了几分可爱，少了几分肥胖感。玛吉又晃了晃头，让几束掉出来的头发松散地垂在她的肩膀上，她惊诧于现在的头发竟然这么轻飘飘，而且改变了整张脸。她会找人剪后面的头发，比如理发师，或者阳光房里的女孩子，但现在的样子也不坏。她看着镜子里的自己，觉得她几乎可以称得上漂亮。

俱乐部附近到处都是独立洋房、公寓和人家，一层是商店的房屋散落在各处，所以那天晚上她出门的时候，人行道相对安静。人们已经回家了，和家人一起吃晚餐，主要是吃新鲜的面包，在从图书馆步行回家的路上，她看到很多人都买了面包。玛吉自信地迈着大步，沿蒙帕纳斯大道而行，直到看见了圆顶咖啡馆飘动的遮阳篷。在那里，她犹豫了起来。她曾和俱乐部里的几个女孩聊过天，但其实和她们并不相识。她们中的一些人可能在这里，在这些咖啡馆中的一个，但她和她们不太熟，不可能拉开椅子和她们坐在一起。虽然人们白天在咖啡馆里吃饭、喝咖啡或写作很常见，有时还会一待几个小时，但到了晚上，这个地方就更热闹了。

一群年轻男子仿佛读懂了她的心思，从她身边经过时大声说着话。其中一个正好从后面撞上了她，她向前迈了一大步，这才没有摔倒。"对不起，对不起。"他说着停了下来，转身查看她是否安然无恙，紧接着叫出了声，"玛格丽特？"

玛吉一直在看着人行道，她很确定自己会摔倒在那里，这时，她抬头看到了塞巴斯蒂安那双惊人的绿色眼睛。"啊！"她说，微微有些脸红。她觉得其他更漂亮的女孩子都习惯了帅气男生跟她们说话，她们不会像她那样傻里傻气和脸红，也不会因为受到哪怕是最轻微的关注而紧张得舌头打结。"晚上好[①]。"

"晚上好[②]。"他答。他的朋友们都停在了前面，其中一个用法语喊他，而叫玛吉惊讶的是，她竟然听懂了。

"你干什么呢？别骚扰人家漂亮姑娘。"

"你们先走吧。"塞巴斯蒂安告诉他们，"我待会儿过去找你们。"玛吉感觉她的上方好像亮起了一盏灯，舒缓的灯光笼罩着她。她听得懂他们所说的一切，虽然他们都有口音，虽然他们说得很随意，一点也不正式。真是奇迹呢。

"你在这里做什么？"她问他。

"我住的地方离这里不远。所以我才知道那个美国俱乐部。"塞巴斯蒂安说，"你在这里做什么？"

"我也住在这里。"

塞巴斯蒂安咧开嘴笑了。"啊，太好了！"他大声说，"你在俱乐部找了个房间！我就知道你会留下来，你适合留在巴黎。你现在去哪里？我们要去圆顶咖啡馆，你要不要和我们一起？他们都是我的朋友，有几个还是现在巴黎最出色的艺术家。要是你想当作家，就应该

---

① 原文为法语 Bonsoir。——译注

② 原文为法语 Bonsoir。——译注

见见他们。"

玛吉心想，要是他没这么说就好了。一想到和才华横溢的艺术家坐在一起，她就觉得很荒谬。一想到她要当作家，她也觉得很荒谬。要是她没有告诉他就好了。这一天一直都很美好，孩子们在广场上用面包喂鸽子，教堂钟声阵阵，小贩在地铁站外卖花。现在他期望她做出特殊的举动，像个真正的作家一样行事。她其实根本不知道真正的作家是什么样的，她连一个真正的作家都不认识。

但这不就是她想要的吗？真正的巴黎，他们在杂志上写的巴黎，玛吉在家乡的图书馆里找到了那些杂志，并在阅览室里贪婪地读着，她母亲不可能去那里问她读的是什么垃圾。艺术家们把这个城市变成了一个迷人的地方，在没有尽头的悲惨战争结束后，人们都逃去了那里，不然的话，巴黎只不过是一个沉重空虚的地方。

塞巴斯蒂安注意到她犹豫了，便伸手要拉她的手。"来吧。"他说。

玛吉只在有女伴严密陪护的舞会上和男人握过手。此时，她疑惑地看着他的手，然后把手指伸进他的手里，跟着他走了起来。

"你的头发看起来很漂亮。"他们站在那里等着过马路时，他说。

玛吉伸出手，轻轻拍了拍帽子下露出的卷发，仿佛一用力就会把头发弄出瘀伤。她的头发摸起来又轻又软，使她想起她在镜子里的样子，她的头发剪短了，看起来是那么清新可爱，她笑着说："谢谢你。"

"这么说，巴黎把你变成了一个先锋女郎？"

"啊！"想到自己是个先锋女郎，她不由得笑了出来。她想象她穿着一件轻薄的小连衣裙，一手拿着香烟，一手拿着杜松子酒，和俱乐部里的姑娘们一起在院子里悠闲度日。"不，我可不是先锋女郎。我只是不想再留长发了。"这个解释还不赖。

"很适合你。"他说。

听到这种恭维，她有点脸红。"谢谢你！"他们穿过马路来到圆顶咖啡馆，塞巴斯蒂安握着她的手，他的手仍然温暖坚实。他们猫腰来到遮阳篷下面，他的朋友们把桌椅都拼在一起，坐在那里，还把坐在其他桌的熟人也叫了过来，他们都脱掉了外套和帽子，有的人拿烟灰缸、发杯子。玛吉和塞巴斯蒂安到了之后，一个侍者端着几瓶葡萄酒走过来。两个男人从他手里接过酒瓶，开始倒酒。他们坐下时，塞巴斯蒂安把一只杯子塞进了玛吉手里。

"这位是玛格丽特。"他用法语把她介绍给注意她的人，还指着那些只顾着说话的人，将他们的名字告诉她。她听着他简要介绍的那些人，感到既焦虑又嫉妒，想知道这些男人和女人怎么能取得那么大的成就。他们似乎都多才多艺，在画廊或著名的展览上展出过作品，还有的师从大师，他们全都做着激动人心的事，大胆地尝试着一些新鲜事物，他们为自己创造空间，而不是被动等待邀请。

围坐在桌旁的人奇奇怪怪，有些是美国人，有些是法国人，有一个英国人，还有两个俄罗斯姑娘。不同的语言混合在一起，大多数人都说法语和英语，但有十来种口音，俄国人则互相说着悄悄话，在拼起来的桌子的末尾，一个女人和一个男人正在热烈地交谈，听起来说的像是西班牙语。他们的名字是模糊的，他们的脸复杂迷人，在某种程度上，玛吉还无法区分。一个男人的头发金黄金黄的，衬托之下，他的皮肤看起来像羊皮纸，他的眼睛是一种独特的淡蓝色。其中一个俄罗斯女人的颧骨像刀子一样锋利，像是一条斜线横贯她的脸，她的手臂特别细，玛吉用手指就能环住她的胳膊。

"塞巴斯蒂安，塞巴斯蒂安。"桌对面一个叫勒内的男人冲他打了个响指。他们三个人都把脸凑到一个笔记本上面。"很好[①]。"他说，"如果你爱上爱，那你就爱超现实主义[②]。"他把这些话说得像一个崇高的宣言，然后倒在椅子上喝了一大口酒，仿佛这一举动已经使他筋疲力尽。

"好，好[③]。"塞巴斯蒂安轻轻拍着手说，然后他用英语对玛吉说，"你明白什么意思吗？"

"明白。"玛吉道。她读过关于巴黎艺术运动的文章，只是不太理解。文章里描述的内容在她看来都很不可思议，玛吉不懂超现实主义者为何对他们的艺术感到焦虑，她也不像他们那样，绝望地想要通过从事物中获取所有的意义来赋予其意义。她读过一位超现实主义作家写的文章，可那篇文章就像串在一起的文字，她完全看不懂。玛吉喜欢看人们找到她所希冀的真爱的故事。还喜欢看人们在心碎后重获新生的故事，她看了那篇文章，真有点看不下去。

"很好！"塞巴斯蒂安说，他对她小小的翻译成就感到非常高兴，弄得她很是尴尬，她立即发誓要好好练习法语。她会在午餐时间看《时

---

① 原文为法语 Écoutez。——译注

② 原文为法语 Si vous aimez l'amour, vous aimerez le Surréalisme。——译注

③ 原文为法语 Bon, bon。——译注

报》，把字典放在身边，还要尽可能多地在咖啡馆里听别人说话。"他们要设立一个超现实主义中心，勒内正在制作卡片，并且在全巴黎发放，邀请人们到中心分享他们的梦想。"

"我们相信，"勒内说，又向前倾了倾，用拇指和食指抚摸着胡子，他说的是法语，但他说话很慢，一副若有所思的样子，她正好有时间理解他的话，"唯有在梦中，心灵才是真正诚实的。在我们的梦中，我们可以找到所有未表达出来的欲望和集体智慧。"

"我明白了！"玛吉说，想象英俊却依然有着少年般柔软脸颊的勒内专心致志地坐在书桌边，拿着笔和本，有人坐在他对面，讲述他们的梦，"……还有一只巨大的飞鼠，长着我丈夫的脸，可是又不太像我丈夫，但我知道是他，你知道的……"但她不知道这为什么有用。她都不太理解自己的梦想，她不知道为什么别人会对梦感兴趣。

"听好了，听好了①。"坐在勒内旁边的一个人说，这个人突然向前坐正，仿佛他一直在观察，突然决定加入谈话。玛吉记得塞巴斯蒂安介绍他叫乔治斯，和塞巴斯蒂安一样，他的头发也垂在脸边，不过这似乎更多地是因为缺乏梳理，而非故意留这样的发型，他戴着单片眼镜，就跟玛吉那些老是吹毛求疵的叔公一样。她怀疑他压根儿就不需要戴单片眼镜，他只是觉得这会让他看起来更聪明，但玛吉认为这只会让他看起来像个近视眼。"超现实主义就是否定写作②。"他

---

① 原文为法语 Écoutez, écoutez。——译注

② 原文为法语 Le Surréalisme, c'est l'écriture niée。——译注

说着伸出双手放在面前，仿佛把每个字都写好了。

"啊。"他的同伴们叹了口气，为他鼓掌。塞巴斯蒂安点了点头，靠在椅背上，举起酒杯。他做的每一个动作都是那么流畅，修长的手指和四肢像舞者一样优雅。

"没错，的确如此①。"勒内悲伤地说，就好像他的朋友刚刚道出了时代的智慧。

"niée 是什么意思？"玛吉低声对塞巴斯蒂安说。

"不允许。否定？"他答道。

超现实主义就是否定写作。现在她真的是一头雾水了。玛吉觉得自己又回到了图书馆，仔细研读着格特鲁德·施泰因的那篇文章，想为一段美好的爱情故事而哭泣。乔治斯和勒内又俯首看着笔记本，创造另一个难以理解的句子。她认为这是个聪明的主意，分发名片肯定会让人们想知道那些话到底是什么意思，但她怀疑人们是否会真的特意去一趟办公室打听。然而，人会做各种各样的蠢事打发时间。与他们无限的想象力相比，她有点觉得她应该为自己感到羞愧，但她又觉得，他们是多么相同，超现实主义者都是梦想家，就像她一样。

"你的英语怎么这么好？"她问塞巴斯蒂安，并没有追问超现实主义宣言的意思。

"我父亲是英国人。我在学校里也学过。看看我的英语能派上多

---

① 原文为法语 C'est vrai, c'est vrai。——译注

大用场，我一直可以和美国姑娘聊天呢！"他笑了，他的笑声是那么浑厚诱人，玛吉听了，真想蜷缩在他心里，哪怕只是为了如此接近这种幸福。桌子那头的俄罗斯女人似乎被笑声惹恼了，像是要对他们吐舌头。她不希望那些嘲笑幸福的人毁掉这次派对。因为她在这里，她坐在巴黎的一家咖啡馆里，留着短发，和真正的艺术家一起喝酒，谈论超现实主义，身边有一个英俊的男人。要是伊芙琳现在能看见她就好了。如果阿伯特学院的露辛达现在看见她就好了，她老是说她太安静差劲。要是她母亲……好吧，她宁愿母亲现在别看见她，她是不会理解的，但她还是希望母亲能看见。

"你经常和美国姑娘聊天吗？"

"这里有很多美国姑娘。"塞巴斯蒂安说，"避也避不开的。"她看得出来他是在开玩笑，他的眼里有点点亮光，眉毛微微扬起。他是对的，美国姑娘的确是无处不在。即使她忽略她住在俱乐部和在美国图书馆工作这些事实，她也经常听到她周围有美国口音，他们慢吞吞拉长调子在商店和咖啡馆里交易，走在街上聊天，她的同胞漫不经心，说话很吵，这是他们的特点。

"为什么现在这里有这么多美国人？"她问他。

"你为什么来这里？"

玛吉耸耸肩，有些不好意思。"我想是为了自由吧。这里远离一切。而且你知道的，这里是巴黎。"

"很好。"塞巴斯蒂安轻轻地张开双臂，他把酒杯一歪，仿佛是在指整个城市。

"我知道。但我们不可能都有需要逃避的事，对吧？有些人肯定是因为高兴，才待在他们所待的地方。"

"不是的，不是的，人类的本性不是这样的。我们都在试图逃避。有些人搬到巴黎去住，就是为了逃避。有些人是通过艺术来逃避。"他指指那些超现实主义者，他们显然想出了一个绝妙的笑话，大笑着，还互相拍着对方的背。"我们中的一些人通过酒或金钱逃避。无论如何，我们都在试图逃避。"

"我们自己。"玛吉道。她能看见自己在超现实主义者身后的圆顶咖啡馆玻璃窗上的投影。她的头发是新剪的，她的帽子是新的，她的眼神也有一种全新的感觉，她的眼睛前所未有地明亮。是巴黎让她与众不同吗？或者，她还是以前那个玛吉，只是戴着一顶新帽子，手里拿着一杯酒，假装自己是一个她从来不曾指望成为的人。"我们都在试图逃离自己。"

巴 黎
之 光

THE LIGHT
OF
PARIS

第十五章
Chapter **15**

玛德琳
Madelyn

1999 年

我画到手指酸痛，便站在车道上，在宁静的街区里聆听着，我听到风沙沙吹过树林，一辆汽车"嗖"地驶过。我可以看到隔壁餐馆的晚餐供应已经接近尾声，停车场有一半是空的，从树篱飘过来的喧闹声也渐弱了，但他们肯定还在营业，而我快饿死了。我光顾亨利的餐厅会让母亲很不高兴，想到这里，我就更想去那里吃饭了，是她逼我这么做的。我没去杂货店，所以家里仍然没有东西吃。

我回到屋里，抓起钱包，犹豫了一会儿，又拿起了外婆的一个笔记本。我的父亲是一个痴迷的书虫，无论走到哪里，都随身携带《华尔街日报》，而且不止一次被我的母亲抓住在派对上躲起来看报纸（偶尔在交响音乐会上也是如此）。从我还是个孩子的时候起，他就一直告诫我："无论什么时候被人看到，手里都要捧着书。"所以我到哪里都拿着书，特别是去一些我预感我可能需要分散注意力的地方：带着《费迪南德的故事》去教堂圣诞夜礼拜；带着《神探南希》到医生诊室；带小说去沙龙舞茶会，在那里，我学会小心翼翼地把书藏在桌布边缘的下面，这样我就可以一边看书，一边假装关注着茶舞会。在高中和少女协会的活动中，这个技能让我获益良多，而其他女孩都试图模仿她们的母亲，对委员会会议表现出匪夷所思的迷恋，而我则在活动上看简·奥斯汀的小说，用打喷嚏来掩饰窃笑。多年来，每个人都认为我有严重的过敏症。

尽管母亲最近把舒勒斯夫妇浪漫化成邻居的典范，但他们并没有好好照看房子。多年来，她一直抱怨木料需要重新粉刷，院子从来没有让她满意过，砖砌的前院小路应该让泥瓦匠来好好修葺一下。现在，我走过新停车场旁的小路，能看到亨利让这个地方焕然一新：房子重新粉刷过了，篱笆和草地被修剪得整整齐齐；小路上的砖块早已被拆除，取而代之的是光滑平坦的石板；前院门廊台阶上方挂着一个小招牌，上面用优雅的字体写着"美食小厨"四个字。前院门廊里此时空无一人，摆着几件柳条家具，人们可以在那里等桌。我打开被重新漆成诱人红色的前门，走了进去。

"你是来吃晚饭的吗？"一个年轻人站在服务台后面，虽然我认为他在冲浪板上可能会觉得更自在。他的发梢尖尖的，看起来十分清爽，他的眼睛又大又圆，看起来仿佛生命正赐予他一连串难以置信的惊喜。

"是的。"我说，不确定该如何回应这样的问候。

"有点晚了。"他迟疑地说。

"我知道。你这里还有晚餐吗？"

"有啊！"他高兴地说，"先找张桌子坐下吧。"

"好的。"

"两个人？"他问，同时看着我的周围，好像有人藏在我身后，准备和他玩躲猫猫。

"不是。"我缓缓地说，因为我开始猜测这是他能听得懂的最好的速度，"就我一个人。"

在他消化这些新信息的时候，一个女服务员端着满满一托盘食物走了过来，上面摆着一个芝士汉堡，中间夹着很高的馅料，上面的面包就像个黄褐色的贝雷帽。随着她走过来，汉堡的气味扑鼻而来，食物像祭品一样高高地悬在空中，汉堡闻起来那么醇香美味，我宁愿跪在地上，乞求得到这个汉堡。

幸好没这个必要。"跟我来。"他说着拿起一份菜单，转身向一个侧间走去。

我马上就想起了舒勒斯家的布局，那里应该是餐厅，我们现在穿过走廊向后面走去，那里是客厅。前厅改建成了酒吧间，吧台是用暗色木头打制的，因经年累月的使用而发出岁月的光泽，酒吧间有几张小桌子，能俯瞰前门廊。我们走过楼梯时，一个服务员端着一个空托盘跑了下来。我在想，舒勒斯夫妇当初卖掉房子的时候，是否曾想过他们的房子会怎么样？或者，像我的母亲一样，他们是否想象过另一个幸福的家庭将买下他们的房子，那家人会在这房子里一代代繁衍生息，孩子们在这里长大，在院子里玩耍，夏天夜幕降临时一家人在后院的门廊上吃晚餐，萤火虫在草地周围追逐嬉戏？我不知道是否有人告诉过他们，他们的房子已经变成了餐馆。墙壁上挂着古色古香的照片，其他人的生活变成了我们生活中的装饰。

我们经过厨房时，门开了，亨利走了出来。由于我只顾着看墙上的新油漆和被某人遗弃的祖先的照片，我竟然径直撞到了他的身上。

"啊。"我说。

"啊。"他说，在我们像人形弹球一样从对方身上弹开之后，他认出了我，便说，"嘿！你好吗？"

"我饿了。"

"她来吃晚饭，不过有点晚了。"服务员说。他走了六七步，才发现我没跟上他，而他已经站在拱廊对面，一边通往客厅，另一边是书房。

"奥斯汀，我们营业到十一点。大家想什么时候来吃都可以。"亨利说罢大步走过来，轻轻地从服务员手里接过菜单，"你还是回服务台吧，看看有没有人在等，然后把杯子拿过来。"

"嘿，没问题！"奥斯汀说，好像这是个聪明的主意，随后便一路小跑着去了前厅。

"我有点对不起他。有几个服务员打电话请了病假，所以我们人手不够。他实际上是酒保助理，而且干得很不错，但当服务员，就……差点了。"

"给我一个芝士汉堡，那一切就都可以原谅。我画了好几个小时呢。"

"你这儿有一点颜料。"亨利说着用拇指轻敲他的脸颊，我不好意思地伸手用指甲把颜料刮掉。"你是在粉刷房子吗？"

"不，不，我是在画画。"

"你是个画家，你母亲是个园艺师。艺术细胞是遗传的。"他说着晃了晃菜单，示意我跟他走。我很惊讶，毕竟我从来没有把母亲的园艺和我的绘画联系起来，但我难道不是通过剑兰和针叶天蓝绣球花对色彩有了了解，通过羽衣甘蓝了解了形状的重复，从羊耳石蚕和小茴香了解到了纹理？也许我欠她的比我想象的要多。

亨利把我领回到舒勒家原本的客厅，现在这里摆满了桌子，看起来十分舒适，此时大部分桌子都空着。在一个角落里，一对情侣靠在一起，低声亲密地聊着。在他们对面，四个人坐在一张桌边，吃完了甜点，心满意足地靠在椅背上。看起来他们吃的是巧克力口味的甜点，我强忍着才没有抓起盘子舔。我提醒自己：一定要去杂货店采购些该死的食品。"这里怎么样？"我们来到后屋角落的一张桌子旁。

"实在是太好了。"我说。亨利拉出一把椅子。

"我马上叫人去做芝士汉堡。五分熟？要不要先来点沙拉，边吃边等？"

"谢谢。"

他像个管家似的捯着碎步，向厨房走去。几分钟后，一个女招待端来了一杯水和一盘沙拉，女招待身材纤瘦，面色白皙，一身黑色的制服很精致。我刚吃完沙拉，汉堡就送来了，闻起来香极了，汉堡很高，我不得不将它向下压紧，才能塞进嘴里，咸度适中，夹着鲜嫩的蔬菜，圆面包上涂了酸甜酱，吃得我直噘嘴。我很确定我还能再吃下一个。

等我吃完了汉堡，房间已经空了。我用一只手懒洋洋地把最后一根炸薯条蘸上番茄酱，同时把另一只手擦干净，打开外婆的笔记本，沉浸在她的故事里。

我刚读完外婆是如何和超现实主义者们一起度过那个夜晚，亨利就来了。“介不介意我和你坐在一起？”他问，然后不等我回答，就把手放在桌上，坐到了我对面的椅子上，如释重负地叹了口气。“今晚太忙了。晚餐好吃吗？”

我把自己从爵士时代拉回当下，重新聚精会神地看了看我的盘子，只见里面除了一些面包屑和番茄酱残渣外，什么都没剩下。“太好吃了。”我说。

“看出来了。想吃甜点吗？我这里有脆皮苹果馅饼配自制香草冰激凌，还有巧克力酱熔岩蛋糕，蛋糕心有超级好吃的巧克力酱，你一勺挖下去，巧克力酱就会流到整个蛋糕上。”

在我脑海里，母亲告诫我不要吃甜点，她说我喝口凉水都会发胖，而且，当着一个男人的面吃甜点是很不体面的行为。

我告诉母亲我现在很煎熬，吃点巧克力对我有好处。

母亲说，这是在吞噬我的感情。

是的，我表示同意。是的，的确如此。

“我要流巧克力酱的那个。”我说。

亨利点点头。“很会选啊。阿瓦。”他说，伸出一只手，把给我端沙拉的女服务员叫了过来，“去拿一份巧克力酱熔岩蛋糕。”

"好。"她说完又消失了。

"看什么呢？"

我翻到本子的封面，仿佛是要给他看标题，但当然了，笔记本的封面是空白的。"很有意思的。这是我外婆的日记。我正在看她1924年去巴黎旅行的事。"

"1924年的巴黎。你是说弗朗西斯·菲茨杰拉德的巴黎？海明威的巴黎？"

"依我看，她可没见过海明威，至少她没提过，但她肯定玩得很开心。以前，她是一个不善社交的人，不爱说话，一副书呆子模样。后来她和艺术家们一起坐在咖啡馆里，还留了短发。"

"也许她变了。"

"也许吧。"我缓缓地说，合上笔记本，用一根手指抚摸着笔记本边缘，像是要把里面的世界密封好。然后，她一定又变了，因为我认识的外婆根本就不是这样的。我的外婆就像我的母亲一样，拘谨、刻板、动辄便品头论足、行事得体。她到底是怎么了？她为什么从巴黎回来？她明明爱说爱笑，与超现实主义者一起喝酒，喜欢读书和写作，无法忍受委员会会议……她又怎么会变成我母亲那样的人？

"这些日记读来很有趣，能看到她的内心世界。我是说，我相信她年轻时完全是另一个人。这些是她的日记，所以她没有设防。这样的袒露心声，并不常见。"

"或者说根本就不存在。"亨利说，"你看了她的心里话，内不内疚？"

"我其实根本没想过这个问题，现在我真挺内疚的。多谢。"

亨利哈哈大笑起来："我觉得倒是没这个必要。她还活着吗？我是说你外婆。"

"啊，没有。我上初中的时候她就去世了，其实我和她并不熟悉。"

"那这就是你和她建立联系的方式。"

"我想是吧。日记改变了我对她的看法，读起来像是在看小说。生活在那个时代，还去了巴黎。1924 年呢！谁能做到？"

"前面提到的海明威啊。"亨利往后一靠，手指交叉放在脖子后面。他的手臂很粗壮，他一动，厚实的肌腱就会展露无遗，我不得不把视线移开。

"不是海明威那样的人，而是真实的人。"

"她真幸运啊。我想去那个时候的巴黎，我也很想去现在的巴黎。"

"我和你一样，我的朋友。她遇到了一个感觉很有魅力的艺术家呢。"

"说不定她将有一段艳遇。太浪漫了。"

"我想是的。我想不出事情是怎么样的，她是在 1924 年嫁给我外公的，我母亲于 1925 年出生。肯定是发生了什么事。"

"1925 年吗？你母亲很晚才生你吧？"

"确实。我母亲生我的时候已经四十岁了，这在当时很不同寻常。我的父母本来已经放弃要孩子了，结果……"我像个魔术师一样，挥了挥手，还摇晃着手指，"……奇迹发生了！"

"我也是意外到来的。"亨利道，"不过和你正好相反。我父母在上高中的时候就生了我。神奇吧！"他也冲我挥挥手，我忍不住大笑起来。

"可是你看起来很好啊。"

他耸了耸肩。"他们很幸运。他们的父母给了他们很大的支持，而且碰巧他们一直相爱。我有五个弟妹。"

"真叫人羡慕。我一直想要兄弟姐妹，主要是想要姐妹，但我什么都没有。"

"兄弟姐妹都很好。不过，有时候当独生子也很棒。"

"啊。为什么有兄弟姐妹的人都这么说呢？独生子女太无聊了，而且很孤独。"

"相信我，兄弟姐妹六个，也有问题。这山望着那山高。"亨利说，然后，他抬头看着阿瓦走过来。她把一个又宽又浅的碗放在我面前，里面是甜点，我能感觉到巧克力味热气腾腾地向我扑来。小蛋糕很漂亮，十分完美，边缘有凹槽，中间有一大块融化了的巧克力，颜色更深一些。蛋糕边有冰激凌，上面点缀着香草豆，在蛋糕边缘优雅地融化。

"天呐。我真想一口吞掉。"

"大厨最喜欢听这样的恭维了。"亨利说。

"这是给你的。"阿瓦把一大杯满满的红酒放在亨利面前。

"谢谢你，我的孩子。"他说着小心翼翼地举起酒杯，免得弄洒，喝了一小口。她给我倒满水。

"还有别的事吗？"她问。

"没了。谢谢你。"

她点了点头，走回厨房，而我则目不转睛地盯着蛋糕，完全入迷了。我吃了第一口，闭上眼睛，愉快地呻吟着。蛋糕很香甜，中间有点苦，两种味道一起在我的舌头上融化，美味至极。

"好吃吗？"亨利笑眯眯地举着酒杯问。

"太好吃了。有没有人告诉过你，你应该以卖蛋糕为生？"

"有一两个吧。但你可以再说一次。"

我叹了口气，又吃了一口蛋糕，用勺尖舀起一些冰激凌，吞了下去，再次闭上眼睛享受。第二天我会有严重的糖宿醉，但每一秒都是值得的。"你应该以卖蛋糕为生。"

"我会考虑的。"

我咬了一口，停了下来，把勺插进蛋糕，抬头看着亨利。他看上去很累，好像天一亮他就开始工作到现在，而事实可能就是这样。我从没在餐馆工作过，但我一直认为这种工作很累，走来走去，搬搬扛扛，接订单，不断制订和重新安排日程，优先排序和重新排序，记住客人对饮料和菜肴的指示，生日祝福和特殊要求。

因此，我在给小费方面一向都慷慨大方。菲利普就很吝啬，"如果他们想赚大钱，就应该待在学校里。"他会这么说。我一直觉得他这话很气人，好像这是一个没有必要的职业，但如果每个人都去读法学院了，谁给他送来凯撒沙拉？所有人都知道，在我们离开餐馆时，我会假装忘了拿围巾或手套，偷偷溜回餐桌，好给更多的小费。

"我影响你工作了吗？"我问。

"没有，我很高兴能休息一会儿。我喜欢和你聊天，你很有趣，你是个有意思的人。"

我舔着勺子，满腹怀疑地凝视着他。"我？我这个人无趣得很。"

"你当然有意思。你是个艺术家，你直接从花园摘草莓当早餐吃，除了艺术，你和你的母亲是如此不同，你可能来自不同的星球。我喜欢和有趣的人在一起，这让我有创造力。"

"我也是。"我说。

亨利呷着红酒，若有所思地看着我。我继续吃熔岩蛋糕，躲开他的目光。"你这次住多久？"

"不知道。"老实说，我不愿意想离开这件事。我想住在这里，和莎伦、卡桑德拉、瓦尼和她们的朋友在一起。我想和亨利在一起，他给我提供晚餐，现在还给我吃我吃过的最好的甜点，他还和我说话，就像我很重要一样。而且，我喜欢和他说话。他逗我笑，他还明白我的笑话。在我的大半生里，我感觉自己好像是在按照剧本生活，好像我说不出任何我想说的话。我甚至不能对菲利普说我想说的话。

"我希望我能帮你。"他说。

"你已经帮忙了。"我吃完了甜点，渴望地瞥了一眼盘子，"在我需要的时候，你给了我美味的食物。"

"你知道的，马格诺利亚是有杂货店的。"亨利说。他放下酒杯，靠在椅背上，双手插进口袋，双脚伸到桌边。

"我听说了。还有室内管道呢。老天，从我的时代到现在，世事真是发生了巨变。"我假装眨着眼睫毛。

"欢迎你每顿饭都来这里吃，不过莎伦也说了，我们这里没有早餐。"

"我可以吃这个当早餐。"我指着熔岩蛋糕的残渣说。

"说得好。美食小厨，现在提供午餐、晚餐、周日早午餐，得了糖尿病性昏迷可别来找我。"

"你这广告词很有吸引力。"

"谢谢。你母亲不给你做吃的吗？"

"啊，这件事就说来话长了。"我并不打算讲述母亲和菲利普坚持不懈地控制我的饮食，以及我自己为了吃巧克力而做的反抗，那我的好心情和舌尖的甜蜜准会被破坏殆尽。"能吃一些真实的东西，真是太好了。"

"我荣幸之至。"

"我该走了。"我说，很不情愿地从椅子里起身。"我是不是应该给阿瓦小费？"

"不用。免费，记得吗？是我邀请的你。"

"那可不行！你不得不在我母亲隔壁工作，我至少应该付汉堡包的钱。"

"别傻了，我们是邻居。我早说过了，这顿我请。来吧，我送你出去。我还得留下来帮他们打烊。"

我还没来得及再次反驳，他就飞快地迈着大步穿过房间，站在走廊入口旁。我在桌上给阿瓦留了小费，拿起我的东西，急忙追上他。我说："这家餐馆看起来真不错。"其余的房间里已经空无一人，我们走过时，我能听到歌声、笑声和清洁声从厨房里传来。"你做得很出色。"

"谢谢。"他说，"但不是我一个人的功劳。这可是很多人努力的结果。"他为我打开前门，我们走到门廊上。阿瓦在这里擦桌椅，我向她挥挥手。

"谢谢你的晚饭。我想我欠你一个人情。"

"没这个必要。如果你去不了杂货店，我可以随时为你准备一个熔岩蛋糕做早餐。"

"那就说定了，我太开心了。"我说着伸手和他握手。

他用温暖的手握住我的手。"是我太开心才对，斯宾塞女士。"他微微鞠了一躬说。

我咯咯地笑了起来，笨拙地挥了挥手，走下前门台阶，尽量不被绊倒。和亨利一起吃的汉堡和在巴黎咖啡馆里与超现实主义者一起喝的酒完全不一样，但不知何故，我想外婆可能会喜欢。我停在一棵橡树下的人行道上，树干很粗，遮住了视线，我看不到母亲家。我让自己在那里逗留了一会儿，身处黑暗中，我觉得自己好像在两个地界之间，飘浮在空中。

但问题是，我的外婆没有留在巴黎。在某个时候，她放弃了、回家了，还嫁给了罗伯特·沃尔什，成为一名母亲，而不是在巴黎和英俊的法国人交往、写小说，尽管我不知道为什么。我也必须这么做吗？念及此，空气忽然变得沉重起来，我把双手放在肚子上，好像这样我就可以呼吸了。"美食小厨"不是巴黎的咖啡馆，母亲的地下室不是巴黎的画室，但我感觉更接近那种我长久以来可望而不可即的自由了，我不忍心去想象，当我距离自由如此之近，当我伸手快要够到它的时候，却可能把它弄丢。

巴 黎
之 光

THE LIGHT
OF
PARIS

第十六章
Chapter 16

玛　吉
Maggie

1924 年

在玛吉看来，图书馆是最奇妙的工作地点。她的同事们都很出色：首先是帕森斯小姐，她在战争期间做过护士，现在则在打理图书馆；其次是多萝茜，她把玛吉头发的凌乱边缘剪整齐，还说她看起来漂亮性感，就像泽尔达·菲茨杰拉德那样，听了这话，玛吉高兴得满脸通红。在给父母的信中，玛吉提到，多萝茜的叔叔是康奈尔大学的校长，父亲是普林斯顿大学的教授，但她并没有提到多萝茜是个美人儿，每天晚上和不同的男人出去。每次玛吉看到她都会感到惊讶，在战争期间，多萝茜在医院、兵营和战壕里，现在整日整理书籍，跟玛吉和顾客们交谈，仿佛她并不出众可爱，也没有与众不同。还有董事会成员之一阿尔索普先生，他总是在开会，而且非常忙，他管玛吉叫"玛丽"，她认为这种叫法十分亲密。

有时，玛吉把一本书放在书架上，会想象哪些人曾拿过那些书。

一个英俊的年轻士兵，年纪轻轻便战死了；一个厌战的将军，在赞恩·格雷的书中寻找机会，缓解工作压力；一个性情暴躁的年轻护士，像帕森斯小姐一样，她参加战争是因为她想出力，却发现自己被战争弄得精疲力竭、心神不宁。有时，玛吉把这些假想的人放在一起，让将军和年轻的士兵为荣誉而对峙，护士在士兵死前照料他。还有时，她只是任由他们自得其乐，她想象着她所拿的书讲述了它的故事，之后她把它放在书架上，让它落在别人的手里，它会把它的故事再讲一次。

战争结束后，图书馆一直忙于管理图书馆战争服务部所收集来的大量书。在送来的书中，他们每种书都留三本，但每天都有更多的箱子送来，就好像人们还能不断地在废墟中捡出书籍，并且说："这是什么？还有书？最好把它们送到巴黎去！"有些日子，甚至连一箱箱未曾取出的书似乎都不够用，更不用说书架上所有的书了。图书馆里有成百上千的会员，虽然玛吉第一次进去时图书馆很安静，但正如帕森斯小姐所预料的那样，她从那时起就再也没见过这样的场面。图书馆就像巴黎城中外籍人士的社交俱乐部，在这里，他们可以暂时抛开他们的国籍，尽情地说自己的语言。来的人中自然有作家，有的经常光顾西尔维娅·比奇的莎士比亚书店和图书馆。还有学者和那些如果不通过拉鲁斯大字典寻找难解的翻译就不可能找到答案的大学生。剩下就是读者了，玛吉最喜欢他们，他们来图书馆的目的很简单，就是如饥似渴地看一本本书，有时还想聊聊他们读过的书，或是寻求推荐，向来都没人和玛吉谈论她读过的书，而且，她看过很多书，就算是想聊，她也不记得了。而此时在图书馆，她感觉自己是在天堂。

一个礼拜六，她和多萝茜一起闭馆，多萝茜说："嘿，一起去吃个晚饭吧？"

玛吉穿着朴素的衬衫和裙子，她的长筒袜脱丝了（她把脱丝的那部分尽量向内拉，但每次她走路时都能感觉到），她低头看着自己。"我这身衣服不适合外出。"她说。

"我的也不适合。"但多萝茜看上去依然很漂亮，她穿着时髦的绿色连衣裙，将她的眼睛衬托得十分美丽，裙身上没有一点灰尘，就好像她一整天没有像玛吉一样和那些满是灰尘的旧书打交道。"但是如果你想换衣服，我们可以中途去你住的地方。"她看到玛吉那苦恼的表情，便提议道。

"那就更好了。"玛吉说。她常常为了节省车费而步行回家，但她羞于向多萝茜承认这一点。她们乘坐电车，因为多萝茜说坐地铁去俱乐部太慢。多萝茜在院子里等，一边吸烟一边与一些女孩聊天，仿佛与她们相识多年，而玛吉则换上了她最好的蓝色双绉连衣裙。

她去院子里和多萝茜会合，二人沿街走向罗莎莉餐馆。每个人都在谈论罗莎莉餐馆，这家小餐厅位于一栋角落建筑的地下室，距离俱乐部只有几个街区远，但玛吉从未去过那里。当她们到达时，她左右为难，一方面很兴奋，另一方面又希望她们没来。这个地方很脏，她们从桌子之间走过，地板上未被打扫的食物垃圾就粘在了她的鞋底。她们坐下后，多萝茜在黑暗肮脏的房间里显得那么格格不入，就像一只在垃圾箱里发光的萤火虫，她从包里拿出一块手帕，小心翼翼地把前桌的客人留在桌上的面包屑拂掉。

尽管看起来脏兮兮的，但这里依然是个刺激好玩的地方，她旁边几个男人的衬衫袖口上溅满了颜料，在咖啡馆见过的两个超现实主义者和另外两个男人在吃晚饭，一起低着头，不知道在说些什么，一群年轻女孩穿着时尚的连衣裙，边缘镶着闪闪发光的珠子和流苏，这让她们看起来好像一直在流动，她们坐在角落里，放声大笑。就像巴黎历来的那样，这里的每个人似乎都彼此认识，刚进来的人停下来就快乐地大声问候朋友，仿佛几年都没见过面了。尽管玛吉猜测，鉴于蒙帕纳斯大道和巴黎都那么小，他们充其量也就二十四小时没见。餐馆里摆着长桌长凳，若有新来的人决定和朋友们坐在一起，每个人都会愉快挪到另一边，围坐在一起的人总在变化，时而人多，时而人少，他们是夜晚的脉搏，犹如一颗跳动着的巨大心脏。

菜单写在墙上的黑板上，晚餐两法郎，这对巴黎人来说，算是相当便宜了，由罗莎莉本人亲自端上来，这个女人身材矮胖，带有很重的法国口音。食物非常美味，吃完后，玛吉觉得自己又成了真正的巴黎一分子，更重要的是，她竟然吃饱了。

自从她到了巴黎，她就一直在饿肚子。她想，这都是因为她经常走路，她在家里从没走过这么多的路，她母亲腿脚不好，所以只要是去几个街区以外的地方，就坚持坐出租马车。当然，她现在过着学生般的生活，拼命省钱，吃便宜的食物，啃面包，喝廉价的蔬菜汤。有一天，她路过一家咖啡馆，看见一个男人正在吃芥末酱香肠、喝啤酒，香味飘来，她垂涎三尺，玛吉根本不喝啤酒，却馋得差一点哭了起来。她有储蓄，足够她时不时大吃一顿，但她认为苦行僧般的生活很有意思，对她而言，肚子一直咕咕叫，就好像是她对这座城市的渴望以及她想从这个城市得到一切的欲望，所以，她宁愿保持饥饿感。

"你来巴黎做什么？"多萝茜说，她们吃完了饭，喝着最后一点随餐点的廉价葡萄酒。酒是甜中带酸，玛吉喝了酒，脑袋里昏昏沉沉，感觉却十分愉快，她想紧紧抓住这种感觉。酒精让她爱上了餐馆里的每一个人，那些陌生人戏剧性地互致问候，热烈地交谈，笑声不断，她甚至爱上了这个餐馆本身，尽管（或者说正是因为如此）这里如同地牢一般。

玛吉有些犹豫，不确定该如何回答。多萝茜趴在桌上，向前探身，仿佛在等待着一些令人兴奋的坦白，玛吉不愿意让她失望。在昏暗的灯光下，她整个人闪闪发光，而玛吉看见餐馆里有一半的男人都在盯着她看。当然，多萝茜自然不理会男人们的眼光，更糟糕的是，她似乎都没注意到。漂亮女孩总是这样。"我在图书馆工作。"

多萝茜翻翻白眼，把双手平放在桌子上，靠得更近了，仿佛这样就可以把玛吉那不存在的秘密从她身上扯出来。"我不是那个意思。我的意思是你一开始为什么来这里？你为什么来？"

"我想……我是想要冒险。"

多萝茜似乎很满意这个回答。她重新坐好，用张开的手掌拍了拍桌子，仿佛是在说："我早料到了。"

"我也是。"她说，"我在家里都要疯了。我父母希望我嫁人，但我还没准备好嫁作人妇。他们说我可以在这里待一年。现在已经两年了，我还没准备好离开。"

"他们不管吗？"玛吉问。是否有什么她还没有学到的秘密，可以对付不满的父母？

"他们当然不高兴。"多萝茜把头往后一仰，快活地大笑起来。坐在他们旁边的一个画家带着赤裸裸的欲望，瞥了多萝茜喉咙上细腻的皮肤一眼，玛吉见了胃直翻腾。想象一下有人那样看着你，她想。想象一下，让每个人都那样看着你。"但他们能做什么呢？他们不能逼我回家。我得到了我的遗产，我在图书馆还有薪水。再说了，家里也没人娶我。所有有趣的人都在巴黎，你不觉得吗？"

"那么，你认为你什么时候结婚呢？"玛吉问。毕竟最终还是得结婚，不是吗？她虽然没有明说，但她知道每个人都要结婚，即使是像查普曼这样又老又庸俗的人，她不喜欢他，他也不喜欢她。

"会有那么一天吧。"多萝茜轻快地摆摆手说。一个女人知道自己总会有很多结婚机会，知道自己不会永远年轻，但会一直美丽、富有、聪明、有趣和迷人，才会说出如此有底气的话，玛吉却只是普普通通，丝毫不起眼。"你呢？"

"我不知道。"玛吉说，试着拿出和多萝茜一样的语气。她并没有向美丽自信的多萝茜承认，她的最佳结婚对象是她父亲的一个生意伙伴，这人身材矮小，总是战战兢兢，年纪差不多可以做她的父亲了。

"我不会结婚，除非我真爱那个人，就像埃塞尔·M.戴尔的小说里写的一样。你读过她的书吗？太浪漫了！"

"读过！"玛吉道，"她是我最喜欢的作家之一。"

"我只是喜欢看好看的爱情故事。"多萝茜把她的胳膊肘搁在桌子上，不顾桌面黏黏糊糊，把头搭在手上，她的眼睛变得柔和而梦幻。"你不是吗？"

"当然是。"玛吉道，尽管她们两人聊过她们读过、喜欢或讨厌的书，但大声说出这句话，仍然感觉像是在忏悔。"我母亲总是说它们很傻。我是说，她认为所有的小说都很愚蠢，如果小说没有教化作用，那读来就是在浪费时间，尤其是爱情故事。这样一来，当我读小说时，我就感觉自己很堕落，好像我应该读一些更有用的东西。"

多萝茜摇摇头，她的短发晃动起来，十分娇俏。"还有什么比爱情故事更好的吗？"

"你知道我的意思。读起来越有趣越好，越重要越好。"玛吉的手指沿桌子的边缘滑来滑去，直到她碰到了一些黏黏的东西，然后她把手缩回，放在膝盖上。

"我也是这个意思。还有什么比爱情更重要的呢？特洛伊的帕里斯和海伦有什么可笑之处吗？或者是罗密欧与朱丽叶，或者是俄耳甫斯与欧律狄克，又或者是特洛伊罗斯和克瑞西达愚蠢呢？"

"我觉得他们一点也不傻。"玛吉说。从前，她把喜欢读的书藏在更厚重（自然也是更无趣）的书里，在图书馆里灰尘最多最偏僻的角落里看书，以免把书带回家，被她母亲指指点点。每次在她写自己的爱情故事时，总会感觉到一丝微弱但却持久的羞耻感。她所写的爱情故事和多萝茜提到的爱情故事，除了被岁月镀上的那层所谓体面的光环，又有什么不同？那些我们所知道的最伟大的情感故事，有什么离谱的呢？

"我们今晚做什么？去哈里酒吧，圆顶咖啡馆，还是泽利俱乐部？"多萝茜睁大眼睛，再次向前探身。

"无所谓。"玛吉耸耸肩。她从没去过这些地方，她甚至从未去过夜总会。她一直认为这些地方危险、阴暗、烟雾缭绕，人们在那里喝得醉醺醺的，就连在咖啡馆甚至酒吧喝酒都醉不到那种程度。

"你都去过哪些地方？我们就去个你没去过的。"

"我几乎哪儿都没去过。我只去过咖啡馆：圆顶咖啡馆，双叟咖啡馆。我去过丽兹，但那里的酒吧打烊了。"

多萝茜的眼睛睁得老大，仿佛玛吉承认了什么极其丢人的事。"那你几乎是没见过巴黎啊！"她抗议道，"走吧，我们离开这里，还有很多事要做呢。"

在蒙帕纳斯大道上，午后的金色阳光渐渐变成了傍晚灰色和淡紫色的柔和光芒。建筑物被粉刷得雪白（是豪斯曼那双严厉的手不曾碰过的），发出柔和的光芒。多萝茜轻快地走在街上，玛吉跟在她身后。她们走到多萝茜一直在找的那扇门，只听门内吵吵嚷嚷，传出阵阵笑声，还有叮当作响的碰杯声，她们走了进去。"这是丁果酒吧。基本上每个人都来过这里。来吧。"

玛吉跟着她穿过人群。人们似乎主动让开路，让多萝茜通过，而玛吉却觉得自己好像在泥浆中挣扎，笨拙地把人们推开，同时尽量不显得那么粗鲁。"对不起。"她一遍又一遍地致歉，尽管她很确定自己是在一大堆美国人中间挤来挤去。"对不起。"她终于冲出重围，发现多萝茜已经坐在一张桌边，半坐在一个年轻男子的腿上，那人一只手拿着烟，另一只手端着酒，只能用他的嘴唇去蹭多萝茜的脖子（玛吉怀疑他很高兴这么做）。

"玛吉，玛吉！"多萝茜大声喊道，好像玛吉是不幸迷路了，这会儿终于找了回来，而不是一直紧跟在她身后。"过来和我们一块坐。这是阿特鲁。"她指着那个忙着吻她胳膊、只扬起眉毛打招呼的男人说，"他们是皮埃尔、莱拉和美美。"她介绍了桌边的另外两女一男，其中一个女人正怒气冲冲地盯着多萝茜，玛吉怀疑他们是在约会，至少在多萝茜到来之前是这样。没人给玛吉椅子让她坐下。

"我站着好了。"玛吉说。住在俱乐部的一个女孩从她身后走过。她叫什么来着？她感到一阵内疚，可那个女孩看到她，仿佛从未见过她，尽管她们上周还坐在一起吃过两次早餐。玛吉深吸了一口气，把目光移开。

不知什么时候，有人端着满满一盘酒，玛吉接过别人递给她的一杯酒，尽管她没有点酒，也不知道那是什么酒。在桌旁，多萝茜和她的情郎继续爱抚。另一个男人和两个女孩夸张地说着话，玛吉喝完了酒，然后拿着空杯子，尴尬地站在那里，每次有人从她身后走过，她都会被撞到。屋里很热，她真希望有什么东西可以看。吧台边有一个男人在看书，尽管他周围的人都很吵，她真的很想走到他身后，从他的肩膀上方去看书，但从封面看那是本法语书。在高中的时候，他们读法语原版的《巴黎圣母院》，她用半个小时才能读完一页，实在是痛苦至极。

当她还在眼巴巴地望着那个男人的书时，多萝茜从桌边跳起来。

"走吧！我们去泽利俱乐部。"

他们一群人和另外两个在半路上碰到的人一起离开酒吧，消失在了幽暗的地铁站里。等到他们出来，已经来到了蒙马特区，只见山丘巍峨耸立、连绵不绝。虽然天色已晚，但街上还很热闹，咖啡馆里挤满了喝着葡萄酒聊天的人，而人行道上挤满了情侣和一群群人，他们是去参加另一个聚会，有些人笑着唱歌，好像在表演。

玛吉跟着这群人走在街上，直到他们在一栋大楼前停下来，楼外聚着一群人。令人惊讶的是，各种语言混杂在一起，有喊有笑，不时迸发出一阵阵英语、法语、俄语、葡萄牙语和意大利语的歌声。在蒙帕纳斯大道的咖啡馆，艺术家们总是刻意地以邋遢的面貌示人，而且大多数时候他们是真邋遢，但这里的男人们穿着西装，打扮得相当时髦。女人们穿着时尚流行的连衣裙，玛吉觉得自己很寒酸，不由得失落起来。她不由得回忆起了那天晚上去的咖啡馆，和塞巴斯蒂安那些衣冠不整的艺术家朋友在一起，听他们发表愚蠢的超现实主义语录，热烈地争论他们中的一个人给别人画肖像画是否是背叛了超现实主义运动（玛吉认为没有，毕竟是为了生计）。

"过来呀，玛吉！"多萝茜回头喊道，当如织的人群将他们分开的时候，玛吉向前冲去，追上同伴，然后，他们走进了俱乐部。

入口处有一个可以俯瞰整个俱乐部的阳台，舞池里已经挤满了人。下面是祭台一样的舞台，一支管弦乐队演奏着流行歌曲，所有的音乐家都深深地沉浸在他们弹奏的乐曲中，他们的手指在乐器上来回拨动，汗水布满了他们的额头，他们一边演奏一边舞动。舞池里全是人，男人们穿着燕尾服和西装，女人们穿着轻薄透明的丝绸连衣裙，相比之下，玛吉的那条裙子就太朴素了，裙脚堆在地板上，看起来像羽绒被一样沉重。从上面看，舞池就像一个不停颤动、吵吵嚷嚷的蜂箱。到处可见穿行于舞者之间的侍者，在拼命躲避一场又一场的灾难，他们把一盘盘酒水举过头顶，送到几十张桌子中的一张，猫腰从楼座下面快步穿过。桌上的香槟桶闪闪发光，人们在一起聚首畅谈。

玛吉四处张望，打量着这里令人眩晕的魅力，四处弥漫着如无数香槟酒瓶一起打开滋滋冒泡的活力，玛吉感觉她也像个软木塞一样被弹开。在外面，她觉得自己老土平凡，她大半生都在做玛吉·皮尔斯，在初次社交舞会露面的那次，是她此前唯一经历的魔法之夜，她还以为此生再无那样的机会，但在这里，她感觉自己属于这个充满刺激和异国情调的地方，这里折射出的魔法笼罩着她，不仅照亮了她衣服上的珠饰，还使她的皮肤在昏暗的灯光下发着光。

"哇，哇，这不是塞巴斯蒂安那个美国女朋友吗。"一个男人的声音在她耳边响起，距离她如此之近，而且那么亲密，玛吉连忙向后退开，她的头差一点就碰到了乔治斯的脸。他比那天晚上干净利落了很多，甚至还穿着燕尾服，头发向后梳着，而不是垂到眼睛前面。唉，他还在炫耀那副愚蠢的单片眼镜，仿佛在夜晚结束前，他可能会被要求检查一份文件或一颗钻石。

"啊，你好①。"她说，用手捂着心口，好让自己平静下来。他

---

① 原文为法语 bonjour。——译注

们周围的噪声和音乐嗡嗡地响着，她不得不提高嗓门，即便他离她很近。他的手放在她的腰部。

"晚上好①。"他笑着纠正了她，"塞巴斯蒂安的美国女朋友，你在这里做什么？"

"我不是……"玛吉本来想开口反对被叫作塞巴斯蒂安的美国女朋友，但转念一想，她发现自己竟然有点喜欢这个称呼，"我叫玛格丽特。"她提醒他，而且用上了她的法语名字，她还有点兴奋，毕竟这比无聊的"玛吉"别致多了。

"你在这里做什么，玛格丽特？"他问。他带着她离开阳台，更多人从他们后面涌上来，和老板打招呼，把大衣挂在那里。看似这家俱乐部已经不可能装下更多的人了，但还是不断有人走进来，他们进入楼上的包厢，女人坐在男人的腿上，人们陆续填满了舞池中人和人之间的窄小空间，情侣们彼此紧贴着，享受这美妙的时刻，乐队仍在演奏，小号发出尖利刺耳的乐声，人们不停地舞动着。

"我是和朋友们一块来的。"玛吉道，不过她环顾四下，却没有看到多萝茜、阿特鲁和其他几个一起来的人，只能看到一大群陌生人在恣意玩乐。她越来越觉得巴黎像一个小镇，她总能见到相同的人，她先是在图书馆见到了一些作家，又看到他们在丁香园咖啡馆，或是写作，或是边喝酒边争论不休，她还从酒吧的窗户看到俱乐部的女孩和年轻男子在调情；但是在这里，她又觉得巴黎无限大，像是她永远都无法窥

---

① 原文为法语 Bonsoir。——译注

探它的全貌，了解它的全部，或是遇见它里面的人，那些既不陌生也不可怕，只管快乐高兴的人，仿佛她得到了一份无止境的礼物。

"那过来和我们一起喝酒吧。"乔治斯说。他们来到楼梯边，他向她伸出一只手臂，他们一起向下走去。

超现实主义者和其他一些她不认识的艺术家占据了后排的两张桌子。玛吉甚至没有时间坐下来，因为勒内看到她来，便站起身，弯下腰吻她的手，没有正式的邀请，也没有得到她的应允，勒内就把她带到了舞池里。

现如今男人很稀有。玛吉读过的一则新闻报道声称，战争结束后，欧洲的年轻女性十个中只有一个能嫁出去，她认为这的确夸张，却很叫人难过，尤其是有些女人曾贡献自己的身体，为休假的士兵提供安慰，可后来士兵战死沙场，她们所有的只是一些回忆，只能哭哭啼啼，在凄风楚雨中孤独度日。但眼前这些超现实主义者都是男人，他们是塞巴斯蒂安认识的艺术家里的核心人物，而玛吉在女性之间往往显得很不起眼，此时却觉得自己女性魅力十足，很受人喜爱。她向来不怎么会跳舞，甚至从没跳过希迷舞，也从没做过那种摇摇晃晃的动作，但舞池里很挤，所以根本无所谓。她迈着轻快的步伐舞动着，勒内则抓着她的手，和舞池中其他人来回相撞，她跳得大汗淋漓、气喘吁吁，他们便一起跑到桌边，乔治斯给她倒了一杯香槟，然后另一个艺术家拉起她的手，又带她到舞池跳起了慢舞，直到乐队再次引爆激情的乐声，舞池中的人也再度兴奋起来，地板好像在颤动，他们又跳了一支快节奏的舞蹈。

玛吉曾经发誓，她印象中的美好时光就是远离这种嘈杂和拥挤的人群，待在家里看书。但此时此刻，她真的是心醉神迷。他们连跳了几个小时，直到最后，她因兴奋、香槟和缺乏睡眠而感到头晕目眩。桌边的人来了又走，她撞上了在舞池中央跳舞的多萝茜，她们两人跳了一会儿查尔斯顿舞，接着，她们的伙伴把她们拉了回去，多萝茜越过她舞伴的肩膀冲玛吉眨眨眼，令玛吉不可思议的是，她也冲多萝茜眨了眨眼。想想看，当时在那艘驶往巴黎的船上，她还那么害羞，那么害怕，不敢去参加舞会，而现在她却在这儿跳舞，仿佛她天生就会跳舞。

　　她一直认为男人不愿意和她这种女孩跳舞。她一直认为自己不如别人，她永远不会拥有其他女孩拥有的东西。但也许问题不在她身上，也许从来就不是因为她，也许是地点的缘故，也许是因为她母亲那些无情的期望，也许是因为别人对她的一切期望总是那么苛刻，那么不合适，他们从不允许她正常呼吸，从不允许她客观地看待事物，甚至包括看待她自己。

　　外面的天开始亮了，人也少了起来，人们跌跌撞撞地走向苍白的黎明，侍者送来了早餐、水果、羊角面包和几罐酸奶。玛吉吃了一些浆果，但是她的饭量太小，装不下更多的东西，所以她找到多萝茜，两人结伴回家，玛吉一路上都感觉轻飘飘的，仿佛她完全不是她自己了。她不是那个错漏百出、不合时宜的人——她从来都不是——是她待错了地方。现在，在巴黎，她可以清楚地看到自己。巴黎是她的，她可以看到她注定会成为怎样的人。

巴黎
之 光

THE LIGHT
OF
PARIS

第十七章
Chapter 17

玛德琳
Madelyn

1999 年

"你去看看，想要什么就打包吧。"母亲告诉我。每次我拿着一件东西要她送给我时，她都挥着手说："拿走拿走。"

　　"你不要了？"

　　她摇摇头。"我的东西够多了。"

　　确实如此。我的母亲和外婆都是独生女，继承了家里所有的零碎杂物。我想我应该心存感激，因为我不必像她们那样，被要求带走所有的东西，我只是选择了小时候喜欢的东西。我打包了一箱箱手绘瓷器，瓷器很薄，如果把它们举到光亮处，能看到后面的手指；我还打包了很多箱银器，上面带有花押字，失去了光泽，完全不实用。我把照片和画包起来，却没有想过如何将它们安置在我那时髦的公寓里。我卷起我最喜欢的地毯，把父亲的椅子从客厅搬了出来。我把我的财宝堆在餐厅里，之后我才意识到，餐厅都快被堆满了。

"你打算怎么处理这些东西？"我问拥挤的客厅。家具盯着我，始终沉默不语。没事的，我知道答案，尽管我不愿意承认。我是在布置我的房子，不是我和菲利普住的公寓，而是一个神秘的幻想之境，比如我在马格诺利亚的旧公寓：那个家里有家具和地毯，虽然破旧，却很舒服，还因有着曾经住在里面的人的回忆而倍感温馨；房间里的装饰品蕴藏着故事和历史，我可以随意把茶杯放在茶几上，或者把书放在沙发上，而不会像是一种冒犯。

我和菲利普搬进公寓的时候，我把我所有的书都捐给了图书馆。他说我的书破坏了书架的外观，客厅里设计了整整一面墙的华丽书架，显然应该是用来陈列一排又一排的书，却被古怪的艺术品占据了：一个用细枝编织而成的银球，上面喷了漆的树皮很有可能掉落在地毯上；表面覆盖着镜面玻璃的空花瓶，每次只要触摸它们，都会留下指纹，像是制造出了犯罪现场；一对白色的纸面具，我一看到它们就心生不安，只好把它们面冲墙壁摆放；一件用弯曲的铁路道钉雕刻而成的塑像；一组金属叶子，看起来好像是从切尔诺贝利附近的森林里摘下来的。尽管菲利普很信任我的艺术修养，但当我抱怨这些艺术品时，他都坚持说装潢师知道自己在做什么。

我宁愿对着满架子的书。

"你得把这些东西挪走。"母亲宣布，她昂首阔步走进餐厅，看她的气势，就像一位公爵夫人来到白金汉宫用餐。

"我刚想到这个问题。"我把手放在两个箱子上，小心而笨拙地从它们之间爬出来。我从饭桌边拖出一把椅子，一屁股坐在上面。我几乎一刻不停地站着，不是画画，就是打包，或者从地下室搬出箱子让母亲整理。此刻，我忽然感觉精疲力竭。楼上，一个木匠从一个房间到另一个房间修补着嵌线，锯子发出舒缓的嗡嗡声，铁锤敲打声断断续续，打断了我的思绪。

母亲依然双手叉腰站在那里，好像她期望我能凭空把纸箱变没。

"我把这些东西放在地下室。我已经清理了下面一半的东西，等你看过剩下的东西并决定想留下什么，我就会叫人把剩下的运走。"

"不可以。还记得吗？莎伦说，必须让楼下看起来有很大的储物空间。"

"楼下确实有很大的储物空间。"

"是的，但是必须得很明显看出来才行。"

我向前探身，把桌首的椅子拉出来给她。"坐吧，妈妈。休息一会儿吧。"

她既不情愿又很感激，终于还是瘫坐在椅子上，看起来和我一样很高兴能坐下歇一歇，尽管她从不会主动坐下来休息一会儿。我母亲总是不闲着，不是在打电话、写信，就是奔赴会议、基金筹集活动或盛大的集会。我从来没有想过母亲也会累，也会感受到压力，但这会儿她确实会。尽管她化着妆，但我还是能看到她的黑眼圈，她的肩膀佝偻着，使她看上去甚至比实际的样子还要瘦小。

"我不该坐着不动的，还有很多事要做。"她说。她放在腿上的手张张合合。

"比昨天少。"我说。在我们上方，木匠用锯子把一块木头锯成小块。只听哗啦一声，接着又是一片寂静。

"要不要喝点什么？"

"我们就不能只说说话吗？"

"啊。"母亲说，仿佛这是一个回答。

我朝放在餐桌边的那本外婆的笔记本点了点头。"外婆想当作家。你知道这事吗？"

"是吗？"母亲只是出于礼貌才表现出兴趣。

"她上高中和大学时，在文学杂志上发表了一些小说和诗歌。我看过，写得非常好。"

"你是在哪里找到的？"

"阁楼。你没看过？"

"阁楼上的废物太多，谁知道那上面都有什么？"

"她写作吗？我是说，你记得她当过作家吗？"

母亲看着我，活像我是个傻瓜。"她哪有那个时间。她管理着华盛顿的大学妇女协会，她是交响乐团和图书馆的董事，而且因为我父亲工作的需要，他们要参加大量的社交活动。如果你邀请参议员和外交官共进晚餐，那你就没有多余的时间去涂鸦了。"

听到母亲把外婆写的东西称为"涂鸦"，我的心都碎了。她说话的语气就跟我的曾外婆，也就是玛吉的母亲，一模一样。我想过把我看到的内容告诉她，给她讲讲玛吉去巴黎的旅行，她的白日梦，她和塞巴斯蒂安的友谊，她的写作，但我没有开口。我可以毫无顾忌地把这些讲给亨利听，但告诉母亲，似乎是一种背叛。我知道她不会认同，我又一次好奇，日记里的那个女人是怎么把眼前这个女人养大的，日记里的那个女人是怎么变成了我认识的外婆：拘谨、刻板、冷淡。她在巴黎时是那么快乐，是什么夺走了她的快乐？是什么使她停止了写作？是什么改变了？

"我们可以安排把这些东西运送到你家里去。"母亲说，顺理成章地换了个话题，"还是不要搬到地下室了，毕竟过不了几天，还要把它们搬上来。"

她那漫不经心的语气瞬间让我僵住，我心中一凛。

"几天？什么意思？"

"就是你要走的时候啊。你是帮了我很大的忙，但你不是得回去找菲利普了吗？"

我们两个都沉默下来，气氛凝重。自从那天我们的谈话之后，我们就再也没谈过菲利普，也没谈过我，更没谈过任何严肃的事。一想到和她争论，我就感觉胸口发紧。"我在考虑。"我说。不过我其实并没有想。说来也怪，我很少想到他，没有他，我竟感到轻松自在。

"你知道的，他给这里打过电话。他说你不接手机。"

"我……把手机弄丢了。"他打电话来，我本应该好受一点，但我的内心却感到黑暗、无能为力和斤斤计较。他不是来讲和的，绝不是。在我看来，他想要的不过是继续痛斥我，要把我拉回那个我刚刚挣脱出的盒子。

"你是不是有什么事瞒着我？"母亲问。她犹豫了一下，我心里突然萌生了一线希望，就像前几天我以为她可能会对我敞开心扉。"菲利普⋯⋯是不是对你不好？"

我一时语塞，同样犹豫。我们徘徊在未被发现的情感领域的边缘，这个领域叫诚实。"没有。"我叹了口气。他永远不会伤害我，至少不会像她问的那样。虽然他小气又吝啬，却从来没有向我举起过一只手，而且，据我所知，他从来没有和别人上过床。

"也许是你们没有沟通好。这在婚姻中时有发生⋯⋯事情越来越多⋯⋯"她的声音渐渐消失了，她还抱着幻想，我意识到她是在等我插嘴表示同意，让她安心，结束这段尴尬的谈话。

"也许吧。"这是我能给她的最佳回答。

"玛德琳。"母亲说，然后突然住口，伸手拍了拍我的手。她的手指又细又凉。"你不能就这样坐在这里，让婚姻慢慢消亡。至少给他回个电话，跟他说说话。如果你们之间没有真正的问题，那么你必须再给婚姻一次机会。"

我向后靠在椅背上，把手举向天花板，又让它们落回我的腿上。我能感觉到自己哭了，我不想哭，母亲从来不哭。我在联谊会的姐妹们哭，但她们哭得美丽、精致，成效显著，足以引起同情，但又不至于哭花睫毛膏，或是哭红粉底下的鼻子。我一哭起来，声音又大，还哭得乱七八糟，丑陋至极，眼睛红又肿，鼻子通红，还会塞住。我不想在母亲面前哭，原因各种各样，比如，哭让我变得着实不可爱，我觉得自己已经够讨人嫌了。

"你很清楚他为什么娶我，妈妈。你真认为我们的婚姻能长久？"

"他娶你，是因为你们两个相爱。"她带着一种强烈的信念说。

有人拒绝看到不想看的东西，才会如此这般说。

我飞快地眨了眨眼睛，甩掉眼角的泪水，眼泪迷离了视线，餐厅幻化成了绿色和蓝色的柔和色彩，像极了莫奈的油画。"我可能爱过他，但他不爱我。或许我当时就知道，为什么像菲利普这样的男人会娶我这样的人？你想过这个问题吗，妈妈？我知道你想过。每个人都百思不得其解，我知道婚礼上的每个人都在想这件事。"我的自怜很快就要沸腾了，我再也抑制不住眼泪，我愤怒地用胳膊把眼泪擦掉。"他娶我，是因为他认为我可以任他摆布，他可以对我颐指气使——他就是这么想的；他娶我，是因为我假装自己是另外一个人，一个能给他撑起门面的人；他娶我，是因为他想让爸爸投资他的公司。他不是为我而娶我的，他甚至都不喜欢我，他甚至都不了解我。"

"玛德琳，别再说这样的话了。你可怜的父亲……这是多么可怕的暗示啊。"母亲很慌张，这是前所未有的。这也许是因为我们这辈子仅此一次坦言相对，因为她和我一起被困在了这里，不能找理由挂电话，不能说她有一堆信件需要处理，或者想起需要给玫瑰剪枯花，又或者该去委员会会议，不然该迟到了。

"如果不是你给我这么大的压力，我是不会嫁给他的。"

我满脸通红，样子丑陋，我强忍着泪水，我就是要伤害她，我要打碎她那完美的外表，要让她和我一起哭。

"什么？你是说，这一切都是我的错？"母亲问道。

"是你希望我结婚！是你因为我迟迟不嫁人而感觉丢脸！我嫁给他，是因为我不想再让你失望了。"

"不要把你的不幸归咎于我，玛德琳。"母亲道，她声音里的轻蔑只会让我感觉自己更加渺小，更加没有价值。

"是你接受了他的求婚，是你宣誓结婚。我没有强迫你做任何事。"

她说得对，然而事实并非如此。很多时候，我都希望有人爱我，从每一次她说我上艺术学校找不到丈夫，到她为我安排的每一次约会，她用无数种方式强调了我的这个心愿。订婚前，她第一次见到菲利普，我几乎可以看到她眼中的渴望，她恨不得我找一个菲利普这样的人。我们第一次共进晚餐时，每当我说到她不喜欢的话题，她就会用胳膊肘不停地捅我。后来菲利普向我求婚，她感激得几乎要崩溃了。

她是我的母亲。如果她认为我能承受她众多意见的冲击，那她就错了。

"你到底想说什么？"母亲问。我觉得她只是表示同情，但我们之间芥蒂太深，我不可能接受，而且，我愤怒不已，满心苦涩，不可能将她的话真正听进去。

"我觉得，我和菲利普的婚姻不应该继续下去了，就是这样。"

她沉默了片刻。"我知道了。"

我们坐在那里，门厅里的落地钟发出空荡的嘀嗒声，楼上的地板在木匠来回走动时吱吱作响。

母亲终于站了起来，把指尖搭在桌上，就像一位首席执行官即将宣布季度收益。"我不知道为什么你铁了心为自己感到难过，但我不会和你一样。每个人都有困难的时候，玛德琳。但如果你执意沉浸在受迫害的情绪中，那我可受不了继续听下去了。"她转身走出房间，过了一会儿，我听到父亲办公室的关门声。

我麻木地爬上楼梯，穿过走廊来到我的卧室，我坐在床上，把膝盖抵到胸前，像一只球潮虫那样蜷缩着。

我从没对任何人说过刚才我对母亲说的话，甚至我对自己也没说过。我和菲利普的婚姻不应该再继续下去了，我们当初就不该结婚，菲利普是对的……我们应该离婚。

我又哭了起来，泪如雨下。外婆的日记本堆在我的床边，为了分散注意力，我拿起我一直在读的那本。

我责怪菲利普让我停止画画，但我还是任其发生。我没什么可说的，我的思绪，我的感情都枯竭了，曾经我的思绪如潮水般涌上心头，如今却只是一池平静的浅湖。然而在我翻看外婆的笔记本，和她一起坐在她父母房子里那间与世隔绝且压抑的客厅，和她一起走过巴黎的街道，因为独立而感到孤单、害怕和激动时，我觉得内心深处有什么东西在颤动，我心里那些在一个个冬天已经冻僵的情感开始融化。

我经常注意周围的女人，想知道她们是否有梦想。她们当然有，仅凭她们的外貌就认为她们没有梦想，其实并不公平。我们的梦想很容易便被践踏，屈从于别人对我们人生的设定，我们的梦想也可能被日常生活的乏味一点点侵蚀掉，更有可能，当我们面对现状和理想之间那场漫长而无望的斗争时，渐渐地失去了信心。但我不想屈服。我不想温顺地走向那美丽的黑夜，我想要发出粗野的喊叫声，我想要自由地生活。我想知道外婆在巴黎经历了那么多，为什么没有坚持到底。

第十八章
Chapter 18

玛 吉
Maggie

1924 年

"听说你在泽利过得很愉快。"塞巴斯蒂安说。他一直在图书馆外等玛吉，倚着街对面的墙，他的头顶上方是总统官邸的防护栅栏。看到玛吉出现，他用脚踩灭香烟，信步向她走去。

　　"消息传得真快啊。"玛吉说。她假装她并不乐意见到他，继续穿上外套，捋顺头发，然后戴上帽子。

　　"巴黎就是个小镇。"她喜欢他说起"巴黎"这个词的腔调。其实，她喜欢他说每句话的腔调。他说起话来慢条斯理，完全不同于语速极快的巴黎人，玛吉在想如果他是美国人，他可能来自佐治亚州，那里到处都是桃树，微风阵阵。"你玩得开心吗？"

　　玛吉忍不住笑了。"嗯！我从没想过我还会喜欢去夜总会，而且我跳了一整夜的舞，我的脚上磨出很多水泡，不过太值了。"

　　塞巴斯蒂安也朝她咧嘴笑了笑。他们默契地走着，从圣奥诺雷郊区街走到另一条街，一直走到公园。大皇宫的玻璃屋顶在他们前面熠熠生辉，好像熊熊烈火在燃烧。天色渐暗，玛吉惊叹于光线五光十色的变化，夜幕降临，天光越来越暗，这座城在夜色的掩护下将它的居民护送回家，然后又将他们呼至街头，居民们或散步，或在餐厅里用晚餐，人行道上摆满了餐桌，人们不得不从街道中间走过好几个街区。

他们不停地走着，没有讨论要前往何处，只是聊着泽利俱乐部、图书馆、巴黎、未来和过去，这座城市在他们脚下不断延伸。他们在新桥停下脚步，这是巴黎最古老的桥，由苍白的石头垒砌而成，还设有防御工事，犹如朱丽叶的阳台。他们眺望着塞纳河，船只经过，人们在两岸行走，他们中的一些人急着回家，一些人则闲庭信步，观赏着美丽的河水，享受着夕阳的余晖温暖地照耀在脸上。他们过河来到左岸，经过圣米歇尔喷泉，孩子们在奔放四溢的水花下跳舞，身后是天空映衬下的圣母院，教堂的彩色玻璃窗从里面闪烁着斑斓的光芒，在玛吉看来，此时的巴黎美轮美奂。她原以为他们会步行回家，但塞巴斯蒂安带她走了一条不同的路，他们沿着几条成对角线排列的街道走到一个街区，这里距离她当初在圣日耳曼区的旅店不远。

"我们去哪里？"玛吉问，这时，他们走到一条安静狭窄的街道，沿街排列着艺术品商店和古董店。

"我想给你看看我的画。"塞巴斯蒂安说，声音里略带羞涩。这似乎很不像他。但她发觉他身上也有弱点后，反而越发喜欢他了。"你想看吗？"

"当然。"玛吉低声说。很久以来，玛吉一直认为艺术是神秘的，恰似一朵在夜间盛开的花，被邀请去看他的作品就像亲吻一样私密。

塞巴斯蒂安在一家商店门前停了下来，橱窗和大门都漆着光彩夺目的皇家蓝，主窗后面的一尊雕塑沐浴着傍晚的柔和光线，雕塑是一个女人从灰色的石头中浮现出来，她愉悦地弓起背，如同一只猫在阳光下伸懒腰。塞巴斯蒂安打开门，示意玛吉进去，她走进安静的店内，他随后走入，轻轻关上了门。他们脚下磨损的古旧木地板在寂静中吱吱作响。"是我①。"塞巴斯蒂安对空气喊道，"塞巴斯蒂安。"

从后面传来一个男人模糊不清的声音，玛吉听不懂，反正没有人出现。

"这个画廊非常有名。"塞巴斯蒂安解释说，"你知道印象派吗？"

"不太清楚。"玛吉摇摇头，觉得很惭愧。在家里，人人都认为她受过良好的教育，甚至有教养。在这里，她一次又一次地注意到她有很多不知道的事，有很多东西需要学习，需要了解、探索和发现。

"过来。"塞巴斯蒂安伸出一只手，玛吉握住他的手，碰触他的感觉与在俱乐部和其他艺术家跳舞的感觉完全不同。他的手放在她的手上，她只觉得内心深处在愉快地翻腾着，她挤出一个少女般的微笑。他把她带到另一面墙前，傍晚的残阳落在离画很近的地方，将画面照亮，又不致使画面变暗。"走近一点。"他说，他们靠得更近了，近到他们的呼吸都扑到了画布上。靠得这么近，画看起来潮湿模糊；色

---

① 原文为法语 C'est moi。——译注

彩混合在了一起，仿佛这幅画被雨淋了。尽管如此，这幅画还是传递出了温暖的气息，绚丽夺目。玛吉发现自己被吸引住了，只觉得橙色的日出特殊别致，画中的蓝色像水一样流动。

"看到了吗？"他问。玛吉有些羞愧地摇了摇头。

"我其实不懂画。"她道歉，确信自己让他失望了。

塞巴斯蒂安笑了。"这就是艺术的乐趣所在，你不需要了解就能接受它。和我一块后退。"

他们一起向后退了三大步，画作变得清晰起来。仿佛玛吉之前一直透过一扇溅满雨水的窗子望着那幅画，现在突然间阳光明媚，天气晴朗起来。橙色的光现在看来显然是日出，蓝色很明显是水，近处看来像污迹和黑暗的部分现在看起来像被晨雾笼罩的小船。"我看到了！我看到了！"她说，仿佛她解开了一个无解的谜题，沉浸在孩子气的喜悦中，随后她又为自己的愚蠢感到羞愧。如果伊芙琳在场，她肯定会为此而尴尬，而且为了避免尴尬，她一定会假装不认识玛吉。她清了清嗓子，再次开口。"我现在看到图像了。水面上有很多艘船。"她边指边说，"那是日出。因为有晨雾，所以才这么不清楚，对不对？"

"是的，是的[①]。"塞巴斯蒂安说，显然没有因为玛吉的恍然大悟而感觉尴尬，"绘画最重要的就是控制好光线。过来这里，看看这幅。"

他带她走近另一幅画，这幅画上布满绿色、白色、粉色和紫色的

---

① 原文为法语 Oui, oui。——译注

小斑点，就好像颜料溅到了画布上，又被抹开。当他们再次后退时，玛吉看到前景中有一大片野花向后铺陈开来，原野上有绿草、鲜花和树木。"太神奇了。"她小声说，"一开始几乎什么都不像，然后又变得如此清晰。看看！"她指了指背景中一片模糊的黑暗，那片黑暗无形无状，却又清清楚楚看到两个人站在草木之间。

"是我们的视觉在发挥作用。"他边说边摸着自己的脸，还指着他的眼睛，玛吉看着他做出各种动作，他的手指格外修长纤细，他的面部骨骼无比精致，他本人就像一幅画：线条完美，对称均匀，皮肤温润，头发金黄，色泽与从画廊前窗照射进来的光线一模一样。"真是个奇迹，对吧？印象派画家十分清楚如何平衡清晰度和色彩，这样我们就能看到一些根本不清晰的东西。"

他陪她穿过画廊，指着一幅幅其他画作，玛吉说不出那些画都是什么风格，但她可以看出每一幅画的风格都不同，画面模糊，然后变得清晰，在变清晰后又以新的方式重新变得模糊。人物呈现正方形，折叠在一起，仿佛他们被困在了破碎的镜子里，或是线条像肖像画一样清晰，同时又非常抽象，人的眼睛里是一片绿树成荫的风景，一个女人的舞裙就像一只热气球，下面有一个篮子，这样的画面看起来既熟悉，又叫人不安。

"你喜欢这幅画吗？"塞巴斯蒂安问。他停在一幅画前，画上是一个女人穿着粉红色连衣裙，准备参加派对，她的裙身并不平整，裙摆线条松散，所以几乎可以看到它在飘动。她戴着一串长长的珍珠项链，梳着时髦的短发。虽然她没在看画家，但她分明意识到画家在注视着她，而她早已习惯了他的目光。她算不上倾国倾城：她的鼻子太挺，眼睛太大，肩膀又宽又圆，她几乎占据了整个画面。这幅画没有其他画作那种引起幻觉的镜面折叠效果，在其他那些画作中，人物如同纸张一样被折叠起来，而她的角度虽然也不是完全清晰的，但她的边缘很柔和，仿佛她在动。一种奇怪的嫉妒感在玛吉的心中升起。

"喜欢。她很漂亮，这幅画像是……活的。就好像她知道我在看她，但她却不愿意看我一眼。"

"这幅画是我画的。"塞巴斯蒂安骄傲地说，"我很高兴你喜欢。"

"你画的？"玛吉轻声说，她再次回头看着那幅画。现在，这幅画少了几分艺术品的气息，反而更多地与其创作者相关联。她想知道从这幅画中，她能了解到关于塞巴斯蒂安的哪些事情，这个女人是谁，他们之间是什么关系，以至于她拒绝看他？而且，他怎么能如此精确地知道她的身材，她在衣服下面的身形，以及裙子穿在她身上的样子？念及此，玛吉的脸红了，随即暗骂自己太傻，毕竟那个女人穿着裙子，并不暴露。她并不是传统观念上的美人儿，也许塞巴斯蒂安喜欢她身上的某个特点，也许艺术家从不同的角度看待美，也许他也会从不同的角度看待玛吉。

"我喜欢。这幅画叫什么名字？"

"名字？《塞西尔画像》。来吧，再看看这幅。"他朝旁边的那幅画走去，挥手示意她过去，玛吉跟上。他显然为自己的画作感到自豪，她也很高兴她喜欢他的作品，很高兴看到了他的才华。令人惊讶的是，他是她在巴黎最好的朋友，尽管她的母亲要是知道她经常和一个年轻男子单独外出，一定会大为光火，但她母亲不会理解这个地方和这里的生活。其实，玛吉自己也不太懂。如果她给父母讲起泽利俱乐部、咖啡馆、超现实主义者和酒吧，他们一定会认为这一切实在太疯狂，甚至是道德败坏。而这只是巴黎所有夜晚中的一晚。在巴黎规则就不同了，当你摆脱束缚，巴黎奇异的黄昏之光就会对你施展魔力。在巴黎，玛吉也变得不一样了。当她照镜子或在商店橱窗里看到自己的眼睛，她不仅感觉到，也看得到。她的脸看起来不一样了，颧骨更高，眼睛更大，裙子的领口处露出线条分明的锁骨。她觉得自己更加轻盈了，好像原来那些绑在她身上的束缚都断了。

　　"我把这幅画命名为《夏季舞会》。"这幅油画又宽又长，玛吉猜想侧边超过六英尺，是一幅全景画，描绘的是地平线，但画中并不是只有风景，还有很多像是在跳舞的人。画中呈现的是户外场景：玛吉可以看到背景中的树，还有一些整齐的灌木丛，一排桌子边坐满了人。她认出了巴黎夏日夜晚才有的金色和紫色。不可思议的是，画中的每个人似乎都有自己的故事。每一对恋人都有对应的情节：这一对刚刚认识，身体分开，几乎没有转向对方开始袒露秘密；这一对深爱着彼此，虽然舞池有足够的空间，他们依然紧贴着对方，闭着眼睛，脸贴脸，好像其他人都不存在，玛吉仿佛看到他们在轻轻摇曳，比音乐还要慢，对他们来说，音乐根本不重要；这对夫妇结婚多年，并不幸福，那对夫妇结婚多年，依然很相爱；一对夫妇是被迫结婚，一对夫妇带着巨大的悲伤，一对夫妇有一个令人愉快的秘密要保守。她目不转睛地看着那幅画，从一张脸看到另一张脸，读着他们的故事。"这就像一本小说。"她最后轻声说道。

"你是这样认为的？"塞巴斯蒂安问，她看得出，他听了这话很兴奋，也很高兴她看懂了他创作的故事。

"是的。"玛吉说，她指着一对对夫妇，给他讲她看到了什么，讲他们的关系，他们的过去以及未来，而这些都是他用画笔小心翼翼呈现出来的。

接着，令她大为震惊的是，塞巴斯蒂安兴冲冲地张开怀抱，拥抱了她。这一刻转瞬即逝，但玛吉以为她可能会永远活在那一刻。他上衣的布料蹭着她的脸颊，他的胳膊搂着她，他那微微有些粗糙的皮肤蹭着她的额头，还有他身上的气味——咖啡和颜料的味道，还有一抹令人心旷神怡的野性气味，像被阳光晒得暖烘烘的草。"你让我感到如此快乐。这幅画我画了一年，在一幅画里讲这么多故事，我觉得太难了，但我不得不试一试。你是个作家，这对你来说很简单。但对我来说，一次有这么多想法，还要在一幅画中清楚地描绘出来，要难得多，但你看懂了。"

"我看懂了。"玛吉说，她被他的拥抱弄得满脸通红，她想再次依偎在他的怀中，但她看得出，此刻他完全沉浸在她的赞美中。她能体会他的感觉，当她的小说被选中刊登在学校文学杂志时，或者当她的老师称赞她的作品时，她自己也有这种感觉。她只是羡慕他的作品在这里展出，陈列在一个画廊里，而她的作品仍躺在她房间里那本合着的笔记本中。有一天，她想，总有一天，她梦寐以求的东西会成真。

步行回家已经成为他们的习惯。每天她下班从图书馆出来，都会看到塞巴斯蒂安倚在总统府的围栏上抽烟，等她出现后，他会穿过街道和她会合。有时，他们穿过香榭丽舍大道花园；有时，他们走过圣奥诺雷郊区街，欣赏着街道一侧的时髦女装店和另一侧的大型豪宅；有时，他们会停在半路上一家距离夏特莱剧院不远的咖啡馆，看着往来的行人。他们聊天，不停地说话，到晚上，玛吉的下巴都酸疼了，如果他们坐在咖啡馆里，她的声音就会因为空气中弥漫的香烟烟雾而变得富有磁性。

偶尔也会有塞巴斯蒂安的艺术家朋友或超现实主义者加入他们的行列，他们非常严肃，不过喝多了酒，他们则会变得有趣而狂野，对自己的艺术充满热情。有天晚上，他们中的一个硬拉着玛吉，给她读了他们为超现实主义研究所制作的所有语录卡片，每读完一条，他就满眼期待地看着她，仿佛他讲了一个很出彩的笑话，等着她哈哈大笑。玛吉不忍心告诉他，尽管她的法语有了明显的进步，却对他说的话一知半解，所以有时她只是若有所思地点点头，有时不甚明白地一笑，有时则会欢乐地大笑，有时只是感叹一声"啊"，好像他说了什么发人深省的话。尽管她这般装模作样地附和，但实际上她的反馈与他所说的风马牛不相及，甚至与她勉强理解的那点含义都无关（不过她永远也无法将其翻译，并迅速理解他的言外之意），但他似乎很高兴，等他读完后，还请她喝了一杯白兰地，接着他自己喝得酩酊大醉，和其他超现实主义者唱起了《加州，我来了》，只是都唱跑调了。

有些晚上他们会去跳舞，有些晚上他们去画廊看其他艺术家的画，塞巴斯蒂安认识或听说过那些艺术家。有一次，他们激动地看到了塞巴斯蒂安的朋友在一座偏僻的城堡里拍的电影。其实电影本身对玛吉而言没有任何意义，她怀疑电影对任何人都没有任何实际意义，但在荧幕上能看到她认识的人实在是太有趣了。后来她觉得，尽管她知道这只是一部不起眼的艺术电影，在一个有着巨大电影放映机的画廊里放映，背景噼啪作响，但她可能会在街上被人拦住，仿佛她是在和巴斯特·基顿或克拉拉·鲍一起散步。

然后，他们聚在一家咖啡馆聊天，她会倾听他们的想法，感受他们的激情，到了晚上聚会结束后，塞巴斯蒂安会陪她走回家，她的脑子里充满了各种在不停旋转的想法。他们谈论的内容让她恍若坐在旋转木马上，他们所谈论的都是关于艺术、真理和梦想，有时，他们还会冷不丁地谈到性，只觉得四处都是灯光、汽笛风琴奏的乐声和起起伏伏的彩绘马。她试着跟上他们的节奏，不过她的法语有时候确实会拖她的后腿，有时，她害怕自己会说一些被别人认为很蠢的话，甚至更糟，她还担心别人认为她言语平淡无奇。

"你知道的远比你以为的要多。"塞巴斯蒂安在陪她回家的路上，这么对她说，咖啡馆和酒吧里灯火通明，人们在聊天。有时玛吉会想，华盛顿的夜晚会不会也是这样，到处活力四射，喜气洋洋，只是她错过了而已。在华盛顿，她有时也会像在巴黎熬夜到这么晚，但那时她不是看书，就是写作，从不和别人出去。"你应该张开嘴巴说出来。你会感到惊讶的。"

玛吉真希望事情能这么简单，但她这么长时间以来一直在整理自己的思绪，故意保持低调和克制，她无法想象自己能如此轻松地说出心中的想法。那些塞巴斯蒂安认识的男男女女都是伟大的艺术家。有些已经声名鹊起，有的过不了几年也将扬名四方，但他们都是艺术家。他们大胆、敢于尝试，积极主动。他们知识丰富。他们可以畅谈表现主义、新古典立体主义、尤利西斯和哥特文学，让玛吉生气的是，自己这么多年来，她读了那么多书，却没有人和她谈论那些书，她被困在教室里，周围的女孩儿只关心自己将来会嫁给谁，以及自己是否能入选某个协会，或者是去何处避暑，那时她若能和这些志趣相投的人在一起该多好啊。

事实上，玛吉发现自己近来写的东西越来越多了。在图书馆，每当她负责图书借还台时，她会在忙碌的间隙，匆匆给父母写封信，然后会利用余下的时间狂热地写作，她尝试用打字机拼命记录下她脑海中的所有闪念，这比吃力地用手写快得多。她写了很多人们在咖啡馆相遇并坠入爱河的故事，以及很多关于美国人在巴黎的故事，她不放过自己的每一段经历和所见所闻。她觉得自己就像莫扎特一样，被音乐纠缠着，不顾一切地想把它演奏出来。

她一遍又一遍地去看塞巴斯蒂安画的那幅舞会的画。拉丁区的街道弯弯绕绕，但她还是独自找到了画廊，她甚至没有注意到自己对这个城市已竟然如此熟悉，就像在家乡一样。她拿着笔记本，站在那里，心醉神迷，然后开始记录所有她能看到的关于恋人、朋友、家人和敌人的故事，等回到家，她就开始写。

她把这一切都记录了下来：慵懒湿热的巴黎午后，女人们的连衣裙都汗湿了，有几个男人勇敢地脱掉上衣，音乐声从空中飘过，穿过舞池，飘向远处的花园。

接着，她开始写到一对夫妇第一次见面时的情景，男人邀请女人跳舞，他们的身体相互靠近，这让女人红了脸，娇羞地转过头去。她又写到另一个男人来跳舞，口袋里的几枚硬币只够买一杯柠檬水，他生怕女朋友会要更贵的东西，而她看到了他的手指在口袋里移动，便提议买一杯柠檬水，两个人一起喝。

她写到了一对夫妇，他们因不能生育而导致婚姻彻底破裂，但他们仍在一起，是因为丈夫依然爱着妻子，那看似没有尽头的几个月里她承受了无数的眼泪、挫败和指责，痛苦的治疗和家人的荒谬建议让她身心俱疲，他恳求她和他一起去舞会，像以前一样跳舞、喝酒、开怀大笑，他曾经认为她的笑声是他此生听过的最美妙的声音，他再也没有听到过那种声音，他只听到她哭泣，每次见到她流泪，他都心碎不已。

她写到一个喜欢跳舞的酒保，他站在柜台后面斟酒，双脚则随着音乐滑动，和舞池中的一对对舞者一起跳华尔兹和狐步舞。下班后，他回到位于一栋老房子六楼的公寓，他家只有两个房间，屋里放着一个加热圈，到了夏天闷热无比，冬天却非常冷，但从公寓里能看到艾菲尔铁塔，风景无敌。回来后他会倒一些牛奶给猫，猫在窗台上喝牛奶，他则靠在窗台上，看着下面的世界，他那不安分的脚继续跳着舞。

她写了所有这些故事，关于失去爱和寻找爱的，关于心碎和治愈的，关于愤怒、悲伤和孤独的，关于快乐、友谊和希望的。在她写作的时候，塞巴斯蒂安画上的人物在她的脑海中活跃起来，以至于让她觉得那个舞会是确有其事的。

她用在俱乐部院子里发现的挂在玫瑰花丛上的一根缎带把稿纸系在一起，害羞地交给他，他接过稿纸，就像是她送给他一份大礼。他们躺在战神广场的草地上，太阳温柔地抚摸着他们的皮肤。在塞巴斯蒂安认真看每一页的时候，玛吉盯着艾菲尔铁塔的顶端，天空一片蔚蓝，没有一片云彩，她惊诧于自己竟然过上了如此神奇的生活。他看完了，眼里闪着泪光，他用指尖碰了碰她的指尖，说："对，就是这个。"玛吉知道无论她写出多少故事，都不会得到更大的赞美了。

有时候，塞巴斯蒂安陪她从图书馆步行回家，他们会走其他路线，探索精彩绝伦的事物。杜伊勒里宫举办嘉年华会，塞巴斯蒂安为她赢了一个玩具，他们还坐了摩天轮，看着下面的城市，转了一圈又一圈，直到她再也分不清哪里是上方的星光，哪里是下方的城市灯光。

另一个晚上，他们来到了皮加勒区，距离泽利俱乐部不远，一个妓女向塞巴斯蒂安要火柴，他给了她，他们聊了一会儿，玛吉在一旁看着他们。玛吉之前从没跟妓女说过话，甚至自从记事以来，她都没见过妓女，她贪婪地看着那个散发着丑恶魅力的女人，她丝袜上的洞被翻到里面，曾经闪亮的丝绸裙子如今变得油腻，暗淡无光，她脸上的浓妆掩盖了她的粉刺和黑眼圈，然而，玛吉默默地看着这个女人，并且逐渐意识到，她戴着一层盔甲，盔甲保护着真正的她，不允许别人进入她的内心，而玛吉觉得，这个女人是她见过的最美丽和最悲伤的混合体。

夜晚的巴黎与白天完全不同。天黑以后，在每一个街角你都能碰到情侣，他们在塞纳河边喝酒，手拉手散步，寻找着城市里被阴影遮蔽的隐秘之处，比如树下或大楼入口，在那里亲吻。有时，玛吉仿佛能看到他们碰触时因激情擦出的火花，照亮了他们幸福的脸庞，玛吉受不了这样的浓情蜜意而不得不别开目光。有时，巴黎危险重重，扒手们在暗处伺机而动，醉汉们怒气冲冲，东倒西歪，找碴儿发泄他们身上因酒精煽动起的盛怒。不过那些人大多是在寻找彼此，罪犯寻找易受骗的人，醉汉渴望斗殴。遇到危险，塞巴斯蒂安会挡在玛吉前面，并抓住她的手肘，一起快步离开。等所有的危险解除，巴黎就又属于他们了，只属于他们。

她在给父母的信中没有提及那些她在泽利俱乐部或丁果酒吧度过的夜晚，她也没和他们提过塞巴斯蒂安。一方面，她想，如果她母亲知道有一个男人对她感兴趣，特别是这样一个年轻又英俊的男人，也许会松一口气。但另一方面，母亲肯定会嫌弃塞巴斯蒂安是艺术家，甚至更讨厌他们两个单独上街，不喜欢玛吉剪了短发，还找俱乐部的女孩借连衣裙，以及在没有年长妇女的陪伴之下，独自在城市里夜游。她母亲的世界与她的世界是多么不同，我们母亲的世界和我们所有人的世界是多么不同。玛吉有时会想：她的母亲是否也曾年轻过，是否也曾恋爱过，是否也曾想与年轻男子在星光下跳舞；或者，她是不是生来就挑剔、蛮横。她不知道她母亲为什么要恪守她那些似乎也并没有使她高兴的规矩，那些规矩更不能让玛吉像现在这般快乐，无法像巴黎那样让她幸福。

巴 黎
之 光
THE LIGHT
OF
PARIS

第十九章
Chapter 19

玛德琳
Madelyn

1999 年

我正把满是灰尘和蜘蛛网的箱子搬到地下室，这时门铃响了。母亲去莉迪亚·恩迪克特家吃晚饭了，我猜想他们是在那里计划他们的全球统治之路：今天是园林协会，明天就是全世界。

　　从前厅镜子前走过的时候，我注意到我的形象：紧身长裤上污迹斑斑，一件宣传春季嘉年华的 T 恤衫，那还是我上高三时的衣服（我没有参加，至于这件 T 恤是怎么来的，我只能猜测），头发则在头顶挽成一个松松垮垮的发髻。一副收看黄金档电视节目的打扮。

　　来的十有八九是我或母亲近来聘请的人：粉刷匠、估价师或慈善机构派来的卡车。但这次是亨利。他把自己收拾得异常干净整洁，穿着黑白色格子衬衫，袖子随意地卷起来，一条合身的深蓝色牛仔裤，他的头发虽然还是卷发，但看得出来刚用梳子梳理过。"哇，"我说，这可能不是我所能说的最得体的话，但他似乎并不介意，"你看起来很不错。"

"有时候，我也会把自己收拾得干干净净。"他说，居然没有评价我那显然不太理想的打扮，"准备好可以走了吗？"

"呃……我们去哪里？"

"第一个礼拜五呀。"他说，好像我们刚才还在谈论这件事似的，但其实已经有好几天没人提起了。说实话，我并没有将此事放在心上。大部分时间我都在琢磨我的母亲，思考是否该回家，以及离婚后该如何度日。我还想到了画画，我想了很多关于绘画的事情，这是一个最佳的回避理由。

"啊，是啊。就是现在吗？"我低头看看我的衣服，摸摸我那急需用吹风机拯救的头发。

"我可以等你去换衣服。不过你现在就很好。"

"哈！"我大声说。亨利看起来有些糊涂，好吧，也许他真的认为我穿那样的衣服出现在公众场合是可以接受的，但我可不这么觉得，要是我母亲见了，说不定会气昏过去。"你先进来吧。"我说着向后退，把门完全打开，像管家一样伸出手来，"欢迎进入巢穴。"

他开始往里走，然后跳了回去，好像吓了一跳，我们都笑了。"你妈妈不在，对吧？你确定她没有设置陷阱，以防我进来吗？"

"我很肯定里面是安全的，但你可能要当心地下的电线和水桶，以防万一嘛。"

"谢谢你的建议。"

上楼后，我迅速洗了个澡，换上干净的裤子和皱巴巴的牛仔衬衫，戴上珍珠项链和耳环。我的头发是没法整理了，于是我把头发松开，任由其卷起。我快步跑下楼，只见亨利正站在前厅，看着母亲的瓷器柜。

"嘿，你真美。"他在我出现的时候说道。

"是的。"

"我是在夸你。"

我懒得解释，我搞不清他为什么这么说。"谢谢。你在研究我妈妈的瓷器藏品吗？"

"挺不错的。有些确实很漂亮。"

"我小时候很喜欢这些瓷器。后面那只茶杯带有粉色玫瑰的，你仔细看，它的把手是粘上去的，因为我用它玩过茶话会游戏。"

"我知道你很叛逆。"

"我简直就是传家宝瓷器的克星。现在可以走了吗？"

"当然。"他说，我们出门走入夜色中。我们后面的餐馆里传来了嘈杂的声音，汽车嘎啦啦在砾石小路上往来穿行。

"你不工作，没事吗？"

"没关系。这次我没有让奥斯汀负责。"他说着冲我笑了笑，"实际上，各个环节终于像发条装置一样运转起来了。我讨厌大声说出这种话。这就像自找噩运。"

"为什么？"我猫腰从一棵"不守规矩"的连翘灌木的树枝下方钻过，眼瞅着这棵灌木就要侵占人行道了。我已经能听到罗威街上的嗡嗡声和音乐声了。有趣的是，我总是对街头庆祝活动避之唯恐不及，因为我害怕喧闹和人群，但在这里，我发现自己几乎会随着音乐起舞，渴望成为其中的一员。我渴望成为某个地方的一部分，某个需要我的地方。

"餐饮业是一个不稳定的行业。时时刻刻都有餐馆倒闭，员工会在换班的时候辞职，找个好帮手是个众所周知的大难题，请原谅我这么说。"

"用不着道歉。我妈妈也一直把这话挂在嘴边。"我大笑起来，"你看起来是个不错的雇主，所以我肯定你的员工会留下来。"

"谢谢。如果你是个好老板，找优秀的员工倒是容易些。简单点说吧，我有段时间不太操心雇人的事。你呢？这盛大的搬家冒险怎么样了？"

"很顺利。她终于请来了一名估价师和一名古董商，他们正在把房子里的一些东西运走。竟然有那么多东西，真是难以置信。"

"她在那里住了多少年？差不多有五十年了吧？的确会攒下很多物件。我的父母还住在我小时候的房子里。我们开玩笑说，等他们死了，我们就一把火把房子烧掉，那比打扫容易多了。"

我想象着五十年后我们的公寓会是什么样，那时依然会感觉里面空空荡荡。菲利普无法容忍杂乱或任何他认为的杂乱，已经到了近乎病态的地步。我不止一次地把一本书或一些纸放在桌上，回家后却发现他把它们当作垃圾一样丢掉了。无论那个地方重新装修了多少次，永远都是干净而光秃。

"我们清理出来的那些东西真令人惊奇。我告诉过你，我发现了外婆的所有日记，她写得非常棒，还有一个大箱子里装满了内战时期的书。当然了，还有莱夫·加勒特的收藏唱片，这些都是穿越时代的珍宝呢。"

"我真诚地希望估价师能懂得那些唱片的价值。"

"我敢肯定，在索斯比拍卖会上，它们能卖到几百万美元，还有我收藏的大量艺术作品。"

"你又画画了吗？"我们走到人行道的狭窄处，一棵树的根部把人行道拱了起来。他往后退了一步，让我走在他前面，然后快走几步追了上来。走在他身边却感到很奇怪，虽然他比我高不了多少，但他的块头很大，能带给我慰藉。菲利普就像只灵缇犬，全身线条优美，没有一点赘肉；亨利更像一只牛头梗，肩膀很宽，身体结实，让人有安全感。

"是的。你是怎么知道的？难道是艺术成就散发出了玫瑰色的光辉？"

"是的，还有你头发上的颜料。"

"啊。"我尴尬地拍拍脑袋，摸索着变干的颜料。我在浴室收拾半天，却还跟个在街上闲逛的流浪汉一样。"抱歉，总让你看见我像个懒汉。我不经常照镜子，我身上有很多颜料吗？"我检查了一下胳膊，发现有一块污渍，好像是我用围裙擦画笔时，手臂蹭到了上面一些未干的颜料。

"不必道歉。我就假装是和一位著名画家出门好了。"

"啊，我不是画家。我是说我以前是，我以为我会成为画家，不过后来我不画了。"

"为什么？"

"这个，"我说着嘘了一口气，"是个好问题。你知道的，我一直在看我外婆的日记。她真的很想当作家，但她母亲坚决反对。我不知道有多大程度是因为时间，比如一般女性不应该有职业生涯，或者在多大程度上是因为艺术，说什么艺术是在浪费时间。我的父母都是很务实的人。"

我们已经走到了罗威街的边缘，我们在街道尽头的小山坡停下来，看着眼前的景象。远处卡桑德拉的商店附近，一个乐队正在演奏，街上聚集了一群人。人行道上人头攒动，有些人成群结队地站着聊天，有些人则从商店和餐馆进进出出。我曾和莎伦吃早饭的院子里挤满了人，有的坐在桌子旁，有的倚着栏杆。透过书店宽大的平板玻璃窗，我看到一个女人站在麦克风前朗读，一群人坐在她面前的折叠椅上。

我再次为这个社区发生的巨大变化而感到震惊。这些商店不再那么贵族化，他们也不那么在意应该把谁拒之门外，而更多的是邀请顾客进来。人也变了，他们更加年轻，他们肤色各异，体形和身材也各有不同；他们的头发要么染着疯狂的色彩，要么就是格外朴素；他们的衣着要么很考究，要么根本不配套，他们还用我根本听不懂的语言互相打招呼。我感觉自己再次活了过来，而不是被关在一个院子里，并奋力将不重要的人挡在门外，周围也不再是大同小异的人。"这个地方变了。"我对亨利说，我能听到我的声音里透着令人瞠目结舌的惊叹。我知道，对一个愚蠢的街头集市感兴趣，实在非常傻，同时我也知道，这也不仅仅是街头集市。这就像前几天和莎伦一起吃早餐，和亨利、卡桑德拉以及所有来的人聊天，我意识到，我原以为马格诺利亚没有任何让我惊喜的地方，其实我是一点也不了解这里。

"确实。大家齐心协力，让罗威街恢复活力。为此，我得到了一笔很大的资金，这才开起了餐馆。"

"说来也真是奇怪，这里竟然就是我长大的街区。这里现在有了这么多新商店，所有这些人我都不认识。这完全是个全新的地方。"

"好吧，现在我们就去了解一下吧。"亨利说。他握住我的一只手，搀着我走下几级摇摇欲坠的台阶，来到街上。碰触到他热烘烘的皮肤，我的脸都红了，他那宽大的手掌覆盖着我的手，让我感到安心和舒适。当他放手时，我只感到失落。一想到菲利普，我的胸口一阵刺痛，我将这种感觉抛开。这一刻，我不想再惦记他。

我们离开街道的中心，那里的人群没那么密集。一群女孩从旁边轻快地走过，她们青春洋溢，散发出"危险"的美，用西班牙语互相嬉笑打闹；一对夫妇站在酒吧外面，手里拿着啤酒，边说笑边吸烟，甚至他们香烟刺鼻的气味在温暖的夜晚也是浪漫和温馨的。

"我们刚才说到哪儿了？"亨利问，这会儿，我们正从街道中央的几家人身边绕过，婴儿车的杯座上放着装满葡萄酒的塑料杯。"啊，对了。艺术不切实际。"

"有一年夏天，我说我不想去夏令营，想留在家里画画，我父母差点气疯了。后来，他们发现我在考虑申请艺术学校，而不是去上普通大学——之前我一直没有勇气告诉他们，是我的大学辅导员泄露了秘密——我父亲就说，他不会为了所谓的'艺术学校教育'给我花一分钱。"

"他们想要你怎么样？"

我抬头看了看天空，这是一个春日的傍晚，蓝色、灰色和粉色交织在一起，给人一种愉快的模糊感。"他们只想让我嫁人。我认为，他们一点也不关心我有没有工作。在我父母的世界里，女人……有时，我好奇他们是否知道有女权主义。他们根本就是伪君子，他们捐钱给交响乐团，他们去艺术博物馆参加活动，但我要上艺术学校，不知怎的，就变成了最糟糕的事情。"

"我很遗憾。"亨利说，他这话看似非常合理，所以我也冲他笑了笑。尽管他干净整洁，但看起来有好几天没刮胡子了，他用粗手指揉着脸，似乎还想说点什么，但他认识的一对夫妇看到了他，便走过来跟他打招呼。他介绍了我，我们聊了几分钟，然后分道扬镳。

"谢谢你今晚能出来。"他说，我们又走了起来，"礼拜五晚上不去餐馆上班，真好啊。感觉好像我在破坏规矩。"

"我确定你是，但你说过，餐馆已经上了轨道，对吧？不知不觉中，你们已经成为麦当劳那样的饭馆了。"

"谢谢夸奖，但那可不敢奢望。我只想要一家餐馆足矣，我还希望这家餐馆不会倒闭。这可是一条重要的告诫。"

"你以前是干什么的？"

"说来也差不多。我是说，我不是老板，只是在餐馆里打工。那时候，我妈妈第一次把锅碗瓢盆递给我让我敲打的时候，我就知道我想成为一名厨师。高中毕业后，我直接进了烹饪学校。城里的餐馆我几乎都干遍了。我还在欧扎克的度假村干了几年，那里非常迷人。"

"光是听名字就很迷人。欧扎克。"

"欧扎克这名字不错，可以用来给孩子起名字。"亨利说着大笑起来，我的心里却一阵翻腾。我知道他只是在开玩笑，但这种玩笑只适合情侣。而我们绝对不是在约会，即使我没有结婚，他也不是我喜欢的类型，而我……好吧，就像我外婆一样，从来都没有追求者在街上排队等我。

"我真羡慕你。知道自己想做什么，然后就去做了。我却不知道。我获得了市场营销专业的学位，但我真的对这个专业毫无兴趣，毕业时也不知道该何去何从。最后，我在高中母校的开发办公室里工作，我想那也是一种市场营销，但我也不喜欢。就算上牙科学校，也比现在好。"

"你上艺校更好。"

"那是当然。"我这么说，其实有些怀疑。我的父母说服了我，大概是因为我那时在考虑这件事的时候，并不确定我能理解学艺术的意义。要是我拿到艺术学位，我会做什么？不过说句公道话，我做的唯一有价值的事就是在斯特布勒博物馆做志愿者，尽管我的市场营销专业在那里没什么用武之地。

我们离乐队越来越近了，街上越来越拥挤，噪声也越来越大。我们必须提高嗓门才能让对方听见自己的话，亨利把头凑近到我的头边。

"我是说真的。你说你不知道你想做什么，但你其实是知道的。你想画画。仅仅因为你的家人不接受，而不是你不知道你想要什么。"

"是的。如果画画对我很重要，我无论如何都会去做的，至少为了好玩。我好多年没画画了。"

"我不确定是不是这样。你得到了一个很强烈的信号：画画是在浪费时间。"

听到他站起来为我辩护，我的内心又是一阵翻腾，因为他即便不知道整个故事的来龙去脉，却仍然支持我，而我并没有把整个故事告诉他。我没告诉他，嫁给菲利普是无数细小决定的结果，需要我把对真正的我而言非常重要的东西都抛开，这样才能成为别人一直期望我成为的人，我牺牲掉的其中一个东西便是绘画。我没有告诉他这些，是因为一旦告诉他，我就必须向我自己承认这一切，我此时的幻想也会被破坏殆尽：我假装此刻在这里，在马格诺利亚，与他、莎伦在一起，有母亲地下室里的画，才是我的生活，我从未孤独或悲伤，从来没有嫁给一个批评我体重增加而不是给我吃熔岩巧克力蛋糕的人，他带我去参加我不想参加的聚会和募捐活动，和我不关心的人在一起，而不是带我去让我感觉充满活力的街头集市。

"还记得莎伦说我和凯文一起组过乐队吗？"

"记得！"一想到那件事，我的心里便涌出一股强烈的喜悦，我拍拍手，"你们玩什么音乐？你弹奏的是什么乐器？"

"我打鼓。"亨利道，飞快地在空中拍出了一段节奏，"至于我们演奏的，我觉得不是音乐。其实就是噪声，但我们给自己归类为微金属音乐。"

"肯定有你留长发的照片吧？"

"你是看不到那些照片的，我都锁起来了，就跟道林·格雷藏他的画像一样。"

"我觉得道林·格雷藏他的画像，不是为了留过八十年代的发型而羞愧难当。"

"那我看起来不够年轻吗？"他夸张地甩了甩他的头发，我大声地笑了起来，再次惊讶于我自己声音里的喜悦。"关键是我有时会想到音乐，它曾经是我生活中如此重要的一部分，而现在我想到音乐，只需考虑在餐厅里播放哪些乐曲或在上班路上听什么。我并不觉得'我的那部分生活结束了'。我只是认为'现在音乐在我的生活中不那么重要了'。那么，于你而言，画画曾经'不合时宜'，现在时机成熟了。"

"也许吧。"我说。也许正是如此：我的生活只是悬在了那里，等着我再次将其拾起。

我们又开始走，一直走到街的另一头。在泰国餐厅外面，瓦尼的孩子们随着音乐欢快地跳舞。隔壁是针织店，正如广告上说的那样，我看见一群妇女在店铺背后，围坐成一圈，有说有笑，腿上放着五颜六色的纱线。一群人站在门口，喝着酒，笑着，一名侍者端着一盘开胃菜在窗前走来走去。

店里面又闷又热，人们挤在一起看艺术品，或只是聚在一起聊天。卡桑德拉过来与我们行了拥抱礼，我们一起看了那些艺术品：缝制或编织的壁挂，看似不可能的材质和颜色竟然组合在一起。看了这种织品，让你很难遵守"请勿触摸"这条禁令，当我看到缝制出来的旋涡、羽毛状的安哥拉山羊毛、银色丝线的神秘光芒时，我的手指蠢蠢欲动，这让我的手不得不忙于别处——我从分发的盘子里拿了很多开胃菜。直到亨利问我走不走，我嘴里还塞满了食物。他的发际线上渗出细小的汗珠。

"嗯。"我含着一嘴蒜末烤面包说。

"很高兴你喜欢我做的食物。"亨利说，我们走回街上，凉爽的风扑面而来，好像我们是它失散已久的朋友。

我咽下嘴里的食物，也顾不上仪态是否淑女，便用手背擦了擦嘴。"我什么都爱吃。你少臭美。"

"看你的身材绝对看不出来你贪吃。你太瘦了。"

我一惊，随即尖声大笑起来，惹得周围的人都转过身来看。我捂住嘴，压低了声音。"我想你是在恭维我吧，你说我别的倒有可能，但我绝不是个瘦子。"

"对不起，但我不喜欢评价女人的身体，但你看起来……像是吃不饱饭。我一定得让挨饿的人吃饱了，而且我也喜欢看别人吃我做的食物。欢迎你随时来我的餐厅。"

"谢谢。"我强忍着才没看他的眼睛，确认他是不是得了严重的白内障。我习惯了母亲或丈夫对我的体重问题充当导弹防御系统。如果我一周内吃了两次甜点，菲利普很可能会对我的大腿形状进入一级战备状态。我周围的女人似乎都是从同一个模子里倒出来的，而我看起来像是从那个模子中溢出来的，虽然不合格，却还是被送去了商店。

"去喝一杯吗？"亨利问。我们走了几步，来到"爪哇好时光"外面。

"当然。"我说，随即我们走了进去。像大多数罗威街上的建筑一样，爪哇好时光位于一栋翻新的建筑里，但它经受住了现代化的冲击，内部正是咖啡馆应有的样子：破旧的木地板，裸露的砖墙，播放着学院广播，最后一抹阳光懒洋洋地划过桌子。咖啡的香气拂过我的皮肤，缠绕在我的头发上，我深深地吸了一口气。我上高中时去的罗威街那家咖啡馆没有这么好，我有点嫉妒那些能来这里的孩子们。这是一个放纵青春期焦虑的好地方。

"想喝什么？"亨利问。

"我想喝一种意大利奶油苏打——如果他们有的话——我要覆盆子味的。"见鬼，我很肯定我已经胖了十磅，我的腰部就像戴了个备用轮胎。

"不要咖啡？"

"不要了，不然晚上睡不着了。"

"很好，我马上回来。"

亨利去排队，我径直逛到了店后面。如果我把我的美好生活抛在一边，开一家咖啡馆，或许这正是我想要的。那里有一个书架，上面摆满了人们丢弃的书，还有一排桌子，上面放着棋盘。几名活力四射的年轻大学生懒洋洋地半躺在一对皮扶手椅和一张大沙发上。

墙上挂着照片和油画，我走近看，只见照片和油画上都有一张小卡片，上面写着艺术家的名字和作品的名称以及价格。我看到了一个空荡的地方，大概那里的作品已经卖掉了。亨利走到我面前，递给我苏打水，上面浮着奶油，覆盆子糖浆把苏打水染成了淡粉色。"谢谢！"

"我和他们老板很熟。"亨利说。他喝的是咖啡，他在我旁边探身看一幅照片时，我能闻到他的气息里有咖啡味。

"是的，我那天见过他了。他叫皮特，人很好。"

"不，我的意思是，如果你想在这里卖画，我可以帮你联系。"

"别逗了，我没有画能拿来卖，而且也没人会买我的画。"

"你怎么知道？"

"你又怎么知道？你从没见过我的画。"

亨利耸耸肩。"好吧，也许你的画很烂，但你还是可以把它们拿到这里来。"

"当然。"我嘲讽道，但是当我们边喝饮料边走到外面，玻璃门在我们身后紧紧地关上，这个念头就一直停留在我的脑海里。公开我的作品，将是什么感觉？我疏于练习，但事实证明这些年来我积攒了大量的想法，我想画很多东西：密歇根湖四季的光线，摩天大楼玻璃映衬下的晶莹白雪，每个人都戴着精致羽毛面具的鸡尾酒会。我还想画今晚，罗威街上鲜活热闹，乐声连绵，人来人往，每个人心中都洋溢着夏日的承诺。如果我把我想画的一切都画出来，我会变得更好。我可以去上课，我可以再次成为一名画家，我可以再次成为我自己。

我们沿街往回走，亨利把我介绍给我们遇到的他认识的人，我们钻进一家家店铺，喝着小杯葡萄酒，品尝店家提供的食物。当我们再次回到罗威街的入口处时，我已经酒足饭饱。

亨利把车停在母亲家门外的人行道边，我们在那里互道晚安，他的钥匙松松地拷在他的手指上，叮当作响。在我即将转身离开的刹那间，亨利似乎言犹未尽，仿佛有一个问题就在他的嘴边，但当我停下时，他只是又道了一声晚安，随后打开车门，钻了进去。发动机启动，安静的街道上传来了一声心满意足的咕噜声，他朝我挥了挥手，便开车走了，我则慢慢地转身走向母亲的房子，一直听着他的汽车声消失。

上楼，我去浴室洗了个脸，打量着镜子里的自己，全部的自己。我的袖子卷着，嘴角还有一点巧克力的残渣，那是在品尝街区尽头那家巧克力大亨店派发的试吃样品留下的。我的头发看起来有种凌乱的美，卷曲的发梢衬托着我因为酒精和一路走上山而变得红通通的脸。我觉得我看起来开心极了。我看起来很自由。我看起来像一个我想去了解的人。我看起来是那么生机勃勃。我不想放弃这样的我。

第二十章
Chapter 20

玛 吉
Maggie

1924 年

一天晚饭后，玛吉和塞巴斯蒂安缓缓地走过蒙帕纳斯大街，来到俱乐部，天色渐暗，暴风雨将至。远处传来隆隆的雷声，接着雨突然落在了他们身上，没有任何预告。自从玛吉来了以后，巴黎几乎没下过雨。这场雨不敢破坏巴黎无瑕的美，不敢洗去阳光洒在建筑物上的金色余晖，也不敢浇灭地铁站外小贩们卑微的希望。甚至巴黎的乞丐都保有不折不扣的法国风格，他们的脖子上系着围巾，脏头发十分有型，用漫不经心的方式索求你的零钱，就好像他们根本不在乎你会不会给钱，等你给了钱（玛吉每次都给），他们便轻轻挑起眉毛，点头表示收到了钱，他们只是偶尔会用最无动于衷的态度说一声"谢谢"。玛吉很欣赏他们这样。

　　一开始，豆大的雨滴零零落落地下着，很有几分巴黎人的懒散之态。过了一会儿，雨势渐大，犹如瓢泼，倾盆而下的大雨几近要将他们淋成落汤鸡。他们匆匆跑到一家已经打烊的咖啡馆的遮阳篷下。一个美丽而凉爽的夜晚一转眼就变得凄风楚雨，玛吉开始颤抖。塞巴斯蒂安脱下夹克，把衣服披在她的肩上，但他的外套也是湿的，这下子她更冷了。几个人把报纸举在头顶，耸肩跑了过去，脚踩之处溅起一片水花。

在他们避雨之际，雨下得更大了，雨滴在他们头顶的遮阳篷上噼里啪啦地敲击，从开始的热情变成了威胁。塞巴斯蒂安扭头看着她说："跟我来，我住的地方离这儿很近。"

玛吉又冷又湿，简直苦不堪言，并没有细想。塞巴斯蒂安拉着她的手，他们一起在雨中奔跑，很快，她浑身都湿透了。一辆巴士经过，溅起了水，冰冷的雨水顺势泼了他们一身，玛吉大笑起来。他们来到一扇门前，塞巴斯蒂安找出一把钥匙，打开了门，他们走进院中，周围都是建筑物。在他们的头顶上，一盏灯在黑暗中发出爆裂声，她看到一个美丽的花园正经受风吹雨打，玫瑰花瓣散落在院中的石头上。塞巴斯蒂安说："这边。"他用另一把钥匙打开了通往大楼的玻璃门。

里面的地上铺着四四方方的奶油色大理石，显得幽静雅致，玛吉知道，大理石非常昂贵。这对她来说，既熟悉又陌生——她的一生都被财富所包围，但她已经有好几个月没来这样的地方了。不算凡尔赛宫或卢浮宫，她在巴黎去过的最豪华的建筑，便是图书馆，它的辉煌壮丽几乎被它的新功能所掩盖，而且，在更大程度上，是被善意地忽视了。塞巴斯蒂安自然不是住在这里的。他是个艺术家，不是吗？他的衬衫不像勒内的那件，领子都磨破了，而且他似乎总是有足够的钱买晚餐和酒，但她一直认为他近来出手阔绰是因为卖了画。

宽大的楼梯盘旋向上，楼梯上覆盖着柔软的长毛绒地毯，走在楼梯上，她想起了她父母家的楼梯，楼梯扶栏上有雕刻图案，漆了木油后亮闪闪的，现在，她知道他的钱并不只是卖画所得，塞巴斯蒂安原本就很富有。她不知道他如何以及为什么要对此保密，但他确实有所隐瞒。

他们来到二楼的楼梯平台，玛吉的衣服又湿又重，在地毯上留下了一条水迹，塞巴斯蒂安领着她穿过走廊，推开走廊尽头的一扇门，打开了里面的灯。"进来吧，进来吧。"塞巴斯蒂安说，玛吉犹豫了一下，她站在那里，身上的水直往下滴。她走进之后，不由得瞪大了眼睛。

"你真有钱。"她说，他在她身后关上了门。她捂着嘴，笑着比较起来：她在俱乐部阁楼的房间只有巴掌大，为赚图书馆付给她的五百法郎而累死累活，他却住在这里。

窗前摆着两个画架，她认为那里的光线最好，画架上各有一幅未完成的画作。一幅画的是俯视之下的巴黎街头——巴黎著名的建筑物的屋顶和其下方的街景，市场上摆满了五颜六色的新鲜水果和蔬菜，在咖啡馆的遮阳篷下，一名服务生正等着客人点餐，一个男人低头看着菜单，一对夫妇正在过马路，汽车驶往一个方向，一辆马车朝另一个方向前进。从这个角度看这座城市，感觉新奇而又神秘，仿佛她见证着她从地面上看不到的东西，是对人们生活的不公平的一幕。就像她对舞会那幅画的感受一样，她觉得她的手指蠢蠢欲动，想要深入了解这些人的故事：疲惫的侍者拖着疲倦的双脚站在那里，那对夫妇步行着，但距离疏远，一个女人盯着一箱亮晶晶的草莓，仿佛她买不起，就只能看看，她在抵御诱惑的同时，想象水果在舌尖爆开的一瞬，汁液染红了她的手指。

另一幅画才刚刚动笔——一个男人站在窗前，勾勒出一幅画，背景中只有一些最简单的颜色，那一抹蓝天看上去十分陌生；画架之间的一张桌子上摆满了装在金属软管里的颜料和画笔，桌面上沾着星星点点的颜料污迹，旁边有一个快干的调色板和一个凳子。

公寓内处处彰显着豪华。窗户上挂着厚重的天鹅绒窗帘，柔滑干净，显然是新的。她脚下的地毯是一款布满了藤蔓和丰富编织图案的东方地毯，地毯很厚实，以至于她站在上面，竟有些轻微摇晃。

天花板很高，边缘有着宽大的石膏图案，家具也很气派。除了他们所在的客厅，公寓内还有好多个房间，总之在这样一个城市里，这里可以说是奢华至极的所在。对玛吉来说，她已经习惯在这座城市里谨小慎微地行事，以免在有轨电车、咖啡馆甚至在奥岱翁街书店的过道里打扰他人，在书店里，哪怕是幅度稍大地动一下肩膀，都可能撞翻一摞书。

"我没钱。"他把钥匙放在前门桌上的一个碗里，然后脱掉鞋子，"我家里人很富有，但我只是个穷画家。"

"啊。"玛吉说。她从来没有认真想过自己有钱和家人有钱之间的界限。她的父母现在不再给她金钱支持，但如果没有他们的慷慨，她是永远都不可能到欧洲的，但话又说回来，她很清楚，如果她真要回去的话，他们还会再次给她金钱上的支持，等他们去世，她将继承他们所拥有的一切。她的父亲不会把生意留给她，但他会让她有足够的钱生活下去，如果她结婚了，她丈夫的钱也是她的。然而，这些都不是她的。这就是为什么她从图书馆那里赚到的五百法郎，即使微不足道，也感觉像一大笔财富，因为那些钱是她的，是她凭一己之力赚来的。

"你那些朋友知道吗？"她问。

"快点，快点。"他说着改了话题，"我们得暖和暖和，不然就要得肺结核死了。"

"我觉得这样得不了肺结核。"玛吉说，但她的湿衣服贴在身上，让她很不舒服，而且还在塞巴斯蒂安的地毯上留下了一大片水渍，所以她不得不跟着他穿过走廊。他走进走廊末端的一个房间，她本想跟进去，随即才发现那里竟是他的卧室，只好尴尬地停了下来，可她天生的好奇心占了上风，她站在门口往里瞧，只见一张桌上放着几个素描本和木炭笔，宽大的法式落地门边摆着一把椅子，她猜落地门外是阳台。房间的另一头是一张乱糟糟的床，被单掀开，他的身体留下的压痕仍然清晰可见，她想象他睡在那里的样子，他的头发在枕头上乱成一团，他的睫毛在他的脸颊上投下阴影。她屏住呼吸，回到走廊里，既兴奋又对自己的想象惭愧不已。

他翻遍了五斗柜的抽屉，然后拿着一堆衣服走了出来。"给你。穿上吧。"他打开她身后的门，里面是另一间卧室，那里是一间客房，没人住过，装潢并无特别之处。她拿起那堆衣服走进去，他在她身后关上了门。

她换上了他给她的衣服：一件柔软的棉衬衫，一条宽松的裤子。塞巴斯蒂安身材纤细，玛吉则身材圆润，穿上正好合身，她觉得自己很有魅力，就像一个真正的小男孩。布料质地高档，十分柔软，使她的每一寸肌肤都充满了活力，一想到塞巴斯蒂安的衣服贴着她的肌肤，她不禁面红耳赤。

她打开门，吃惊地发现塞巴斯蒂安站在那里，仿佛一直在等待。他也换了衣服，此时穿着毛衣和干裤子，他的头发从前额处向后梳。玛吉难为情地摸摸自己的头发，她知道，等她的头发干了，一定会卷起来。"把你的衣服给我吧。"塞巴斯蒂安说，玛吉正要把衣服交出去，忽然想起内衣也在里面，便把手缩了回来。

"我去把衣服挂上吧。"她说，塞巴斯蒂安只是耸耸肩。

"卫生间在那边。"他冲他身后的门一扬头，"我去打开暖气。这样你把衣服挂上，就可以烘干了。"

她把衣服挂起来便回到客厅，只见他在壁炉里生起了火，还把沙发搬到了炉边。他坐在沙发中央，身体前倾。玛吉走进房间，他就挪到沙发一侧，拍了拍他旁边的位置。"过来坐。我冲了热巧克力。"

玛吉坐下，感激地接过了塞巴斯蒂安递给她的杯子，杯里装满了热气腾腾的热巧克力，浓稠香甜的感觉就像是在喝一块融化了的巧克力。糖和火的热量使她感到昏昏欲睡，她把脚盘到身下，蜷缩着坐在垫子上，欣慰地叹了口气。"谢谢你邀请我来，还给我干衣服穿。"

"不客气。"

"你朋友知道你这么有钱吗？"玛吉又问，小口喝着巧克力。

塞巴斯蒂安夸张地叹了口气，看了看笼罩在火光中的她，这才发现她在逗他。"他们不知道。他们只知道，在他们手头紧的时候，我有能力付咖啡馆的账单，但我让他们相信那是因为我在画廊卖了画。他们中的一些人穷困潦倒，把我的情况说出来，似乎不太礼貌。而且，如果他们知道了，肯定会与我疏远，或者对待我的方式就不一样了。钱能改变一切，难道美国没有这种说法吗？"

"的确如此。"玛吉悲伤地说，她想起查普曼先生和他那尴尬的求婚场面，想起了母亲和阿姨为了她和伊芙琳两个人的嫁妆而悄悄说的那番话。"你就不需要给伊芙琳准备那么多嫁妆。"母亲对阿姨这么说。尽管玛吉知道这主要是为了安抚她那位喜欢装有钱人的伊迪丝阿姨，但不管怎样，在玛吉听来，这仍是一种侮辱，甚至缺乏人情味，因循守旧到让人失望。她想到她在巴黎是多开心，她靠着微薄的薪水过日子，不够了，就从储蓄中拿出一点点，却比在家里幸福得多，在家中，每当换季，她都有新衣服穿，还会受到邀请去华盛顿、巴尔的摩或纽约的望族家中做客，然而她也品评着现在的感受——住在足够安全的公寓里，玻璃窗也足够结实，可以阻隔轰隆的雷声，让那声音听起来更像是轻轻的敲门声，屋里的壁炉足够大，把整个房间都烤得暖烘烘的，家具也很舒适，地毯像新草一样厚。她知道，虽然抛弃物质享受、寻找浪漫的禁欲主义是一件令人兴奋的事，但有钱真的很不错。

"你在这里，你的家人有什么看法？"她喝完巧克力，不情愿地把杯子放在桌上，她还想再要一杯，但她知道巧克力太浓，她不能喝了。

她就爱法国的这一点，法国的食物不仅仅是食物，从她初来时在一家餐馆吃过的焦糖蛋奶冻，到最普通的新鲜面包，她吃的每一样东西都是一种体验。她经常在她回家的路上从街角面包房买一根法棍面包，从干酪店买一点布里干酪，如果她快跑回房间，那面包掰开的时候，里面还冒着热气，她用面包夹芝士，温热的面包会让芝士变软，一口吃下去，能体会到纯粹的幸福。

塞巴斯蒂安捋捋头发，眯着眼望着炉火。"他们认为这是一个阶段。他们相信，等我画上一段时间，我就会心满意足地回波尔多，加入家族企业。我妈妈说我可以在那里画风景画，那里足够漂亮，用不着看别的地方。"

玛吉想到塞巴斯蒂安竟然如此有天赋，看到一些故事，就能通过画讲述出来，她不由得瞪大了眼睛。他可以用几英寸的画布捕捉到她用无数张纸呈现出的内容。然后，她试着想象乡村风景中有多少个故事，在葡萄园、攀爬的藤蔓、土地、成熟的葡萄之中，会有多少个故事。但不管它有多少故事，都与一个城市中无休止的人流以及他们的喜怒哀乐不一样。她试着想象塞巴斯蒂安，他似乎认识巴黎的每个人，就算他不认识他们，他也从来没有遇到过住在乡下的陌生人。这似乎和玛吉的父母对她的期望一样反常。

"这太不公平了。"她轻声说道，不确定她是在说塞巴斯蒂安还是在说她自己。

"但这很公平。"塞巴斯蒂安说，他若有所思地凝视着炉火。夜里逛街，加之被雨淋透，玛吉只觉得睡意袭来，她看到他的眼皮也开始打架。"他们一直很照顾我。我告诉他们我想去巴黎学习和画画，他们同意了。他们说我可以在这里待上五年，然后就回去和他们一起打理生意。"

一股异常强烈的轻松感在玛吉的全身蔓延开来。五年，简直可以说是天长地久了。她如果能在巴黎待上五年，那她愿意付出一切！"那真是太好了！你可以留下来画画，五年后，谁知道会发生什么？说不定他们已经改变主意了。与此同时，如果你的画一直有人买，那你就不需要回去了。"

在火光的照耀下，塞巴斯蒂安的眼睛看起来是金绿色的，宛如猫的眼睛。"不，不。"他悲伤地说，"我在巴黎的五年并不是才刚开始，而是已经快结束了。我不能抱怨，我在这里生活的时间比许多人一辈子的都要多。我遇到了来自世界各地的人，我画的比我想象的还要多，我展出过我的画，也有人买我的画。我的家人也很慷慨，我怎么能拒绝他们要我回家的要求呢，我必须和他们一起，为了他们给我这么长时间，我必须努力工作报答他们。"

玛吉想要反对，想要争论，但她不能。塞巴斯蒂安的话语中有一种荣誉感和责任感，为此她更喜欢他了。现在玛吉对于塞巴斯蒂安的所思所想都清楚明了了——他如饥似渴地体验不同的经历，似乎总是下定决心要充实地度过每个夜晚，为此，他抵制睡眠与理智，竭力保持他那无限的精力。他想在五年内过完一生。

巴黎对她也是如此吗？享受片刻阳光，然后便再次一头扎进黑暗？她一直玩得很开心，无暇顾及今后的打算。对于她在图书馆的工作，资助只有三个月，而现在已经……好吧，已经过了两个多月。她猛然意识到来巴黎竟然已经这么久了，随即想到塞巴斯蒂安，她想知道别人的时间是否也如她的时间一起在飞逝？

"你还有多长时间？"她问道，一种近乎恐惧的不安情绪在她心里涌起。

"还剩下几个礼拜。"塞巴斯蒂安说，她几乎可以触摸到他声音里的遗憾。

他们坐在沙发上看着彼此，火光在他们的脸上翩翩起舞，将他们逼入屋内的寒意消失了，此刻暖意融融，他们说着话，却悲伤不已。在他的脸上，她看到的不仅是望着闪烁火焰的那个他，还是很多个他：他们第一次相遇的那一天，他向前探身，说服她必须留在巴黎；他用手托着下巴，在咖啡馆里认真听他朋友说话；他们晚上在街上闲逛，他望着灯光，那些情景和此时火光下悲伤可爱的他，让他变得无法抗拒。他一定也在想她，因为当她向前倾身，他也探过身来，他们接吻了，他们的身体靠向对方，却没有发生碰触，他们的嘴唇是唯一的接触点。她晚餐喝的酒，他的衣服贴着她的皮肤，火焰的热量，他的味道，这一切都让玛吉感到头晕和不知所措，她仿佛喝了整整一瓶香槟，当他把她拉近时，她急切地贴了上去。

他们吻了又吻，直到他们的欲望和火焰结合在一起，让人再也承受不了，玛吉才缓缓地拉开距离，她大胆地盯着塞巴斯蒂安的眼睛，仿佛这是一次冒险，她从头上脱掉了他给她的衬衫。她赤裸着，感觉很冷。他和她对视了一会儿，他们的目光紧紧地锁在一起，玛吉屏住了呼吸。他会拒绝她吗？他垂下目光，看着她的身体，她能看到他一深一浅的呼吸，他低声用法语说了什么，同时挪到她身侧，吻上她的胸部。

她知道她在做一些大胆甚至是令人震惊的事情，但她并不感到羞耻。相反，她觉得自己很漂亮，很有魅力，也很有力量，好像她什么也没做错。当他脱下她其余的衣服，她赤身裸体地站在炉火边，外面风吹雨打，他跪着，好像是在崇拜她，她感觉自己重生了。

"玛格丽特。"他小声说，他的呼吸犹如吻，拂过她的皮肤。

"是我。"她回应道，跟着她也跪下，与他拥抱在一起。

第二十一章
Chapter 21

玛德琳
Madelyn

1999 年

我和母亲在阿什莉·海瑟薇家参加一个委员会会议，这个会议仿佛持续了一个世纪那么久。我开始像个学步的孩子，拉着母亲的裙角，求她带我离开。阿什莉的家正是我上六年级的时候能够画出来的样子。当我们坐在前往实习考察地的校车上玩游戏的时候，阿什莉就注定会住在豪宅里，嫁给了斯科特·柏欧，生下四个孩子，她的生活注定是这样的。其实，倒不是说她的丈夫不好，他其实是个帅气的医生，真是浪费了。她的家里到处是全家福照片，有在大厅里存放背包的桌上摆着的，有在沿着通往二楼的楼梯上一字排开挂着的，那些黑白照片里，阿什莉穿着她的短款羊毛衫，儿子们和她的丈夫穿着羊毛背心，他们好像是从二十世纪五十年代走来的。

　　"你真贴心，留下来帮了你妈妈这么久。"母亲起身离开的时候，阿什莉说道。她挽着我的胳膊，隔着空气亲吻了我的脸颊。我冲她挤了挤眉毛，这其中有一点侮辱的意味，因为我决定用同样的方式回应她假惺惺的赞美。"谢谢你安排的这一切。你的家和品牌家具的图册一模一样。"

"谢谢你！"阿什莉说着，将双手放在胸前，好像我刚刚对她说她赢得了美国小姐选美大赛一样。我早该知道，和品牌家具图册一模一样的家是不会凭空来的。我想抱她一下，告诉她，如果小格雷森把巧克力奶倒在酒椰纤维的地毯上，或者她就这么一回毫无负罪感地吃了一块糕点，都没关系。然后，当我意识到如果我真的这么做了，她是不会明白的，拥抱她的欲望更加强烈了。

我的母亲，听出我语气中的讽刺意味，赶紧转移了话题。"这次筹款活动办得真好，阿什莉，很荣幸我们能参与其中。"

"能有你的参与才是我们的荣幸，西蒙娜。你总是这么守约。"阿什莉说。

"好了，我们该走了。"我从门厅的桌上拿起我的东西（陶瓷谷仓牌复古桌，冬季目录中标价为 799 美元）

"你没必要那么粗鲁。"等我们出去后，母亲一边对我说，一边走下陡峭的台阶，往车里走去。买一座山上的房子像极了阿什莉的风格，所有人走到前门的时候都会被一股大风迎接。

"她先开始的。"我跳下最后一级台阶，沿着人行道往汽车那边走。我的母亲在我身后小心地走着，用遥控钥匙打开了车门。

"你要在这儿待多久？"她坐好后问道，假装调整后视镜，回避我的视线。

"别跟我说你已经厌倦了我的机智和陪伴。"

"说正事，玛德琳。你还没有和菲利普谈过，至少我不知道，你也没说要回家。"

"可能是我不想回。"我闷闷不乐地说，拽过安全带，带子粗糙的边缘将拇指和食指之间娇嫩的皮肤划破了。"说不定我会搬回这里。我可以和你、莉迪亚·恩迪克特住在一起。多开心啊？"

我咧开嘴冲她邪恶地笑笑，但她的眼睛却看着路面。她慢慢在红灯前停下来，然后用手指按着太阳穴。

"所以你的意思是，你不想和菲利普和好了？"她的声音里带着沙哑和诚实，使我感到愧疚，她不希望我离婚。大家会知道的，他们会知道我失败了，她也失败了，但我无法和他在一起，我不能再那样过下去了。我都不知道自己怎么坚持了这么久。

"我想是的。"

她没有回答。她的手指从方向盘上松开，张开双手，过了一会儿又握紧了方向盘。

为了避免沉默，我试着开口解释，自顾自地说着："我太寂寞了，你又希望我婚姻幸福，所以我想……我想这是我唯一的机会。我知道这对你来说很重要，我是唯一剩下的，对你来说很丢脸。我知道你不想让我离婚。"

"不是丢脸。我担心你，对，我一直担心你，玛德琳，你实在是……和别人不太一样。不一样是很痛苦的。"

我哭了，但还是努力克制着，我咬紧牙，快速地眨着眼。如果她能让我做自己，如果所有人都能让我做自己，就算是特立独行也会比现在轻松得多，而不是想方设法满足某种难以企及的标准，成为一个我根本不可能成为的人。"我快乐过，我觉得我快乐过。唯一让我不快乐的事就是，我知道我让你失望了。"

"你没有让我失望。"她停顿了片刻，将双手放回方向盘上。我们坐在车里，母亲以时速三十五英里的速度开着，穿过绿叶成荫的街道。街边的房子又大又安静，就这样静静地看着我们，争吵被藏在篱笆之后，屋里有数不尽的金钱。"我只是觉得你没有努力去尝试，玛德琳。你不能轻易放弃，你得再见菲利普一面，给彼此一个机会。"

我咬紧牙关，希望她能听我一次，就这么一次。

显然，我的母亲是不可能想象到，如果我和菲利普离婚会变成什么样子。她认识的女人，不管多么悲惨，都没有离过婚。就像贝齐·林恩·奇尔弗斯一样，过着痛苦而漫长的生活，等着她那可恶的丈夫去世，除此之外，别无他法。然而，我也想不出另一条可走的路。我会不会搬回去，到阿什莉·海瑟薇的家里参加聚会？看着大家彬彬有礼地注视着我，又与我保持着一定的距离，难道他们怀疑我快离婚了？

我会不会回到慈善基金会工作，每天编写、分发那些激发人们同情心的筹款信件？

抑或我会不会做些其他的工作，我会不会投入刚刚发现的马格诺利亚，这个刷新我认知的世界？那里有艺术家、音乐家，他们不在意我的样子，不在意我午餐时有没有吃甜点，如果我告诉他们我要去艺术学校，我不想结婚，他们眼睛都不会眨一下。我会不会爱上亨利这样的男人，一个愿意给我吃美食、不让我挨饿的人，一个希望我去画画、跳舞、做自己喜欢的事的人？

这像是一个冒险的跳跃，下面没有网接着我。

因为母亲所说的那个世界至少会让我感到安全，如果我离开菲利普，而外面的世界什么也没有该怎么办呢？万一没有人爱我，要我孤独终老呢？万一画画也无法填补我内心的空白呢？万一没有莎伦或亨利在我身边，没有人愿意认识我，最终我还是孤独一人呢？万一我冒了险，结果却不如现在呢？

母亲总是说，你知道的魔鬼总好过你不知道的魔鬼。我想做的事是完全未知的，就像闭着双眼从悬崖边迈出一步。但既然我已经体验到了那些被欢笑、美食、艺术和我喜欢的人包围的生活有多么精彩，我又怎么可能再回到过去的生活，做回过去的自己呢？

那天晚上，我和亨利坐在母亲后院的一小块草坪上，那是唯一没有被母亲的园艺情怀占据的地方，在它的两边分别是玫瑰园和果园，我背后的草坪茂盛而松软，玫瑰散发着浓郁而甜美的香气，那是母亲心灵手巧的见证。春天的花苞在几周前绽放开来，郁金香和水仙花在花园里亭亭玉立，沐浴在风信子的香气中。

周围的灯光照亮了头顶的天空，远处的天空，群星闪烁。我曾经在后院清凉的草地上躺着，亨利穿过花园湿软的泥土，跳过低矮的篱笆，坐在我旁边。

我的心里荡起一阵涟漪，好像那是我们的第一次约会，好像我们之间有什么不一样了，也许那只是我自己的想法吧，也许只是我在想象和他这样的人在一起的未来，也许那个未来里面真的有他。

"我能问你个问题吗？"他说。他蜷缩着膝盖，双臂随意地垂下。他身上散发着惯常的香气，像迷迭香、香皂和红酒混合的气味。他走动的时候，那股气息扑鼻而来，我闭上眼睛使劲地吸着。

"可以。"

"你结婚了吧？"

"是的。"

"但是你来这里很久了，也没戴婚戒，也没说起过你的丈夫。"

我轻触原来戴着戒指的手指，那里光滑、白皙，什么也没有。我感觉自己很脆弱，像一只动物柔软的肚子。"这是一个问题吗？"

"严格来说，不算。我只是好奇，也许你想聊聊呢。不过要是我管太多了……"

"不，没事的。只是……情况很复杂，待在这里算是给自己放个假吧。"

他点点头。"那就算是好事喽？放个假？"

"是的。"我缓缓地说。我没法解释，要说的话太多了，说不上来怎么回事，离开芝加哥让我倍感轻松，深入骨髓的焦虑终于消失了，我终于能在晚上睡个好觉，白天也不会感到精疲力竭，每天醒来不会再感到恐惧萦绕心头，曾习以为常的胃痛也从我来到这里之后出奇地自愈了。这很奇怪，这个城镇曾是我长期回避的地方，它的灵魂和那些令我失望的回忆、我的失败、母亲的存在都像是威胁，可如今这里却成了一个让我如释重负的地方。

因为亨利，我突然发现这个地方有比我想象中更多值得发现的美好。

"你结过婚吗？"

亨利缓缓地点点头。"结过，很久之前，又离婚了。"

"发生了什么？"

"我们那时候都年轻，太年轻，又傻。我觉得我们俩都不知道结婚对彼此意味着什么。"

"你们彼此相爱吗？"

"当然了。"亨利说着，转过头来疑惑地看了我一眼。"或者至少我觉得我爱过。不，这不公平，我就是爱过。我没有意识到自己爱过，不代表我就没有爱过。爱有很多种不同的形式，你懂吗？但我们俩的爱是那种只有年轻时才能感受到的，你没法再做得更好了。"

我从没感受过那样的爱。在菲利普之前，我真的没有爱过别人。我曾深深地喜欢过别人，但从没有和谁保持长久的恋人关系。我一直觉得那是我自己的问题，说明我不值得爱，可万一事实根本不是这样的呢？万一是我把他们赶走的呢？我知道相爱的两个人会走进婚姻，那么也许我早就知道我不想结婚。我的外婆不也是这样的吗？

她发誓要住在巴黎，写作，过一种和以前不一样的生活。我以前也想过要过这样的生活，但是，最后我们都变成了自己不喜欢的样子。也许我是因为知道恋爱的后果，才阻止自己爱上别人的。

亨利接着讲述自己的故事。"我们结婚了，很快我们发现这不是我们想要的。她想要旅行，而我想要工作。我想出人头地，她想要探索世界。"

"你恨过她吗？"

"那个时候可能有点吧。反正她肯定恨过我，她说我在拖她的后腿。但我并没有，或者说，她说得不全对，我们只是志向不同。"

一辆汽车从我们面前的街道上开过，之后，四周又安静下来。在城市中，噪声无处不在。就算是在高层公寓里，也能隐隐听到这些噪声。我曾学着充耳不闻，但如果我仔细听，它还是会涌回我的耳朵里，而且你会惊讶地发现，它已经持续了那么久。而在这里，我心无旁骛，夜晚的寂静和安详笼罩着我们。

"你知道，"亨利若有所思地摸着胡子说，"我花了很久才离开她。我一直觉得没有一个充分的理由，我以为我们需要一直这么吵下去，扔东西，哭喊。"

"我敢肯定，如果你在我家那边，想要离婚，必须经历这些。我要是想退出乡村俱乐部，就要拿出一个充分的理由。"

"过得不快乐，理由已经足够充分了。"

"是吗？快乐本来就是短暂的。今天快乐，明天就可能不快乐。而且有太多的不快乐是不受你控制的：天气，交通，他人的行为。"

亨利摇摇头。"我不是那个意思。我不是在说心情的好坏。当然，天气会影响我们，但是你内心深处是否真的快乐，你每天起床是否需要强大的毅力，或者你是否把每一天当成一个新的开始和机遇，这是不一样的。这种快乐不会因为一场雷暴或被人插队而改变。"

"也许吧。"我说。可是我内心却不能认同这个观点。我一直觉得我的不幸没有那么重要，我一直对自己的不快乐装作视而不见，如果非要说不幸福对我有点什么意义的话，那就是我的整个一生似乎都是浪费时间。

"好吧，那我问你，你为什么和他结婚？"

"我父母想让我结婚。"我顿了顿，"我也害怕别人不要我。"

亨利睁大了眼睛，什么也没说。

"我当时一个人住。我有自己的工作，自己养活自己，但我还是个负担。对我妈来说，在她的朋友面前提起我快三十岁了，却还单身是很丢脸的一件事，而她们的女儿都已经结婚生子了，大多数都是。我没有按照她的计划过活，让她成了一个不称职的母亲，所以她很不开心。"

"你听上去很大度。"

"那不是她的错。"我耸耸肩，"她也是背负着同样的期待长大的。"

亨利那双棕色的大眼睛认真而专注地看着我。

"我觉得你太过在意别人的看法了，从而忽略了自己的想法。"

"让我问你个问题，"我微微打了个寒战，说，"你能轻易地离开你的另一半吗？会不会有一天早上醒来，你就认定你们不合适，然后一走了之？"

"当然不是了。我当时很痛苦，坦白讲，我痛苦了很多年。事后来看，我是等得太久了。我很早就知道真相，可是却一直欺骗自己。"

"那你干吗急着劝我呢？"我说，"再说了，对你适用的原则，不见得对我也适用。说不定菲利普和我注定要在一起。也许我不该这么自我，不该过于担心自己的感觉，而是应该振作起来，专心爱他。"

"有这种可能。"亨利说。"你爱他吗？"他问。

我缓缓地长吁了一口气。"我不知道。"我说。如果说没爱过的话感觉很不诚实。况且，你怎么知道你爱不爱一个人呢？而且是一个与你在一起那么久的人？菲利普是我生活的一部分。

"你爱过吗？"他轻声问道。

"当然爱过。"我脱口而出，不知哪来的自信。向一个婚姻不顺的人问这种问题本身就不公平，她愤怒、悲伤、心碎，因为她当然记不清恋爱时的感受了。我能清楚地回忆起菲利普曾经吸引我的和他吸引别人的地方一样——他的魅力，他清晰的轮廓，漂亮的头发，以及他在任何场合献上美味土司的样子。直到他求婚的那一刻，我终于放下心来，我知道我的魅力在于懂得感恩，也知道我曾幻想过婚姻、家庭，以及就这么一次做好自己该做的事，而不是无休止地让他人对我失望。但是我们并不了解彼此。我喜欢他呈现给我的那一面，但他对我保持着距离，我们的订婚仪式很简短，最后，当他得到了他想要的：一个家世显赫的女人，以及当他感到自己渺小时转而批判她的傲气，还有能够挽救他家族事业的金钱。我们开始住在一起，却无法掩藏自己真实的一面。最后我终于发现，自己并不爱他，大多数时候，甚至都不喜欢他。说实话，他对我的感受可能也是同样的。

都是我的错，不是吗？玛德琳的又一次失败而已。我为什么要让母亲在女子协会上蒙受那样的不堪，那只是我的不幸啊！我想起那些钱，我父亲给菲利普拯救生意的钱，他们花在婚礼上的钱。我想起来参加婚礼的人们，他们带来的各种各样的礼物，还有我们寄不完的感谢信，以及所有需要通知到的人们。他们会说："我就知道他们不会长久的。"他们见到我平淡无奇，菲利普却那么耀眼，便不由得好奇地瞪大了眼睛，他们见证了我单身的那些年，一见到我母亲就呲嘴说道："那个可怜的女人。"好像我是靠他们养着的，而不是自食其力。

我不想忍受这一切。

"你觉得丢人吗？我指的是离婚。"我小声问亨利。那是隐藏在每件事后的情绪。羞耻，我为我声称想要得到却又没做成的事情感到羞耻，为自己把旁人觉得如此重要的事搞砸而羞耻，为我搞砸一件广为人知的事而羞耻。

亨利躺在草地上看着天空。夜空如洗，星星在黑暗中冲着我们闪闪发亮，我知道大气污染阻挡了视线，有无数颗星星是我们看不到的，但在这里看到的也比在城市里多得多，在那里，充其量能看到猎户座和北极星，我感到自己像个迷失的水手，在阴云密布的天空下，寻找着方向。

"有一点，但是比起丢脸，更觉得伤心。我们曾经相爱过，将原本有魅力的东西打破，真是太悲伤了。我知道这是对的，也没怀疑过这个决定，但是我很伤心。这种感觉很真实，我曾经觉得——现在其实也感觉到——那段恋情的温柔。至少一开始是这样的。"

"我不感到伤心，我只觉得丢脸。"我说。我在他旁边的草地上躺下。我的心里没有哀伤，如果我要为什么事伤心，那也是在我和菲利普共同生活的这些年里，我把自己埋葬在婚姻中，扮演母亲期望的那个人，那个阿什莉·海瑟薇需要我成为的人，那个为了生活下去必须成为的那个人。

"你现在不也这样吗？"内心有个声音在问我。

我转过头，好像想到了不开心的事，不愿面对。诚实的良心让我不堪重负。

我把头枕在亨利的胳膊上。他穿着一件衬衫，袖子卷了起来，他手臂上的汗毛摩擦着我的肌肤。我真想转过身将我的脸埋在他的胸膛，呼吸他的气味，感觉他的心跳，感受一个活生生的人。

那一瞬间，我发现自己被他吸引住了，鲜活、强烈甚至有些神往。他那么真实，强壮而不完美，又那么近，他看着我，了解我。我们聊着天，我感到我们的嘴唇在黑暗中翕动着，能嗅到母亲花园里的花香和他花园中的蔬菜气味，以及泥土香和他那健壮的身体的气味。

我弯起胳膊撑着脑袋，低头看着他。他的眼睛深邃而捉摸不透，在星光下闪烁着微弱的光。但我感觉有什么东西将我们拉近了。他转了个身，我感到他离我更近了：他的眼睛，他的嘴巴，他的一切。

不知是谁先吻的谁。我想是我吧，但你知道在某个时刻，接吻是不可避免的，当我们离得越来越近，彼此之间的狭小空间充满了紧张、热切和欲望，不可能会分开。也许并不是我的冲动，而是一种缓慢而有磁性的引力使我们连在一起。我们的嘴唇相遇，我们轻柔地亲吻彼此。我以前从未和一个长胡子的男人接吻。那种感觉新奇而美好，熟悉又陌生。他的嘴唇柔软，胡楂轻扫我的脸颊，我们倒在地上，他的双臂环抱着我的腰，我钩住他的脖子，手指摩挲着他的头发，他的身体压在我的身上。我们就那样亲吻着，我的体内生出一股久违的暖流，好像我是一朵为他绽放的春花。我不知道接下来会发生什么，我们会不会在草地上、星空下一番云雨，好像这一整个夜晚都属于我们。当我的手撩起他的衬衫，用手指感受着他肌肤的温暖，他突然将衬衫拉下来，在黑暗中搜索着我的眼睛，看着我。

"不，"他轻轻说道，挣脱了我。"不，别这样。"他把手从我的腰上松开，背到身后，让这清冷黑暗的夜重回到我们之间。

"怎么了？"我问。

他仰面躺着，朝着星空长叹一口气。

"首先，你结婚了。"

"分居了。"我说。我的底气微弱得不可察觉。就算我们正式分居了，也不是最终的结果。它是一种模糊的状态，是一个人不敢做出承诺的状态，不敢袒露心声的状态。我的肚子好像受到一记重拳的惩罚。

"就算你离婚了，也是刚刚离婚，我不希望你受伤。但是，自私地说，我也不想受伤。你的心，我不知道你的心在哪里。"他对着天空说道，仿佛宇宙中的星星、月亮、卫星能听懂他的话。

我在他旁边躺下了。"我也不知道它在哪里。"我说。天上的星星静静地看着我们，而我却看不到它们的变化。

我不是有意要亲吻亨利的。直到那天晚上，我被他吸引，才承认这一点。是那个时刻，那段对话，他轻松的笑容，以及和他在一起时的惬意。这都是注定的吗？自从我遇见菲利普后，我觉得自己全身的肌肉都紧绷着，而和亨利在一起时，我像水一样放松。我觉得自己更灵敏、更聪明、更有灵性、更鲜活了。

最后，我对他的喜欢，我和他在一起的感觉都不重要了。因为他拒绝了我，而我是个已婚人士。

我在做什么？想象这不可能成真的生活，好像我能永远待在这里。我无法成为画家，无法和莎伦、亨利成为朋友。也许这就是我的外婆离开巴黎的原因，因为她知道这种生活必须结束。在某个时刻，你必须回到现实。没有人能够美梦成真。

巴　黎
之　光

THE LIGHT
OF
PARIS

第二十二章
Chapter 22

玛 吉
Maggie

1924 年

玛吉和塞巴斯蒂安变得与她以前经常在街上看到的一对对情侣一样，那种她母亲嗤之以鼻的样子。

　　他们手拉着手，他常常将她的手抬起到他的嘴边，轻吻一下她的手指或娇嫩的手掌。

　　他买了一瓶红酒，两人坐在夜晚的塞纳河岸边，看着船只随河水缓缓漂浮，船上的光线在幽暗的水面上闪烁着，星光和灯光混在一起，分不真切。在喧闹的酒吧和拥挤的咖啡厅里，他们头挨着头坐着，谈天说地，关于艺术、写作、巴黎、美国，以及他们知道的、不知道的一切。当他们的朋友起身准备去泽利俱乐部或穹顶咖啡馆时，他们点点头，跟着起身，但是并没有跟大家一起走，而是逃回了塞巴斯蒂安的公寓，一番云雨过后沉沉睡去，直到阳光照亮房间，唤醒了赤身的他们。

一切都那么完美，但后来就变了。

改变是从图书馆开始的。有一天玛吉去上班，往常朝气蓬勃的帕森斯女士突然变得脸色惨白、忧心忡忡。

"你好！"玛吉高兴地说，因为这天早上她是在塞巴斯蒂安的臂弯里醒来的，还有什么比这更完美的呢？她把外套挂在前门边上的衣架上，把背包和帽子放在书桌后的一个小房间里，准备换帕森斯女士的班。

帕森斯咕哝着说了句你好，然后赶忙将视线转向其他地方，把她刚才正在整理的文件摞在一起，匆匆地往楼上的办公室去了。他们在给法国图书管理员上课，作为图书馆的工作人员，他们吵闹得厉害，总是在楼上的两个教室间踢踢踏踏地走。但是那天却安静得出奇，她听到帕森斯女士快步走上楼梯，关上办公室的门，然后便什么也听不到了。

玛吉耸耸肩，在桌子后面坐下，将一张图书馆战争服务信纸放在打字机中。这种信纸有很多，用也用不完。她开始给父母写信，只为让自己从关于塞巴斯蒂安的日记中暂停下来。她想用电码来写，以防有人看到这封信，但是谁会愿意看她的疯言疯语呢？斯坦因小姐走了进来，像往常一样不客气地找她帮忙。

玛吉快活地在书架之间走着，拿出一卷一卷书，什么也没有注意到。直到那个女人安静地退了出去。玛吉接了两个电话，找到了他们正在寻找的答案（艾菲尔铁塔高 954 英尺，美国第六位总统是约翰·昆西·亚当斯）。似乎没有什么能打扰她的幸福。

当帕森斯女士午饭后叫玛吉到她楼上的办公室时，玛吉还沉浸在自己的快乐中，完全没有料到事情有什么不对劲。

"玛吉，我有个坏消息。"

"哦？"玛吉说，她还是笑着。帕森斯女士不苟言笑的样子并没有立刻打破她的好心情。

"我们申请的那笔款没有拨下来。其实是申请下来了，但是没有我们预想的那么多。"

"太糟了。"玛吉冷淡而礼貌地说，好像这个坏消息并不能影响她一样。

"他们给了多少？"

"我们申请了五万美元。"她犹豫了一下。"他们只给了七千。"

"天哪，这么少。"

"是的。"帕森斯的手指摩挲着桌子边缘，然后放在腿上。"问题是，玛吉，那笔款的用途之一涉及你的薪水。"

玛吉脸上的微笑终于消失了，一阵缓慢而彻骨的寒冷从脚底蔓延至心脏，像冬天冰冻的河流。

"你是什么意思？"

帕森斯的样子很痛苦。"我的意思是，玛吉，我必须让你离开了。图书馆的资金太紧张了，你也没做什么，我们没法继续用你了。"

"我记得有一笔款是专门给我准备的。"玛吉说，好像帕森斯算错了似的。

"是的，不过……"帕森斯在椅子上别扭地转了一下，"资金太紧张了，我们挪用了。"

"但是我觉得图书馆经营得不错。法国管理员的课程，还有卡内基的拨款，以及注册的会员多了不少。我昨天自己就签了两个人……"

帕森斯摇摇头，愧疚而同情地看着玛吉。"问题比这个还严重，真不幸。我们的开支太大，现在战争结束了，资金也少了。要是我能留住你，玛吉，我一定会的。你喜欢巴黎，你在这里所做的工作，你的态度，你帮了很大的忙。可我们现在没办法了，我可以给你开介绍信。"

"好的。"玛吉麻木地说。她从帕森斯肩膀后面看到图书馆的后院，再往后是圣保罗大道上楼宇的高大屋顶。它在阳光下闪烁着，对她的悲剧一无所知，还冲她兴奋地眨眼。

帕森斯叫她回去后，玛吉拖着疲惫的身心回到书桌前。给父母的信件只写了一半，还放在打字机里。她把信纸抽出来，叠好，放进背包。她准备过后手写完成，键盘噼噼啪啪欢快的敲击声现在是那么不堪忍受。她写了一半的日记，当时她是那么开心，现在看来又多么愚蠢和无足轻重。这下，她必须离开巴黎，离开塞巴斯蒂安了。她疯狂地盘算着自己剩下的钱。唉，要是没买那顶新帽子就好了，当初应该坚持和多萝茜去罗莎莉餐馆吃饭，而不是去朗博麦尔喝茶，那里太贵了。

可是纵使待在巴黎，若不快乐又有什么用呢？

她一直都很传统。她看过两场喜剧，去过巴黎歌剧院看过一次帕西发尔，她想要徜徉在那气势恢宏的建筑中，她宁愿每天晚上过去，只为站在大厅里，看看那雄伟的绘画和雕塑以及镶着金边的家具，你所到之处都能看到它们闪着亮光。歌剧是不可或缺的，不是吗？除此之外，她在艺术家的咖啡厅吃东西，塞巴斯蒂安有时会给她买晚饭，她自己吃饭的时候，每次只点面包和奶酪。因为她无法抗拒它们的美味，以及穆浮塔街市场上的一盒草莓。

世界上所有的账目都无法拯救现在的她。

她结束了当天的工作，伤心极了，就连斯坦因也忧心忡忡地回了家。离她离职的日子还有几周，但是那天晚上就像是最后一天一样，她已经提前缅怀起每天的上班路线，经过协和广场和奥赛郡，沿着繁忙的拉斯拜尔大道走下去，再穿过几座教堂后狭窄的小巷和商店，然后来到宽阔安静的蒙帕纳斯大道，在丁香园咖啡馆旁边转过街角，丁香花常年不变的香味，正迎接她回家。

这次，她没有沿着教堂街走到酒吧，而是一直走到塞巴斯蒂安的住处，她一直等着，直到有人从里面出来，然后在大门将要关上的时候溜了进去。

她冲修剪玫瑰的园丁点点头，那些花儿向着阳光，从墙后拔地而起，园丁停下来向她招招手，手中的剪刀在阳光下一闪一闪的。

她摁响塞巴斯蒂安公寓的门铃，他的声音从话筒中传来，微弱而模糊。"你好？"他心不在焉地问。

"是我，玛吉。"她说道。她都不敢对他说出自己的名字：玛格丽特。她觉得自己和这个名字很不搭。她习惯称自己玛吉，那更普通，更接地气。

他打开了门，她冲到楼上，觉得看到他就能让自己安下心来。但是当他打开门时，他的样子比她还糟糕。她惊恐地发现，他的神情就像帕森斯告知她自己被解雇之前的表情。

"进来，进来吧。"他的样子像是一直在画画，头发上有一抹蓝色，穿着一件旧衬衫，肘部磨出了一个洞，扣子上粘着颜料。但等她走进屋里时，她注意到的是地板中央敞开着的一只箱子，和靠在墙边的一幅幅画。

"怎么了？"她问。她仍然被帕森斯的坏消息带来的阴影笼罩着，无法承受更糟的事了。她的胃里像有一块大石头，不断地下坠。

"请坐。"塞巴斯蒂安说着拉起她的双手走到沙发旁。那张沙发见证了她第一次亲吻他，当他们第一次在地板上发生关系后，他用一张毯子轻轻裹着两人，他们躺在一起，温暖地蜷缩在彼此身旁，好像一切都是理所当然，他们看着燃烧的火焰慢慢睡去。

她坐在那里，可以从客厅看到卧室，那里还有一只敞开的箱子，里面放着衣服。"塞巴斯蒂安。"她的声音里连自己都觉得充满了恐慌。"发生什么了？"

"嘘，嘘。"他说着，抚摸着她的手。"时候到了，我要离开巴黎了，我得回家了。"

"这里就是你的家！"玛吉疯狂地环视着公寓，好像她之前错把这里当作了别的地方。不，这就是她来过多次的他的家。她熟悉这里的气味，有他的气味，还有颜料、灰尘和火焰的气味。

"是我家人在的那个家。我跟你说过，我不会永远在这里的。"

"你可以拒绝的，不是吗？我的父母一直劝我回去，但是我从来不听。"玛吉说。她听得出自己言语中的绝望。

塞巴斯蒂安前倾着身子，手肘抵着大腿，低着头。他缓慢地摇摇头，看着她。他的眼睛，一双美丽的绿色眼睛，曾让她一见倾心，充满了兴致与魅力的眼睛，此刻却严肃而黑暗。"我不能违背父母的想法，这是一种责任。"

玛吉双手腾空，从沙发上坐起来，来回走着。"责任，义务，这些词我都听腻了。我们还年轻！为什么要像他们一样安定下来？你不想留在巴黎吗，塞巴斯蒂安？你不想留在这里画画，看超现实主义所开张，和我一起去看奥林匹克运动会吗？你不想画画了吗？你怎么能背叛艺术呢？"

"这和我想要什么没关系。我必须敬重家人，必须敬重他们对我的付出。我已经快活过了，大多数人在这方面都比不上我。我玩过、疯过，现在该回去好好工作了。"

"你说过我们会一起过圣诞的！你说过我们要去小皇宫溜冰，看香榭丽舍的街灯。你说过的！"玛吉跪在塞巴斯蒂安的面前，握着他的双手，使劲捏着他的手指，好像她能说服他，用她巨大的期望留住他。

他轻轻地将她的手抬到他的嘴边，在她的两只手上分别亲了一下。她喜欢他亲吻她的方式、他对待她的方式、他关心她的方式。在这个世界上，她再也找不到一个像他一样的人。他让她觉得自己是美丽的、珍贵的。她，平淡无奇的玛吉，和他在一起后，她不再是以前那个无聊的女孩子。她是玛格丽特，一个住在巴黎的美国人，她白天和作家、外交官共事，晚上和艺术家在一起。她去过哈利的纽约酒吧和赌场，她有一个爱人，她的爱人是个画家。她想起年轻时遇见的女孩子们，她们那么美丽，朝气蓬勃。现在她们都结婚了，困在派对里的旋转木马上，像她们的母亲一样被责任绑着，而她却在巴黎，跪在她的法国男友脚下。最后，她会成为什么人？她还会变回过去的那个玛吉·皮尔斯吗？这该是最糟的下场了。

"玛格丽特。"他轻轻地说，而她听到自己的名字就想哭。别人再也叫不出同样的声音来。很快，这世界上再也不会有人叫她玛格丽特了。她会花光所有的钱，被迫回到华盛顿的家中，最终被逼着和一个父母指定的合适人选结婚。他们会用一种平淡无奇的口吻称呼她"玛吉"或者"亲爱的"，而不是用法语轻卷的小舌称她"玛格丽特"或者"小可爱"。

她再也不能当一个作家，不能成为真正的作家，她会和母亲、母亲的朋友和她们可怜的女儿们一起参加节欲会。

然后，这些女儿会养大她们自己的女儿，将她们送入同样的恶性循环中。她将不再有时间写作，没有空闲做梦，在巴黎的这段时间会成为一段回忆，像一股烟一样虚幻，之后想起来，甚至会怀疑它是不是从未发生过。

"如果我们结婚呢？"她大胆地问。然后，她说，"哦。"当她看到他的表情从惊讶转化为悲伤时。"不，我不是指……"她说道，然后转向其他方向，好像要站起身来。

"不，不。"他把她拉到自己身前。"不是我不喜欢你，我对你的感情……"他停下来，看向远方，她看到他咽了一下口水，然后重新看着她，那双绿色的眼睛曾经充满了生机，现在只有忧郁的平淡。

"你知道的。我父母会安排我和一个生意伙伴的女儿结婚，但是玛吉，你绝不能这样做。这里就是你该在的地方，这里，巴黎，写作。"

玛吉过了一会儿才缓过神来，听到他的话，耳中充满了自己内心的羞耻和他明确的拒绝，但是他说得没错。

他们聊过各自的家庭，她知道他们的家境差不多。和他结婚，同他的家人住在波尔多会将她拉回之前一直逃避的生活，她会被同样的责任绑架，和她的母亲一样。她已经看到了那些女孩的丈夫们身上发生的事，他们背负着工作的压力，迷失了自己。谁说塞巴斯蒂安就不会被责任的重担压得失去了曾让他闪闪发光的一切呢？那不就与他人无异了吗？

况且，说实话，她也不想和塞巴斯蒂安结婚。

他们从没对彼此说过爱，没有聊过几个月后的未来会怎样。他没有承诺过什么，她也没有。内心浪漫的玛吉，几年前第一次在社交场合跳舞时，还会对这种过于现实的两性关系感到吃惊，无法理解没有爱情的情侣，但她早已不是当初的玛吉了。

实际上，没有承诺的生活让她感到轻松。她觉得曾在她周围含糊不清的一切现在正在明朗起来。然后她来到巴黎，她想："对，就是这个原因。这里是我应该在的地方。"

她对婚姻的想法和巴黎的一切都格格不入。婚姻是她父亲的重担，母亲的囚牢。婚姻是不断的礼尚往来，是家庭的惯例，是无聊的派对。巴黎和这一切都没有干系。巴黎是在卢森堡花园享用面包和奶酪，或者是罗莎莉餐馆晚上十点廉价的一餐；巴黎是持续到天亮的派对，你可以在那里跳舞跳到喘不上气，喝酒喝到好像整个世界都分崩离析，脚下的地板都开始旋转；巴黎是日升日落，美术、音乐、书籍和创作这一切的人们，周而复始地在你的生活中；巴黎是无尽的音乐和快乐。而结婚，会把这一切都毁掉。

只是，这一切正在一点点被毁掉，正从她的身边慢慢溜走，她什么也做不了。塞巴斯蒂安要离开了，她觉得没有了他，自己是无法继续在这里生活下去的。每次经过左岸咖啡馆，她都会想起遇见他的时候，如果没有他坐在餐桌对面冲她笑着，餐馆的食物也会变得味同嚼蜡。那些走在街上的遐想也会失去魔力，午夜时分沿着教堂高墙外的小巷蹒跚而行，抬头看着彩色玻璃窗柔和地反射着光线，那是跳舞到后半夜的意外惊喜，在微弱的晨光下站在面包房的窗外，脸贴着玻璃，呼吸着法棍的香味，不放过任何享受快乐的机会，这些通通都将失去意义。塞巴斯蒂安为她打开了这座城市的大门，没有他，她害怕自己没有勇气和力量继续在这里生活下去。

她把头靠在他的腿上哭泣着，他抚摸着她的头发，用法语说着什么，她甚至都没有努力理解他的意思。一切都要结束了，要分别了，她感觉自己滑入了生活的断崖，她不想要这样，途中她绝望地想要抓住的任何救命稻草，都从她的手中溜走了。

巴 黎
之 光

THE LIGHT
OF
PARIS

第二十三章
Chapter 23

玛德琳
Madelyn

1999 年

我从没想过菲利普会来找我。我一直竭力忘记他。我知道这种解决问题的方式并不成熟，也没有用：不管我怎么装作他不存在，他总是会找上门来。

　　他过来的时候，我正在阁楼里，挪完最后一个箱子，满身尘土和恐惧，一遍一遍想要忘记亨利的身体挨着我，我们的亲吻，他的气味和他的感觉。这一切都不属于我，我不值得。

　　我的母亲坐在楼下的大厅里，看着报纸，所以当门铃响起，她最先听到，我起初没理会，直到听到了说话声才回过神来。

　　我连自己丈夫的声音都没听出来，是不是很糟糕？我只听到母亲在和一个男人说话，我怀着一丝欣喜的期待，但那种期待在我回过神后便破碎了。我原以为那是亨利（虽然我早该知道那是不可能的，母亲见到他时可不会用那么欢快的语调）。我把一个箱子抵在腰上，准备把它搬下楼，看到菲利普站在那里握着我母亲的双手，露出完美的笑容。我手中的箱子差点掉落在地，我顿时羞得满脸通红。

我一直努力忘记他，见到他竟觉得他很陌生，对我来说，他不像是我在上帝面前承诺过要相守终生，去疼爱、珍惜的，结果却在一个月光明朗的夜晚因为一个吻而背叛了的人，他更像个陌生人，虽然面容帅气、衣着考究，但仍然是陌生人。我不想面对他，不想同他讲话。我想打个招呼，然后回去接着收拾箱子。然后可能会去画画，我在图书馆看到一本巴黎旧图集，想照着画画，想要捕捉外婆当初热爱的光影。说实话，我真正想做的就是放下一切去到巴黎，但那太不现实了。

我想如果菲利普和我的重聚就像电影一般，伴着催泪的背景音乐，我们冲向彼此的怀抱（礼貌地绕过了桌子，以免打破花瓶），一切过往就都会被原谅，包括我们从未谈起的那部分，或许这会是个更好的结局。

但那一刻并不像是浪漫的时刻，只是充斥着愧疚、困惑、惊讶和冷漠。所以我只是站在走廊里，奇怪地看着我的丈夫，好像一个考古学家看到一个从未被发掘的部落。最后他终于开口问道："你连个招呼都不打吗？"我将自己从混乱的思绪中拉出来，走到他跟前（途中碰到了桌子，不过花瓶太重，纹丝不动），尴尬地抱了抱他，他低头亲吻我，可我想到上一个和我接吻的不是他，便躲开了，于是他亲到了我的嘴角。如果我们是言情剧的演员，此刻应该都被开除了。

现在想来，"你来干什么？"这句话或许不是我该说出的话。我无意非难，我只是实在想不出他为什么要来，如果我的声音很生硬，那也是因为我感到很羞耻。

"我想过来看看你怎么样。"他说，然后他又特意说道，"你没回我的电话。"

我抽搐了一下，想到了电话便愧疚起来，我记得，手机还泡在花瓶底下，就在离我们两英尺远的地方。"对不起。"

"当然了，我还想看看西蒙娜。"他说着，转向我的母亲，向她露出富有魅力的笑容。

"哦，你真好。"我说。真奇怪，我心里竟略过一丝轻松。我心里想，至少他不是来看你的。这让我的压力大大减轻了。

但是他肯定也是来看我的。我是他的妻子，他是骑着白马来救我的。或者，更贴切的说法应该是，他是来救自己的。这才是菲利普的一贯作风。他不会放我走的，不管他过得多么痛苦。那样会显得他很脆弱、愚蠢或者没有掌控权。不，他宁愿维持自己的形象，时不时来看看我，即使那意味着他要和我纠缠一辈子。

"你简直一团糟，你干什么去了，清理下水道？"他看着我的衣服说。我看看自己的身上，穿的正是亨利接我去"第一个星期五"街头派对时穿的那件，然后我掸了掸身上的灰尘。

"挪箱子，挺脏的。"我说，想到自己又回到了和菲利普的战场上，我的肩头沉了下去。这才是真正的生活。我之前是在度假，那才是一切都那么轻松自由的原因。但是你不能一直在度假，在某一时刻，你总要回来工作。

母亲清了清嗓子，这情形一定让她倍感尴尬。"我们去客厅吧？"

她问。不等我们回答，她将我们请进了客厅。最后，她和菲利普坐在沙发上，我坐在对面的椅子上，好像我们在进行面试，而不是家庭聚会。

"家里很漂亮，母亲。"菲利普说。

"谢谢你。"她自豪地说。我得承认，家里确实很漂亮，尤其在清除了我们卖掉的、打包的或者处理的东西后。想起我为自己打包的东西，知道我的家里放不下那些东西，我便感到愧疚。我立刻收起了脸上的表情，以免被他们看到。

"搬家的事怎么样了？"他轻轻向母亲探过身，把手放在她的手上问。好像母亲需要一点精神支持来度过这难熬的对话一样。

"挺好的，有好多事要做。"母亲说。她好像并不是在说搬家，而是组织进攻俄罗斯的行动，不过，坦白讲，这种事天天都在发生，母亲总有一种夸大事实的癖好，尤其是在男人面前。就叫她斯嘉丽吧。就算她靠回沙发，把手放在额头上，几近昏厥我都不会觉得惊讶。

菲利普同情地看着她，拍了拍她的手。他只要想做，就能做到如此的迷人。我们约会的时候，他知道什么时候送花，接你的时候总要夸你漂亮，精心地准备约会，像拍一场爱情电影一样。被这样对待真的很好。

"你怎么样，菲利普？工作怎么样，你那可爱的母亲呢？"

我轻蔑的语气迎来了母亲愤怒的目光。斯宾塞夫人和我的母亲虽然互相看不上眼，但却是同一类人。周末的婚礼上她们形影不离，无话不谈，窃窃私语，好像在分享什么秘密。婚礼后的早餐时间，斯宾塞夫人提前离开，前往机场，我的母亲悄悄对我说，"我还以为她永远都不走呢。"

"我母亲很好，谢谢你的问候。工作挺忙的。我们在扩大规模，将来要搬到新的工作室，不然就要摞起来办公了。"

"厉害啊！"我母亲用她那一贯的喜悦、含糊其辞、漠不关心的语气说，就像提到父亲的工作时一样。我不怪她，菲利普的工作涉及金融交易，对那些经常出现在华尔街时报上的新闻，我也只是略知一二。分期付款、房契和各种看不懂的缩写，倒不是说它们很无聊……不，它们就是很无聊。

谈话瞬间中断了。"你能过来真是太好了。"母亲说，"是不是？"

"是的……"我小心地说。她的问题像个陷阱。"你要待多久？"

"就一天。我还要回办公室。我想过来帮你打包。我买了明天中午回家的机票。"

我心里的暖流瞬间冻住了。"但是妈妈……"我说。

她打断了我的话。"我自己没事的。"

"还有好多事要做……"我小声说道。

"我可不想耽误你们俩。"母亲的笑容之下是不可违抗的意志。我必须得走了。

"那就这么定了。"他说。我看到他冲我笑的时候，眼中的不友善消失了，变成了胜利的喜悦，而不是温暖。我不想经历离婚带来的羞耻和不适，母亲和菲利普更不想。我听到了婚姻的枷锁被扣上的声音。

那又有什么关系呢？亨利拒绝了我。没有了菲利普，我看到生活的两种形象，两种都空虚得可怕。要么和我在芝加哥时的生活一样，要么我将要在一个不确定的世界里自己摸索出一条路来。我无法基于和莎伦、亨利的几次约会便判断出自己的未来，他们有自己的生活，与我的生活绝无交集。至于亨利，他对我没有任何兴趣。我到底在想什么？我有丈夫和正常的生活。一种许多人一定会羡慕的生活。即使那不是我想要的生活，也不应该弃之如履。

"今晚我们应该出去吃饭庆祝一下，我是说，等玛德琳洗个澡。"菲利普冲我眨了眨眼。我抱着双臂，想要藏起腰部因巧克力熔岩蛋糕、草莓果酱以及山莓意大利汽水而堆积起来的脂肪。"我看到隔壁开了一家新餐厅，试试吧？"

我母亲看上去就好像以为菲利普提议大家一起在下午茶时间喝一杯酒一样惊讶。"不要。等我们放下玛德琳的包，就在酒店吃饭。"

"有什么不妥吗？"菲利普问。

"很好。"我也不想去，不想因为他们批判的眼光，让自己没法吃得舒心，更不想和菲利普、亨利同处一室。我无法想象两个人同时占据我的大脑会怎样。

"他们搬来后真是一场噩梦。你能想象到隔壁是一家餐厅会是什么样子吗？我几个月没睡好觉了。"

"你又在夸大其词了。"我说，但是在菲利普面前替那家餐厅辩解很尴尬。对亨利的忠诚让我觉得自己在欺骗。

我欺骗过吗？是的，我吻过他。那只是一个吻，也许意义比这更大些，也许不。我不能再继续想了。我的丈夫还在呢。虽然我不想见他，但我知道这样下去将会变成什么样。他威胁我离婚是假的。他的母亲不会容忍这种丑事，他更不会容忍失败。我们到现在都在维持一种平衡。我当然也可以继续下去。

菲利普去酒店开房，我告诉他这期间我要收拾行李。我有一张票，我没有什么借口。我的母亲不需要我留在家里，我也没有继续留下的理由。亨利和莎伦以及这座城市的其他人会继续生活着，就像我从没来过一样。我没有给他们的生活造成任何影响，也没给自己的生活带来变化。这是正确的选择。我嫁给了菲利普，选择了成为这样的自己。我有什么权利退出呢？尤其是在没有其他选择的时候？

我回房间里收拾行李的时候，不禁诧异在这么短短的几周内，我竟把这屋子变成了一个小孩子的房间，到处是食品包装和脏盘子，衣服乱扔在地上。这时我母亲轻轻地敲了敲门。"我能进来吗？"她问。

我哆嗦了一下，等待着她数落我房间有多乱，然后想起我已是个成年人，不再住在这里，不用再忍受什么脏乱、没完成作业之类的指责了。"当然了。"我说着，将一摞脏衣服从椅子上拿下来。她没有坐下，只是站在门口，像个唱诗班歌手一样，两只手交叠在身前。我卷起那些衬衫，把它们塞进行李箱里。

"你不把它们叠起来吗？"

"都是脏衣服，回家后再洗。"我的钱包还在地上，我捡起来，在里面乱翻一气，找到一板抗酸药片，吞了四粒。我的胃里就像被人打了一拳。

母亲清了清嗓子。"你能和菲利普合得来，我很高兴。"

合得来。这就是这个家里婚姻的标准吗？"我们从没有合不来，母亲。没那么简单的。"要是我们合不来，说不定情况更简单了。

我想要的不就是这个吗？大吵一架，朝对方的脑袋扔盘子，然后遭到邻居的抱怨？如果直接说"我不快乐，我想离婚"不是更简单吗？

"是你让他来的吗？"我问。

"没有，但是我和他说过几次。"

"这下好了。谢谢你背着我做这些。"

母亲慌了神，拍着头发，卷起袖子，好像很不安的样子。

"我不知道该做什么。你在这里，他打电话来，玛德琳，说真的，他多好啊。我一直不理解你为什么不感恩自己所拥有的。又不是有一大串男人排着队等你嫁给他们。"

我猛地合上行李箱，因为里面塞满了脏衣服，它发出不满的重响。"我为什么要为此感恩呢？你的所作所为，像是他跟我结婚是救了我，好像不结婚是一种比死亡更可怕的宿命。为什么那是我生命中最重要的事？万一我们没有结婚，而我——说不好，搬到印度，照顾麻风病人去了呢？"

"你不是那种人。"

"啊！这不是重点！"我举起双手，一屁股坐在床上，却差点被放在床上的衣服滑下去。然后我又找出一把药片。我看着母亲，站在那里，头发一丝不乱，僵直着身体，好像一艘将要发射的太空船。

"你一直向往浪漫，玛德琳。但是生活不是浪漫的。大多数时候是烦琐的。有许多必须做的事，要支付的账单，要履行的义务，要照顾的人，要做出的选择。你傻乎乎地以为你的生活应该是充满阳光和彩虹的。"

"你说得好像我是个小孩子一样。"

她叹了口气，目光从我身上转向窗外。

"某些方面，你确实是个孩子。你配不上菲利普，也配不上自己得到的一切。"

"你这么说不公平。你不知道我和菲利普之间的情况。你不知道别人的婚姻，别人的家里是什么样的。"

"你总不能说他是个坏人吧。他背景好，是个成功的商人，很懂礼貌，外形帅气。"

我悄悄看了她一眼。"帅气不是一种性格特征。"

她耸耸肩，双臂交叉在胸前。"我是说，你应该为自己拥有的感到高兴，你在浪费时间。你知道我和你父亲等了你多久吗？你现在都该有孩子了，可你还在为不可能的梦想踌躇着！"

我从没见过母亲情绪这么激动。当然，她本不是这样的人，但她也很少像这样扯着嗓门喊叫。她不会这样做，即使我小的时候，父母说话也是冷静的、讲道理的。我十来岁时，喜欢惹是生非，每次喊叫、摔门之后，他们都会用平静、慎重的态度教育我，让我失望得实在发不出火来。

"你对我没有别的希望了吗，母亲？你不希望我快乐吗？"

"谁也没有阻止你快乐，玛德琳。从来都没有。是你自己。"

我刚想张开嘴回应，听到她的话又咽回去了。

确实，我的心一直定不下来，总是感觉不适，总是对周围所有人喜欢的事物嗤之以鼻。我努力地想要融入大家：我拉直了头发，吃豆芽、薄脆饼干和白干酪，直到自己不再是年鉴册里最胖的女孩；我学会了筹款宴会上的客套话，加入了姐妹联谊会，记住了各种细则、会议和歌曲。我加入了我应该加入的组织，去了该去的聚会，捐献了该捐献的善款，嫁给了该嫁给的人。我还是这么痛苦。但是我身边的人都很快乐。所以也许是我的问题。也许一直是我的问题。

"我不能一直做你的后盾。我建议你回去，对自己的生活和菲利普做出承诺。而不是躺在这里抱怨你轻易得来的一切有多难。"母亲点点头，好像她终于把想说的话都说了出来，然后转身走出了房间，留下我，再次确定是我错了，其他的人都没错。

他们对精神错乱的定义就是不停地做同样的事，却期待不同的结果。所以，虽然我已经无数次咬紧牙关坚持做了母亲建议的事，但我还是决定再做一次。

我发誓这一次会有所不同。这次会有效果的。我会喜欢上慈善工作，我会和菲利普去他想去的地方。我会为他的同事主持晚宴，不会在他们讨论金砖或者猪肚或者别的东西时打盹。（真的，我只睡过去一次，是因为我有睡眠问题——看来泰伦斯·马瑟对共同基金前景的阐释奏效了。）也许如果我更像刚结婚时的自己一点，他也会维持那个时候的自己——魅力四射、浪漫、贴心。

我能做到。我可以成为我母亲想让我成为的那个人，菲利普想让我成为的那个人，我想要成为的那个人。因为那个人内心没有被频繁地撕裂，想着事态可能会有不同。她只是接过别人给她的东西——说实在的，我拥有的还不够多吗？——然后，她学着喜欢这一切。

这都不重要了。我没什么更好的选择。

我不曾拥有巴黎，不曾拥有塞巴斯蒂安，甚至我的外婆也不曾拥有那一切。我拥有自己选择的人生，配得上我的人生，我也要开始过这样的人生了。

第二十四章
Chapter 24

玛 吉
Maggie

1924 年

一开始，玛吉觉得她可以再找一份工作。她告诉自己，即使塞巴斯蒂安离开了，她也可以留下。现在巴黎是她的了，即使他不在巴黎，她也无法承受离开巴黎这样的念头。

　　她向帕森斯小姐打听美国女孩还能在别的什么地方找到工作，她还鼓起勇气，到俱乐部的前台去打听有没有新工作。但是美国姑娘太多了，玛吉知道，当她去面试那些为数不多的空缺职位时，她心情沉重，神情萎靡，所以，当她没有被录用时，她并不感到意外。

　　如果她想留下来，就必须有一份工作。她的父母不会给她寄钱，除非是给她回家的路费。即使在当时，她也能感受到伴随着这种慷慨而来的束缚，即使她和父母相隔甚远。

　　到了最后，这一切都变得不再重要。因为玛吉生了重病。

　　这之后，她的日记是空白的，我只能通过她父母疯狂的信件和电报拼凑出整个故事，然后是罗伯特·沃尔什的回复，平静而有序，自信而温柔。

玛吉每天都在巴黎走来走去。她原以为她和塞巴斯蒂安可以一起告别巴黎，但自从他告诉她他要走的那天晚上之后，她就没再见过他了。那又有什么意义吗？隆重的告别有什么用？毕竟告别也只是告别。相反，她准备以一种安静的方式独自离开巴黎。她告别了图书馆，告别了协和广场，告别了她曾看过塞巴斯蒂安作品的艺术画廊，告别了他们走过的街道，他们曾在那里边走边闲聊，聊到了他们的一切。夜幕降临时，她买一些面包、一个苹果和一大块上好的奶酪，她把它们带到自己的房间，她一边吃一边写日记，然后她上床睡觉。

几天来，玛吉一直觉得很累，咳嗽得很厉害，但她以为是心里痛苦到了极点，所以才会如此。她忽视了身体的症状和情绪。她没有做任何计划，也没有打听火车时刻表、航班时间或车票。她打算靠薪水过完这个月，然后再用积蓄多过几个星期。在某种程度上，她似乎已经认定，只要她不去想，她就不会离开。

一个星期天的晚上，她带着比以前更强烈的疲劳上床睡觉，她知道她再也不能否认自己生病了。那一夜，她发烧，睡得很不舒服，不停地翻来覆去，弄得床单缠在她的腿上。她的胸口一直有种撕扯的感觉，不时因为咳嗽而醒来。她下床上厕所，视线变得模糊，无法对焦，她不得不在去卫生间的路上靠在墙上休息。她坐在隔间里，把脸贴在冰冷的瓷砖墙上，后来听到有人敲门，她才惊醒，跌跌撞撞地回了房间。

她这样睡了一天，迷迷糊糊，时睡时醒，咳嗽越来越厉害，胸口很疼。到了礼拜二，她没去上班，帕森斯小姐给俱乐部打了个电话。前台的女士同意去看看玛吉，发现她还躺在床上，身体脱水，几乎神志不清。她的皮肤因为发烧而发红，看起来像是被晒伤了。她的咳嗽带着一种叫人不安的嘶啦声，尽管她的皮肤摸着滚烫，但她还是浑身发冷。女干事给帕森斯小姐打了电话，后者叫来了医生，医生满口怨言地上了楼梯，给她做了检查。西班牙流感大流行之后，大多数人对这种病的担心已经到了如惊弓之鸟的程度，但他似乎对此无动于衷。

"是肺炎。"他说，"她需要吹吹海风。蔚蓝海岸上的滨海卡瓦莱尔有一个空气新鲜的殖民地。"

帕森斯小姐肯定待在法国南部会给玛吉带来奇迹，但谁又会带她去那儿呢？谁将支付这笔费用呢？她给玛吉的父母发了一封电报，把这个消息告诉了他们，他们惊慌失措地回了一封电报，请求得到更多的消息。但是一份电报能提供多少信息呢？交流的局限给了玛吉如此多的时间展开她的翅膀，让她对父母一次又一次的询问置之不理，用市场和博物馆的故事和她对圣夏佩尔教堂内部的详细描述分散他们的注意力。

玛吉吃不下东西，此外，她还发烧，没完没了地咳嗽，就这样耗得筋疲力尽。多萝茜把枕头垫高，这样玛吉睡觉时就不会因为胸腔里的积液而送命。她刚睡着，又在咳嗽声中醒来，她的身体剧烈地颤抖着，喘着粗气，胸口疼得如同刀割一般，眼泪顺着脸颊往下流。有时她醒着，呆呆地盯着天花板，惹得陪她的人大惊失色，叫来医生，医生只是说让她休息一会儿，呼吸一下海风就会好，然后再交给他们一包药片。

罗伯特·沃尔什来到巴黎纯属巧合，在很久以前的社交舞会上，他是她的男伴。他在欧洲待了五年，他的父母一直资助他，希望他经过一番历练，能变得稳重一些。他的确变了，年纪大了，更有思想了，尽管他也花了相当多的时间去喝酒，追求意大利和捷克的女孩。

但他的父母不想再给他钱让他继续这种英勇行为，并要求他回家。他订了一张从瑟堡回家的船票，并安排好最后一站在巴黎停留。他来到巴黎，收到了玛吉父母的一封电报，恳求他把她带回家。他奉命行事。他被获准到她三楼的房间，别的姑娘看到他在那儿，他使出魅惑的招数，引来她们假装被冒犯的尖叫。他把她的日记和笔记本放进一个大箱子里，就是差不多七十五年后我找到它们的那个箱子。他收拾好她的连衣裙、鞋子和她在巴黎新买的帽子。他雇了一个司机把她的东西搬到楼下，运到火车站。到了该走的时候，他独自半搀半抱地把她从狭窄的楼梯带了下来。

罗伯特带她去了瑟堡，这一路虽然不远，他还是为她买了一张卧铺火车票。之后，他们一起上了船。他带她去看船上的医生，因为害怕传染，医生拒绝把她留在医务室，罗伯特只好带她回卧舱。已经没有空房间了，他索性给她买了一张票，让她住在他的房间。反正她的父母永远不会知道这事，他还可以在那里更好地照顾她。

这段航程要一个星期，但对玛吉来说，这可能只是几分钟或是几年。至少巴黎的那位医生是对的，吹吹海风，远离巴黎的尘烟，确实会减轻对她肺部的刺激。有一天，她觉得好了一些，便洗了澡和头发，然后去甲板上坐着，她裹着三条毯子，靠着舱壁，免得被风吹到，但是接下来，她十分疲惫，只想睡觉，罗伯特坐在她的身边，用温热的湿布敷在她的口鼻上，让她把肺部剩余的黏液吐出来。

波涛滚滚，船起起伏伏穿过夏季风暴，她只觉得头晕恶心，她推开了罗伯特送来的汤。当她醒过来的时候，她把脸转向墙壁，默记木头上的纹路和斑点。他拿出了她的几本书，一次给她读几个小时。这些句子像流水一样涌向她，但他的声音和船的晃动使她陷入了沉稳的睡眠。他把书放在她的床头柜上，让她自己阅读，但她没有碰它们，在一个礁石频扰的夜晚，它们飞过卧舱，在罗伯特睡觉时击中了他的头。之后，他便把它们放在了抽屉里。

在船上的那个星期，照顾生病而沉默不语的玛吉，罗伯特因此变了个人。他去休息室打牌，发现注意力不集中；他盛装去用餐，但甜点还没送上来，他就匆匆离开去看她；他心不在焉地应付与他调情的女人，甚至懒得去做那些空口承诺；每晚，他都不去参加舞会和派对，在那些场合，人们会没完没了地讨好和款待他，到了晚上，他只是在船舱里陪着玛吉，读书给她听，她则闭着眼睛，强忍着随船身颠簸而至的恶心；他不停地找乘务员要来热水，用敷布给她热敷胸口；她发烧了，他就用凉水给她降温；他挂起他的燕尾服，几乎一直穿着法兰绒裤子。

看着她睡觉，他想起了他们在她初次参加舞会时说过的话，他们那时都还那么年轻，那么浪漫而愚蠢，以为这个世界属于他们，只有好事没有坏事。她很诚实，很乐观，不像他认识的那些女孩，她们个个儿张牙舞爪，心机很深。现在她是如此脆弱，她告诉过他，巴黎是她的梦想之地，他为了把她从那里带走而内疚不已。

他们抵达美国，她的父母立即把她接走，罗伯特独自回家，他回到家门口，疲倦至极，成堆的行李放在他身后的街上，他心中郁郁寡欢：这么多年过去了，他却没做出任何丰功伟绩，他只觉得到羞愧、遗憾和失望；对未来充满了恐惧，但他不得不面对；还有一种奇怪的孤独感，当他被母亲和仆人簇拥进屋、团团围住的时候，他才意识到，他是太想念玛吉了。

玛吉坐火车回家，一句话也没说，她慢慢地走上楼梯，来到从前的卧室，这一路走来，她咳得喘不过气。她关上门，闭上眼睛，假装睡了几天，在这段时间里，她想清楚了她失去的一切和她现在必须做的一切。巴黎逐渐远去，变成了一段记忆，午后阳光洒在建筑物上的颜色遥不可及，叫人心焦；卖花小贩和二手货小贩的吆喝声微弱低沉；轻盈的感觉；自由的感觉；她在巴黎的经历感觉是那么遥远和难以置信，犹如海市蜃楼。只过了几个月，她就觉得自己不一样了，一下子就陷入了父母家的黑暗之中，不知道自己要怎么生活下去，不知道有什么在前面等着她。

奇怪的是，这一场大病让玛吉对母亲的态度发生了改变。玛吉身体虚弱，内心空虚，她看着母亲在她的房间里忙碌着，进进出出，叫厨师来烤面包、做肉汤或炖水果，这些东西吃起来又腻又甜。她渴望吃到她在巴黎吃过的新鲜水果，它们颜色鲜亮，味道甘甜可口。母亲没有像罗伯特那样给玛吉读书，玛吉发现她很想念他那低沉而平稳的声音，他的声音像一只锚，克制住了不停翻滚的海浪，她想念那个狭小的船舱。但是，到了晚上，家里静悄悄的，母亲走进玛吉的房间，坐在床边，用她那只又干又小的手掌握住她那只柔软潮湿的手。

玛吉想起了上学时的事，那时，她母亲去照顾她的室友露辛达。难道她的母亲只是在等待她的一个脆弱时刻，一个照顾她的借口？这是她多年来第一次记得她们没有吵架。

她的肺炎渐渐好了起来，但她仍然感到虚弱和疲倦。她经常睡觉，不过她知道这在一定程度上只是逃避。在梦里，她还在巴黎，和塞巴斯蒂安漫步在拉丁区铺满鹅卵石的细长小巷里，寻找着那个城市的秘密，再将那些秘密逐一解开，从中找寻快乐；在她的梦里，她能闻到杜伊勒里宫里的花香和建筑物后面过道里的垃圾气味，还有泽利俱乐部的汗味和香水味，还有，当她很晚回家时，从面包房里飘出来的黄油牛角面包的香味；在她的梦中，夜总会里演奏着爵士乐，花园里举办着音乐会，人们在咖啡馆里没完没了地聊天，她在这些地方辗转，既真实又虚幻；在她的梦里，她的脚从来没有疼过，尽管她在巴黎这座城市里走来走去，不停地跳舞；在她的梦中，她身边一直有人在说话，她身体里的每一根神经都保持着警觉和清醒，她可以连续写几个小时，手都不会抽筋，她能捕捉到每一种气味、每一种味道、每一种声音、每一种情绪。醒来之后，她会努力让自己重新进入睡眠，如果睡不着，一想到她就连在梦里都不能去巴黎，她便会泪流满面。

"我现在该怎么办？"当她独自一人在房间里时，她问自己。她的声音在墙壁之间发出空洞的回声。

随着身体恢复康健，她意识到自己面临的问题比离开巴黎更大。虽然她的肺炎治愈了，也不发烧了，她甚至开始在广场上散步，但她仍然疲乏无力，食物的味道常常使她感到不舒服。无论吃什么，她的嘴里都会有一种金属味。她在生病期间体重减轻了很多，但她的胸部却出奇地丰满而柔软。

尽管在她成长的那个年代，没人会讨论这种事，但玛吉爱看书，而且她在大学和俱乐部里听到过周围人的谈话，她清楚地知道发生了什么事——玛吉怀孕了，而孩子的父亲在大洋彼岸，向别人许下了诺言。如果她的父母发现她怀孕了，那她的生活也将走向终点。

巴黎
之光

THE LIGHT
OF
PARIS

第二十五章
Chapter **25**

玛德琳
Madelyn

1999 年

我不在的时候，这座城市已经解冻了。现在，我可以沿着海滩散步，也不会被风吹得喘不过气，我走得脸颊发红，而不是被冻得脸红。春天将一切都染上了充满希望的绿色。人们将植物从冬眠中唤醒，窗台上的花箱里出现了花朵。大学生们穿着短裤和短袖衬衫急匆匆地去上课，他们的皮肤迎着风，是那么娇嫩，就好像他们假装夏天到了，夏天就真的能来。妇女们穿着印花图案的连衣裙，而不是像在冬天里那样穿着灰色的衣裳，蔚蓝的天空是那么高远，不时有几朵白云飘过。

　　我告诉自己，对我而言，最好的选择就是改善和菲利普的关系。但到了该做的时候，我似乎无法强迫自己再做什么，只能以礼相待，好像我们只是碰巧住在一起的熟人，对彼此过于关心。我变得出奇地拘谨，在浴室里穿好衣服，穿着厚重的冬季睡衣睡觉。我们之间的距离和疏远并没有随着天气的渐暖而消失。

有时我看着他，或是在吃晚饭，或是对电视里的比赛骂骂咧咧，我不知道他是谁，他到底是谁。在很长一段时间里，我一直以为自己是唯一隐藏内心的人，是唯一有秘密心愿的人。当然，我们都有秘密，即便我以前不知道，外婆的日记也已经为我揭露了这一点。想象一下心里揣着她那样的秘密，她的孩子不是她丈夫的。我有一百万个问题想问，却无人可问。为什么罗伯特·沃尔什会同意把我的母亲当作自己的孩子抚养长大？外婆告诉过塞巴斯蒂安吗？我的母亲知道吗？我不知道如何提出这些话题。如果她真的不知道呢？她说她没有读过外婆的日记，考虑到她们之间淡漠的关系，我对此并不惊讶。我不会成为向她传递此消息的人。

我把我的问题、我的困惑和无休止的自我怀疑埋藏在工作中。我在斯特布勒博物馆的工作时间增加了一倍，我不光在礼品店工作，还做起了导览服务。我去参加委员会会议，当我发现自己在笔记的空白处乱涂乱画，我就强迫自己举手，申请去某地做志愿者，就这样，我进了图书馆年度筹款活动的登记委员会，负责为接下来的三次女性俱乐部会议寻找演讲人。起初，我为这些工作感到自豪，我也明白为什么母亲喜欢做她做的那些事。我有了目标，有了一个早上起床的理由。

虽然我对自己的工作效率和能力感到惊讶，但所有这些工作并没有解决我的问题。于是我更加埋头苦干，听了菲利普的同事们的笑话，我笑得更大声，当我在斯特布勒博物馆拍卖会的登记台工作时，我脸上时刻挂着微笑，分发名签和投标号牌，我表现得那么兴奋，想必吓坏了一些人。

所有这些努力都没有让我感觉好一点。我像吃糖果一样吃着抗酸药，在橱柜里把空药瓶排成一排，每当我去拿盘子，它们都用指责的目光盯着我。

我试着回忆在马格诺利亚度过的那几个星期，那时的我是那么快乐。在那段时间里，我觉得我与自己所做的事情紧密相连，而想到这样的事——比如在博物馆做志愿服务，又比如结婚前独自在马格诺利亚生活——少得可怜，我就感到心碎。

对了，还有那之前在学校的时光。我画过布景，剪过背景，看着一件件东西被创造出来，然后看到戏剧的魔力把它们变成了完全不同的东西。我为阿什莉竞选做了些标语牌，一遍又一遍地写着她的名字，后来，比起我自己的名字，我更熟悉她的名字。我参与制作了学校前厅的马赛克，破碎的图案闪闪发光，我一次又一次地把玻璃和小陶瓷方块压进灰泥里，后来，我的手指尖上都起了老茧，我的手上粘着灰泥。我曾帮忙设计艺术与文学方面的杂志，我用一把像手术刀一样锋利的小刀小心翼翼地切掉那些不规则的边缘，按顺序再翻阅一遍，寻找故事登入其中。我曾做过的这些事就像我自己身体的一部分难以割舍，而不是如今像戴着万圣节面具般让我感觉闷热窒息。

一天下午，明亮的太阳高照空中，将整个城市都晒得暖暖的，人们手拿着外套，边走边仰头望着天空，如同鼹鼠般眨着眼、注视着太阳，诚惶诚恐，仿佛以前从未见过太阳。我自己闲逛到了巴克敦一条满是仓库的街道上，这条街道很陌生，有几分前卫。在一幢又宽又矮的砖砌建筑物的一层，有一扇干净的窗户，上面挂着一块牌子，"画室出租"。

我记得派因小姐邀请我去上绘画课，我想知道是不是就是这里。我内心的某种力量让我停下脚步，走了进去。

建筑物里面十分明亮，木地板都磨损发白了，欢快的阳光从四四方方的窗户照射到地板上。低沉的收音机声音和说话声从楼上飘下来，人们在这栋大楼里走动，地板随之发出轻轻的吱嘎声。入口也是画廊，墙上挂满了照片，入口另一边是一条长走廊，走廊里有几扇门，想必里面就是画室。其中一扇门上贴着"办公室"的标签，我敲了敲门，一个男人探出头来，但他只是把门打开一条缝，好像他害怕我会攻击他。

"有事吗？"他问道。我情不自禁地想起了《绿野仙踪》里那个站在翡翠城门口的人，我只好捂住嘴，掩饰我忍不住的笑。

"我看见外面有个招牌，就是出租画室的那个。"我不知道自己为什么会像个十几岁的孩子一样说话，提问时犹犹豫豫，还紧张到了极点。

"是的。在三楼。你想看看吗？"

"是的。"难道他没穿裤子，所以只把头探出来？

他消失了一会儿，把门完全关上，然后当他再次出现时，只是伸出胳膊，将一把钥匙扔进我的手里。"314号房。楼梯在那边。"他指着走廊的另一头，"看完了就把钥匙送回来。"说完，他又关上了门，但在此之前，我还是看到了一条卡其布裤子。无论他的秘密是什么，都不是没穿裤子。

穿过走廊，我透过一扇有大玻璃窗的门往里看，只见那是一间教室，一定就是这里了。教室与我想象的一样：敞亮，通风良好，摆着画架和凳子，尽头是一个高高的平台，老师或模特都可以站在那里。我把手放在窗户上，向前探身，我的呼吸在玻璃上形成一个温热的圆圈。我想象着派因小姐踩着高跟鞋嗒嗒地在教室里走来走去。我想象着自己坐在一张凳子的边缘，脚钩着凳子下面的一根横档，手握着画笔在画布上作画，将我看到的和没有看到的一切填满空白的画布。在我们作画的时候，可能会放着音乐，会有阵阵交谈和笑声打破创造的寂静。我将体会到一种从未有过的归属感，以前无论周围有多少人，我都不会有这种感觉。

最后，我终于还是离开，找到了楼梯。我走上楼梯，它们在我脚下咯吱作响。当我走近二楼，音乐声越来越大，走到第三层时，音乐声又减弱了。这里暖和多了，透过窗户照射进来的阳光暖暖的，就像回到了马格诺利亚。我走到走廊的尽头，一路上听到有人在工作：制陶师不停地转动旋盘，湿润的黏土散发出浓郁的泥土气息，透过另一扇门，我听到有人哼着歌，还有一连串缓慢的敲击声，我听不出那是在干什么。最后，我把钥匙插进 314 号房的锁里。

这座仓库以前显然是开放的楼层，现在被隔出了这些较小的工作室，我眼前的这个工作室就小得可怜，站在中间，用胳膊就能碰触墙面。但是后墙上有一扇大而干净的窗户，尽管此时光线已经暗了下来，但在早晨，这里一样会洒满灿烂的阳光，有足够的地方放一张桌子、一个用来储物的柜子和一两个画架。我想象着自己一大早来到这里，关上房门，隔绝城市的污浊和喧闹，一边啜着橙汁，一边摆放画笔，让光线渲染画布，指引我该在哪里作画。弗吉尼亚·伍尔夫曾说过："作家需要自己的房间。"也许画家也需要，也许每个人都需要一个自己的房间，在那里没有期待，没有妥协，你可以成为那个了解你自己的人。

一阵沉闷而微弱的音乐声透过墙壁传出来，还有一股黏土、颜料和木炭的混合气味飘来，这一切都意味着一切皆有可能。所有这些人都在创造他们自己想要的东西。我不是唯一的，我不必害怕。我的外公是位画家，我的外婆是位作家。我的创造力不是偶然的。这是我的命运。

我回到家，想必我是回去迟了，但是我们从来没有真正确立过晚饭时间。菲利普经常在办公室吃饭，要不就是与客户出去吃饭，我自己就把冰箱里的剩菜剩饭拿出来吃：酸奶和两块小牛排，是菲利普外出吃饭时带回来的；一些澳大利亚坚果和泡菜。只是那天晚上，他显然以为我会回家，他是计划好了，把工作带回家，看到我回来晚了，他很生气。

"你去哪儿了？"他问。

我不想告诉他。他不会把我想重新画画看作是我在这里需要做出的妥协，是我忍受所有我不想做的事情的回报。但我受够了撒谎，我试过他的方法、我母亲的方法，但从未奏效。我不能永远这样下去，毕竟现在我知道生活还有更多的可能性。"我去看了画室。"

"画室？"他说，好像我告诉他我一直在猎一只独腿独脚兽。"你想干什么？"他的疑惑是可以理解的。或许他认为女人只喜欢购物和抱怨儿媳妇，此外不会有其他爱好；而男人仅有的爱好就是打高尔夫球和出轨。我相当肯定他现在还没有这样的爱好，但这只是时间问题。

"你知道的，为了创作艺术。"

"比如画画。"

"是的，就是画画。还有美术拼贴。反正就是我喜欢的。"

"谁来买单？"他厉声问道，现在我知道他生气了。他从不问我怎么花钱，这可能是因为我几乎不怎么花钱。我的喜悦开始消退，我周围的房间越来越黑。买单的人是菲利普。如果他不想付钱，他就不必付，我又有什么资格反对呢？想必这就是为什么女性应该有自己的工作，有自己的钱。这也是为什么我想要我自己的工作和自己挣钱，就和外婆一样。

"我不介意去工作。"我轻声道，"我想去工作，是你不想让我去。"我本可以与他为很多事进行争辩，将我自己和我认识的那些通过购物来摆脱无聊和痛苦的女人相比。但这不是一次财务清算，也无关公平与否。这关乎控制。

他没有回答，而是环顾了一下厨房后说道："我一直在等你。我饿了。如果你晚归，应该打个电话。"

"等我，你在说什么？我们约好了吗？我怎么就迟了？"

他沮丧地叹了口气，仿佛我在要求澄清我们关系的一些基本原则。"过了晚饭时间，你才回来。"

"对不起？"我压根儿就不知道我为什么而道歉。我坐在沙发扶手上，如同我只是一个过客。

"玛德琳，如果你不想努力了，那我不明白我为什么还要发火。"

"我不努力什么？"我问。我真的很困惑，就好像菲利普在和我进行一场完全不同的谈话，却不让我参与进来。

"这个。"他沮丧地举起双手。他站在厨房的操作台后，一瓶酒、一个半空的杯子、开瓶器和软木塞都整齐地排在他身边。菲利普的一切都整洁有序。从某种意义上说，这是一件令人着迷的事情，仿佛他是用塑料制成的。我们刚结婚的时候，我总是看着他，惊诧于他把头发梳得整整齐齐，一整天都不会乱，即使在手肘内侧，他的西装外套也都没有褶皱，而且，他吃饭的时候从不会掉渣子，而我每次吃东西都像是在打仗，我的衣服因此极易遭殃。"我们。我们的关系。你不能说走就走，不能搬去和你妈妈一起住，不能成为一名画家，或者每当你心情不好的时候，想做什么便做什么。"

"不光今天心情不好，是每天都是如此。"

"这才是我的玛德琳，总在没完没了地抱怨。"

"菲利普，你甚至都不喜欢我。你为什么娶我？"

"我当然喜欢你。"他冷笑着说。他转动着开瓶器，发出刺耳的嘎嘎声。"你是我的妻子。"

"你知道，这两件事不必同时发生。我知道很多夫妻互相憎恨。"

"我不恨你。"

"啊，真是太好了。"这是对我们的婚姻多么有力的保证啊。这么久了，他竟然告诉我他喜欢我，他不恨我。在我年轻时，既没有男朋友，也没有希望，我曾幻想过理想的伴侣关系和我心仪的男人。我想象那个能和我共度一生的人——他应该是个作家，他会坐在打字机前，写精彩的诗或小说，而我则坐在一个大而舒适的皮椅上画画，旁边是明亮的窗户。我们在一起的生活丰富而快乐，我们一起欢笑，一起做饭，一起在夜晚的炉火旁给对方读书。我们的激情将成为一段传奇，我们的欲望将是一团持续闷烧的火焰，只需一瞥就能迸发出热烈的火焰。我们之间将没有秘密，他会接受全部的我，会夸赞我美丽，且相信我是美丽的，他会发现我一直都有艺术天赋，虽然我这人乱糟糟的，却令人神往，他会理解我的挖苦和幽默，我们将创建属于我们两个人的小国家，我们只给那些我们彼此相爱的人发放签证。

在某种程度上，我早就不再相信那些浪漫的梦。我想象中的丈夫，打字机持续不断的嗒嗒声，他乱糟糟的头发，他那并不完美的手拂过我的脸，这一切都蒸发了。我让那个梦想消失，就像孩子的气球一样飘远，消失不见，并且放弃了将它找回来的可能性。相反，我选择了一条简单的道路，那种与我周围之人的爱很相似的爱——刻板、现实、虚伪。我想象着十六岁时的自己，在那阴冷潮湿的地下室里，借着十二盏灯的灯光作画，那时的一切都充满可能性，真实不虚。而我为了一个微不足道的小奖励，便背叛了那时的自己，念及此，我的心都要碎了。我没有选择一个对我来说完美的丈夫，而是选择了一个在其他人看来完美的丈夫。我没有选择让我心动不已、让我能够表现出最好自己的爱情，我选择了……就是这样，不是吗？我不爱他，他不爱我，我再也不想假装了。

等你意识到你不爱自己的丈夫，你可能以为自己会变得恐慌，会歇斯底里地哭泣，但我真没有这样。相反，一种沉甸甸的平静降临在我身上，这平静的感觉如此强烈，以至于我不可能把它错当成别的东西：我终于确定我知道自己想要什么，知道什么是对的。

"我想离婚。"我对我丈夫说。

我不假思索地说出了这句话，从我答应嫁给他的那一刻起，我就知道我迟早会说出这句话。这句话突然被宣之于口，严肃而沉重，我却一点也不觉得惊慌。外面，城市照旧飞速运转——车水马龙，密歇根湖懒洋洋地拍打着湖岸，寂静无声，人们走路、工作、欢笑、吃饭、喝酒、打架、爱——一切似乎都没有改变，但一切都变了。

菲利普看上去一点也不惊讶，不知什么原因，他的无动于衷也没有让我感到惊讶。"别傻了，玛德琳。我们不能离婚。"我好奇地歪着脑袋看着他，对他的话感到费解。不是"我不想离婚"，也不是"我们不应该离婚"，而是"我们不能"。

"为什么不能？"我问，"我们都是成年人。我不需要你给我任何东西。你的钱，这个住处，你都可以留着。"

这会儿，菲利普看起来非常恼怒。"我们不能离婚。"他重复道，"想想那会是什么样子。考虑一下我的家人吧。想想我的母亲，想想你的母亲！"

我与同样的想法斗争了很长时间，但我现在明白了，这是我不得不冒的一个险。"这事和我妈妈或你妈妈无关。我们不必仅仅因为装门面而生活在一起。事实上，我们不应该这样，我们应该快乐。如果我们在一起，谁也不会幸福。"

"这么说，你是铁了心要和我离婚。"

"我想是这样。"

我们沉默了一会儿，他的脸痛苦地扭曲着，唇边出现了一抹冷笑。"你再也找不到别人娶你了。"他说，"你很胖，而且你的幽默感很奇怪，看在老天的分上，你甚至不会在聚会上聊天。"

确实如此。

我们一时无言，然后我开口了。

"谢谢你。"我说，菲利普盯着我。他八成是在想，眼下这情况再次印证了我是个怪胎，但对我来说，他的话是一份礼物。如果我对自己的决定心存任何疑虑，我就会记起这一刻，记住他的眼神是多么冷酷，这样我就能知道我做了正确的事情。我不会老想着他的坏，但我会记得他一向如此。如果我们在一起，他那恶的一面时不时便会冒出来，且会越来越严重，直到我的痛苦变成绝望，直到我心里的美好和幸福被彻底摧毁。

"你今晚不能待在这里。我不会给你一分钱。"

"好吧。"我平静地说。我站起来，走进卧室，在一个月内第二次收拾行装，然后，我走出房门，置身于夜色和不确定之中。

第二十六章
Chapter **26**

玛 吉
Maggie

1924 年

他们回到华盛顿的几个星期后，罗伯特·沃尔什来看我的外婆。她几乎不记得他在巴黎救过她，她对他在船上的记忆被疲惫、疾病和悲伤搅得扭曲了。但当她被带到客厅里去看他时，她被他的外表震惊了：他脸色苍白憔悴，眼睛下有黑眼圈，他的衣服松松垮垮地挂在身上。

见她走进房间，他迅速站了起来，走到她跟前，在她的脸颊上吻了一下，这时女仆走了出去，将门关上，却留着一条缝。"玛吉。"他说，"我很高兴看到你气色这么好。我很担心你。你感觉如何？"

她接受了他的吻，慢慢地被他领到椅子上坐了下来。她现在的感觉完全不同了。和她在这间屋子里的是一个英俊的男人，几年前，她还对他倾慕不已，现在她只是感觉内心平静，几乎有些冷淡。

"好多了，谢谢你。非常感谢你救了我。我很抱歉，我当时病得太重而没有注意，其实你似乎就是我那位穿着闪亮铠甲的骑士。"

罗伯特笑了，他的笑容淡淡的，有些无精打采。他坐在她对面的椅子上。"你生病的时候，我正巧经过巴黎，真是幸运。我很高兴能帮助你。"

"幸运。"玛吉重复道，不过她不确定事实是否如此。也许如果她留在巴黎，她最终会找到另一份工作，也许塞巴斯蒂安会改变主意，也许……她努力把自己拉回到谈话中去。"离开了这么长时间，你觉得华盛顿怎么样？"

罗伯特眨了眨眼睛，又闭了一会儿，好像在凝神聚力。"华盛顿变了。你在巴黎待了多久？"他问道。

"三个月。"玛吉说。三个月五天十二个小时，她想。那便是永远了，只是太过短暂，她想。

"所以你有时间去熟悉欧洲的事物。那里和这里有很大的不同，对吧？战争改变了它们。那边的一切都更自由。相比之下，这里太压抑了。"

客厅里十分幽暗，笨重的家具依然如故，丑陋的植绒墙纸如故，壁炉依然燃烧着，尽管外面白天很暖和；这栋房子似乎总是冷冰冰的。玛吉点了点头，回应道："确实如此。"

他们默默地坐了一会儿，玛吉想象他们都在为他们在欧洲所失去的一切哀悼，都希望自己能返回欧洲。"那你现在有何打算？"她问。

他清了清嗓子。"家里人让我进家族企业。"

"让你进家族企业？"

他脸色一沉，又闭上了眼睛，他微微前倾，压低了声音。"玛吉，我们认识很久了。"

"很多年了。"玛吉说。她的声音听起来很空洞。会一直这样下去吗？她不知道该怎么办。她还能回巴黎吗？在那里生下孩子，在那里生活。那里的消费很低，她不需要太多的钱。但她不能带着孩子住在俱乐部里，她可以找个类似的地方，一个同样阳光充足的小房间，她和孩子两个人可以住在那里。可是靠什么生活呢？她的良心卑贱地问道："你工作的时候，如何安置孩子？"她内心那微弱的希望之火在现实的狂风中熄灭了。

"那让我们坦白相对吧。可以吗？"

玛吉面无表情地看着他。"当然可以。"为什么不呢？打哑谜又有什么用？她以前遵守上流社会的那些规矩和限制，但在巴黎，那些东西都消失了，被她结识的那些人的热情碾碎了，那些艺术家每次和人交谈，都感情洋溢，为超现实主义、梦想、立体主义的启示而争辩不休，他们从不同的角度看待这个世界。妄想那些虚无缥缈的事情，又有什么意义？

"我的父母告诉我，如果我不加入家族企业，不安定下来，他们就剥夺我的继承权。他们说我玩得够久了，现在也该长大了。"

女仆走了进来，手里拿着一个托盘，里面装着没人吩咐的茶和又厚又难吃的饼干。罗伯特迅速地靠回椅背上。"用我倒茶吗？"她问。

"不了，谢谢。"玛吉说，女仆点点头，走了出去。门关上，但依然留着一条缝，玛吉转向罗伯特。"我也收到过类似的最后通牒。你打算怎么办？"

罗伯特冲她微微一笑，却不见丝毫高兴的意味。"我当然是要加入家族企业，安定下来。"

"这就是你想要的吗？"

他把手举到头上，不自然地捋了捋头发。他刮胡子的时候漏掉了一个地方，玛吉能看到他下巴上的一点胡楂，如此一来，他在她眼里变得更温柔了，提醒她，在他虚张声势的言行下，他也只是一个人，一个一直对她很好的人。她沉浸在自己的痛苦和恐惧中，很难看清别的；她的痛苦将一切都笼罩在一片愁云惨雾之中。光线折射回来，只照亮了她心口的裂缝，却无法让她看到别人的心。

"不是。"他说，"但这很公平，不是吗？这么多年了，他们一直养着我，让我做我想做的事，作为交换，他们只要求我做几件事，比如在社交季节中陪女伴参加舞会。"他冲玛吉点了点头，玛吉马上笑了笑，敷衍地表示她想起他曾做过她的舞伴。他的这番言论与塞巴斯蒂安的何其相似——都是为了还债。

"还有我妹妹伊莱扎，你和她是同学吧？"

玛吉点点头。

"她很快就要结婚了。而且，我父亲的年纪也大了。"

"你听起来很像一个我认识的人。"她想起了塞巴斯蒂安，他的脸上带着同样听天由命的表情，尽管他的眼睛流露出疲惫，却十分坚定。他们是多么相像，有梦想，有希望。然而现在，他们三个都得屈服于他们曾经发誓不会承担的责任。

"我觉得我的故事很普通。"罗伯特说，声音里没有一丝幽默。

"你来就是为了告诉我这个吗？"玛吉突然累了。茶摆在他们中间，他们谁都没喝，茶水变凉了。喝点茶，她的胃或许能好受一点，但她甚至无法伸手去倒茶。

"不是的。"罗伯特换了个姿势，挺直了脊背，把膝盖处的裤子和上衣拉扯平整。"我父母对我还有一个要求。"

"啊？"玛吉向前探身，从碗里拿出一块方糖，放在舌头上，让它融化。生活变得如此痛苦，总得有一点甜蜜。

"他们要我结婚。"

"他们当然会这么要求。"这就是他们父母想要的，不是吗？孩子只不过是一场场无休止的象棋比赛中的棋子而已，一直都是这样。所以，如果没有人阻止，必将永远如此。玛吉知道，她迟早要嫁给查普曼先生或某个和他一模一样的人，步她以前认识的那些姑娘的后尘。当然，前提是她能想办法把她的孩子也算作她的嫁妆。"真棒。那个幸运的女孩是谁？"她的声音很强硬，她有些后悔如此，因为她并不生他的气。只是她的心枯竭了，荒凉了，变得坚硬无比，像结了一层冰，冰下则空空荡荡。

"玛吉。"罗伯特说着又向前探了探身子，温柔地握住她的手，"我希望是你。"

第二十七章
Chapter 27

玛德琳
Madelyn

1999 年

我允许自己用一种从未有过的方式，仔细地看着母亲，她那纤细的手指摆动自如，她那明亮的绿色眼睛闪闪发光，和我的完全不一样，她的颧骨很高，有时还歪着脑袋。我想知道她做的每一个动作都从何而起，有哪些往事在她的身上发出了回响，她喝咖啡的方式是否承袭自塞巴斯蒂安？她在园艺方面的天赋；她沉着冷静地处理危机和公开演讲；她走路的步子又小又快，几乎是踮着脚尖；这些是否都遗传自塞巴斯蒂安？母亲对我来说一直是高深莫测的，但这件事给我的生活增添了一层全新的神秘感。

我怎么可能未曾发现呢？我想象外婆的样子，她长得几乎和我一模一样，肩膀很宽，大腿粗壮，头发不服帖；我的外公又高又瘦，眼睛乌黑。还有我的母亲，金发碧眼，身材苗条，与外婆笔下的塞巴斯蒂安是一个模子刻出来的。

发现塞巴斯蒂安才是我的外公，并不会像发现我的生父另有其人那样动摇我的根基。但这让我对我的母亲有了不同的看法，外婆、母亲和我之间的关系也被重组了。

她正在看报纸，报纸摊在她旁边的沙发上，翻开的是社会版。在其中一张较大的照片中，我可以看到阿什莉·海瑟薇露齿而笑，脖子上戴着弹珠大小的珍珠项链，就像衣领一样。"你回来了。"

"是的。"我突然出现在她的门口，带着比上次来时更多的行李箱，她看了我一眼，点了点头，走到一边，打开了门，根本没有邀请我进去，眼下一点也不像"家是一个地方，你不得不去，家人也不得不接纳你"，而是像"家是一个地方，你不得不去，家人也不得不接纳你，但他们不必为此满心欢喜"。

"这是什么意思？你要住多久？"

"这要看你打算收留我多久。我想你很清楚这是什么意思。我离开菲利普了。"

母亲长吁了一口气，仿佛她闭气了一个世纪。"明白了。"

"就这样？"我问。我一直在准备迎接她的猛烈抨击。她的反应也太冷淡了。

"你喜欢我说什么？要我高兴地跳上跳下吗？列道欢迎你？"

听到她的讥讽，我皱起了眉头。我想她是对的。当别人告诉你他们要离婚的时候，应该怎么说才合适？"我很遗憾"？"恭喜你"？

"别这么苛刻，妈妈。"

"我并不苛刻。"她说，但她的确苛刻，"我就是不清楚你想我说什么。我应为你离婚而兴奋？"

"你可以支持我。如果这么做不对，我也不会做。"

"那么，你就这么确定？"

"我很确定。"当时，我几乎没有任何把握，未来就像饥饿的胃一样在我面前张开大口。有一件事我可以肯定，那就是我的未来没有菲利普的位置，因此，我的未来会更好。

"我很抱歉。我不知道该作何反应。家里还没人离过婚。"

"你担心的就是这个？你担心我是家里第一个离婚的人？难道你不关心我的幸福吗？还是你只关心你在妇女协会的颜面？"

母亲看着我，目光灼灼，绿色的眼睛严厉而明亮。"我当然关心你的幸福。你是我的女儿。"

"那你为什么一辈子都在批评我，让我痛苦？"泪水卡在我的喉咙里，我恨它们，尽全力将泪水压下去。我讨厌泪水让我感觉软弱、失控，像个孩子。我离开菲利普的时候没有哭。我对他的感情早已荡然无存，哭比不哭还奇怪。但我的母亲……我从来都无法保护我的心不受她的伤害。无论她多少次把我拒之门外，我都从未停止过想要她的认同。

"我已经尽力保护你了。我一直试图阻止你做出只会让你失望的选择。我试着把你从痛苦中拯救出来。我从未……从未试图让你不快乐。"

"你有。你一直都有。"我缓慢地深吸了一口气，打了个寒战，"你不想让我画画。你想让我去跳沙龙舞，你知道我很讨厌。你想让我上大学，而我只想上艺校。我想离婚，你却想让我和菲利普在一起。你想让我成为你，但是我也只能做我自己——无论我多么邋遢，格格不入，颓废潦倒。"

我母亲那本来平展的眉头瞬间皱了起来，看上去她真的很痛苦。"玛德琳，我想让你过上轻松的生活，而所有你想走的路只会让你心碎。"

"你怎么能知道呢？你不让我试试，你又怎么能知道？就跟外婆一模一样。"我摇着头说。我从茶几上的纸巾盒里拿出一张纸巾，擤了擤鼻子，声音又大又难听，我一点也不在乎是不是淑女或迷人。我受够了，我不想再扮演脆弱的角色，不想再假装自己漂亮或柔弱，不想再假装我不是、也不关心的任何样子。

"你这话是什么意思？"

"她想去巴黎。她想写作，想生活在国外，她不想结婚，也不愿意生孩子。她想做的一件都没做，最终还是做了她妈妈想让她做的事情。"

"难道这不是最好的结局吗？她嫁给你外公，不是更好吗？她由此过上了很好的生活，有一个稳定的家，不用担心下一顿饭从哪里来。她想要那些她不能拥有的东西，为此痛苦不已，而我想要的只是拯救你，不让你陷入那种境地。"

"我想要的则是一个为自己选择的机会。"

母亲把双手放在膝盖上，低头看了一会儿。"我明白了。"她说，"我只是想保护你周全，我不会为此道歉。我只是想保护你远离失败，我也不会为此道歉。但我明白了。"

我第一次感觉母亲听到了我的心声。

我的眼泪慢慢地流了下来，我又擤了擤鼻子，声音又长又响，讨厌至极，直到我能再次呼吸。"我很抱歉。对不起，我让你失望了。对不起，我不是你想要的女儿。对不起，我不是阿什莉·海瑟薇。对不起，我不喜欢你喜欢的东西。"

母亲抬头看着我，很惊讶。"你确实喜欢我喜欢的东西。"

"你在说什么？筹款委员会逼得我想用黄油刀割腕。"我又大声地擤了擤鼻子。我的眼睛都肿了，感觉热辣辣的，我异常疲惫，仿佛我可以像童话里的公主一样躺下来长眠。

"不是那个。"母亲说着轻蔑地挥了挥手，"我们都喜欢阅读和艺术。我们喜欢创造漂亮的东西。我的花园，你的画。我们都很像我的父亲。"

我皱起了眉头，想起了我的外公，他和我的父亲一样，总是躲在一份无聊透顶的财经报纸后面，认为储蓄债券是给孩子们的好礼物。

"我不像外公。"

"不是你外公。"母亲柔声道，"是我的生父。"

我的眼睛睁得大大的，心猛烈地跳动。"你知道？"我问，一口气说出这些话。

"我当然知道。我看过日记和那些信。"

"你说你没看过。"

"这个话题很难启齿。"

那些问题在我心里沸腾了。"你问过她吗？你跟她谈过这件事吗？"

母亲摇了摇头。"没有。我觉得我做不到。"

我和母亲从未亲密过。但读了日记后，我明白了为什么。想必是我让她想起了他。

就这样，这种隔阂就在家里蔓延开来。母亲的眼中有一种我从未见过的悲伤，使我为她和我自己感到心痛。我们一生都在互相欺骗吗？她为什么这么长时间不向我承认她的真实自我？为什么我们家里的女人那么努力地工作，让自己变得没有感情，让虫胶贴在她们的头发上，把感情封闭起来，变得孤僻冷漠？母亲只有在做园艺的时候才埋头干活。我转过头，望着窗外，看着花园，那是母亲的艺术。她的花园就是她的画，充满了色彩、形式和秩序，充满了实验和创造，是泥土、诞生、成功和失败。"你让她想起了塞巴斯蒂安？"

"是的。"

"你一直没机会见他一面？"

"他在二战中死了。他住在波尔多，但那里被德国人占领了。我是在他死后才知道的。"

"我很遗憾。"我说。我想起了我自己的父亲，他一直是我的依靠，想起了我多么怀念他的声音。但至少我认识他，而母亲从未见过她的生父。"你看过他的照片吗？"我问。母亲点了点头。她走到靠窗的一个架子旁，拿下一本相册。我记得小时候看过那本相册，看过祖先那些陌生的脸，见过他们穿的奇装怪服、摆出的僵硬姿势，以及他们背后的旧汽车、安静的高楼大厦和地平线，但我从未将他们和我联系在一起，也从不了解我们是一脉相连的。

那张照片是在一家咖啡馆拍的。塞巴斯蒂安，我想也就是我的外公，坐在一把椅子上，向后靠在椅背上，双腿伸在身前。他一手拿着香烟，对着镜头微微笑着。在一侧，我看见桌子下面有女人的腿，摆出二郎腿的姿势，脚上穿着一双丁字鞋。拍照的时候，她的头扭到一边，我只能看到她下巴和脖子的线条，她的帽子遮住了头发。她可能就是我的外婆。

他身材高大，体态匀称，相貌英俊，像极了模特。他的头发是浅色的，格外长，还遮挡住了眼睛。我看着他，想要记住他的脸，尽管在过去的几周里，我已经在脑海中无数次想象了他的样貌。望着我的母亲，我很惊讶地看到她竟然如此像他，不仅是她的身材和纤细的手指，还有棱角分明的颧骨和微微弓起的眉毛，我一向都认为这样的表情只会传达优越感，但在塞巴斯蒂安的脸上，似乎是展现出了永恒不变的欢乐。

"你太像他了。"我说。

"我知道。她因此伤透了心。"她把相册留给了我，走回沙发，坐在沙发边缘，身体前倾，准确地交叉着前臂。

"对不起。"我说，不过我不知道我为什么道歉，是为了她和她母亲之间的疏离，从未见过生父，还是为我和她之间的生分？也许都有。

"没这个必要。"她抚平盖在膝盖上的裙子，挺直了肩膀。"我只知道我的父亲是罗伯特·沃尔什，是抚养我长大的那个人。毕竟，他把我当成了亲生骨肉，而他根本没这个必要。我从没觉得他对我和他对亲生女儿有什么不同。这就是父道。"

"你难道不希望认识他吗？"

母亲望着窗外的花园。树上长满了叶子，晒暖的树荫笼罩着繁花盛开的院子。她是对的，我们在这方面是何其相似。她只是找到了一种社会认可的方式来追求艺术，而我……则放弃了！我责怪我的父母和菲利普逼我放弃了绘画，但我本可以顶住他们的压力，继续下去。我责怪母亲强迫我嫁给菲利普，但我本可以拒绝。一个更坚强的女人就应该这么做。我想成为的那个女人应该这么做。我将要成为的那个女人一定会这么做。

因为这就是意义所在，不是吗？从过往的经验中学习，从我所犯的错误中学习，从母亲和外婆所犯的错误中学习。她们都过着别人期望她们过的生活。我并不怨恨外婆所做的选择。她做了她该做的事。我只是讨厌她不得不这么做。我母亲花了那么多时间和精力来阻止我，阻止她自己。想象一下，如果她放开怀抱，接受真实的自己，她会变成什么样，我又能成为什么样的人。想象一下，如果我们都有勇气去做真实的自己，会怎么样。

"我希望我能认识他，那样可能会让我和我的母亲更亲近。我希望我能认识他，那样就可以知道我的根在哪里。"我看着瓷器柜，柜子虽然已经清空了，但里面仍充满了沃尔什家和鲍尔斯家几代人的记忆。总有一天，妥善保管那些东西，将是我的责任，届时，我要记住那个外公从中国带回的手绘盘子的故事，擦亮那件据说曾在内战期间被埋在花园里的银器（但所有人都说，如果这是真的，那联邦军队愣是没发现，实在是个耻辱）。

"真不敢相信你从没告诉过我。"我说，我很惊讶我的语气听起来有多愤愤不平。我甚至没有那么生气……那我是怎么了？失望？如果她之前告诉我真相，我们之间可能会更亲密。也许对我隐瞒这个秘密，是我们疏远的原因之一。

"似乎永远都不是时候。"

"我想永远都没有合适的机会来说这个消息。"但任何时候都是合适的时机。它可以让我知道，在追求女性的完美上，我不是一个失败者。它可以让我了解外婆的梦想，让我明白，放弃梦想对你、你的女儿和外孙女有什么影响。外婆做出了自己的选择，这没什么不妥，但如果我除了我自己内心的羞耻和恐惧，一无所有时，却还坚持做出这种选择，那我就错了。

"她又见过他吗？"

母亲摇了摇头，光线照在她脸上，照亮了她皮肤上的皱纹。"我想没有。"

这么说没有泪眼蒙眬的浪漫重逢了，也没有火车站的幽会，更没有巴黎失落的周末。几个礼拜前，这可能会让我泄气，但我也从外婆那里学到了如何兼顾浪漫和现实，我知道必须将这二者结合在一起。

"你确定这就是你想要的吗？你确定这是最好的吗？"她问。令我惊讶的是，她的语气中没有丝毫责备。只有悲伤。

"我不想和他结婚。"我记得我说我想离婚时菲利普那些刻薄的话，只觉得脖子后面一阵发冷。他一向都是那么刻薄，如果不是我提出离婚，谁知道他什么时候会搬出这副面孔。从长远来说，这是最好的。母亲可能永远都不会明白，但事实的确如此。

"你现在打算怎么办？"

我本可以说出一千件我不打算做的事情。我不打算穿上紧身连衣裤去参加在阿什莉·海瑟薇家举行的任何会议。我再也不会把头发拉直，也不会假装不饿。但我要做什么？这确实很难说。

我想起了我的母亲，想起了她那些没完没了的慈善事业和责任，想起了她所资助的组织，想起了她使用成千上万种办法，让自己在一个贬低女人的文化中变得举足轻重。我想到外婆因为不愿回忆起令她难以忍受和不公平的往事而刻意疏远母亲，我想到我的母亲对我的疏远，是因为她根本不知道还有其他可能性，是因为她不希望我不开心，但她这么做只会让我更不开心。我还想起我和外婆结婚都不是因为爱情，而是为了恐惧、责任、孤独，结果我们都逆来顺受，都不幸福。我想起外婆去过巴黎，她如何描述那里的光线——美丽、灿烂而又浪漫，我想到这个世上的快乐是那么少，就像流星的光芒，我是多么希望我们在快乐飞过的时候将它抓住。

我想到外婆，不知她会怎样看待我所做出的一系列选择，怎样看待七十五年的发展带给我身为女人的自由。我知道，这一切都是她无法想象的。我有一些存款，我有时间，我有护照。我其实只有一件事可以做。

"我想我要去巴黎。"我说。

巴　黎
之　光

THE LIGHT
OF
PARIS

第二十八章
Chapter 28

玛　吉
M a g g i e

1924 年

亲爱的父亲、母亲：

非常感谢你们为我举办了如此美好的婚礼。尽管我参加过很多的婚礼，但我的婚礼的确是其中最精彩的一场，即使筹备得非常仓促。我和罗伯特都感到很幸运，能有这样一个仪式——一起告别单身，共同走进新生活。非常感谢你们邀请这么多令人难忘的亲友与我们一起庆祝。希望你们也满意。

我和罗伯特预计礼拜二回华盛顿，因为他礼拜三必须去办公室，我们诚邀你们在我们回去后来我们的新房子吃晚饭。和你们在一起，是一件很愉快的事。不过很遗憾，虽然我们愿意经常与你们见面，却俗事缠身，不能如愿。

非常感谢你们举办了这么美好的婚礼。我相信华盛顿在这一季都会谈论这个话题。

你诚挚的，

玛格丽特·皮尔斯·沃尔什

第二十九章
Chapter 29

玛德琳
Madelyn

1999 年

转眼到了八月，我们坐在"美食小厨"的后门廊，空气里弥漫着湿热，偶尔吹来一阵疾风，与其说那是一种解脱，不如说是一阵令人不快的热气。按照我最近的习惯，我把头发扎成一个乱蓬蓬的发髻，卷曲的发丝散落出来，被汗浸湿，贴在我裸露的脖颈上。

　　"你坐哪里？"莎伦问，试图把一个脾气暴躁的小娃娃塞进桌子尽头的一把儿童椅子里。为了让莎伦和凯文出去玩，我替他们看了这对双胞胎几个晚上，但我不好意思说我还是分不清这两个男孩子。他们两个身上黏糊糊的，总喜欢动来动去，叫人根本分不清楚，却十分讨人喜欢。就说眼前这个小家伙，每次莎伦想把他的腿放在托盘下面，他就总是弓着背，我只好向前倾着身子搔他的痒，使他咯咯地笑起来，这样才能趁他不备抓住他，让他坐好。"谢谢。"

　　"我就坐这儿。"我说着走过去找了一把空椅子，一屁股坐在上面，把啤酒放在餐巾上。

"我坐你旁边。凯文！过来喂你儿子吃饭。"凯文大步慢跑过来吻了吻莎伦的额头，把另一个扭动着的小淘气抱在怀里坐了下来。莎伦让他给孩子们切鳄梨和鸡肉，然后瘫倒在我旁边的椅子上。"我累死了。快点到假期吧。"

"你们什么时候动身？"凯文的母亲在北卡罗来纳州的外滩群岛有一幢海滨别墅，他们打算去玩一个星期。没有哪里比夏末的马格诺利亚更能让人渴望海水和海风的了。

"下个礼拜。我打算把两个孩子交给奶奶照顾，我自己则要坐在沙滩上看书，还有喝酒。"她说着伸手拿过我的杯壁上，杯壁上的冷凝水珠把下面的餐巾阴湿，形成了小片水渍，她一口就喝光了一半。"天啊，太爽了。"

"亨利，能再给我来杯啤酒吗？"我隔着走廊喊。那里有十来个人：莎伦、凯文和他们的孩子，瓦尼和她的家人，卡桑德拉，"爪哇好时光"的老板皮特和亚瑟以及他们的女儿凯特琳，我在美术用品商店的老板基拉，还有亨利和我。那是礼拜一晚上，"美食小厨"已经打烊了，我去上厕所的时候，房间异常空荡，还可以听到回声。

"你已经喝光了？你这个酒鬼！"他冲我喊道，从外面吧台后面的冰箱里拿出一个冰镇的玻璃杯，把它塞到水龙头下面，让焦糖色的液体流出来，顶端有一层薄薄的泡沫。我从来都不喜欢啤酒，但亨利做了一种奶油味的麦芽酒，喝起来有香草的味道，甜甜的，我总是喝不够。

"不是，是莎伦喝光了我的酒。"我说完，他递给我一杯啤酒，酒杯那么冰，像是会冻伤我的手指，"谢谢。"

"你也可以来一杯。"他对莎伦说。

"喝别人的，味道好得多。"莎伦喝光剩下的酒，把空杯子递给他，"我还要。"她说，然后打了个满足的嗝。

"遵命。"亨利拿起玻璃杯，朝吧台走去。

"你太有女人味了。"我说，"我说真的。你在妇女协会的午餐会上就是这么做的?

"我只让你看。"莎伦甜甜地说，"说到这事，我有一阵子没在那儿见到你了。"

"我一直在工作。如果我晚交房租，我的房东简直就会成为我的噩梦。"我说，莎伦打了一下我的胳膊。母亲的房子上市几天后就卖掉了，由于我要在马格诺利亚待上一段时间，我只好搬进莎伦和凯文家的车房暂住。车房很小，浴室的门和壁橱的门会撞在一起，炉子就像三岁娃儿的玩具套装那么大，而且到处都是可怕的蜘蛛，但我喜欢这里。只有一个大房间，靠墙放着一张古色古香的铁床，厨房在一个角落里，我在客厅里放着画架、油画和桌子，上面摆着画笔、颜料和粘着颜料的破布。每天早上醒来，首先映入我眼帘的便是阳光洒在我正在画的画上，我能闻到外面的青草和花园的芬芳，听到双胞胎的笑声，这一切总能让我微笑。

"他们都很想你，那天，埃伦·奥康纳还问起你呢。"

"是吗? 她怎么样?"

莎伦耸耸肩。"不知道。我看不懂那些人。"

"是啊,他们才不希望被你看懂。"

"我告诉她你在美术用品商店工作,她说她可能会去看看。"

"真的吗?那太好了。我和她上高中的时候一起学画画。她画得挺好的。我想知道她现在还画不画了。"

"我估计她没时间,她忙着在阿什莉·海瑟薇面前扮演女仆呢。"

"说话别这么刻薄。"我温和地说。我没有忘记,我对埃伦、阿什莉和其他的人都同样刻薄,但我也没有忘记,要成为别人期望你成为的那种人是多么困难。

最后,离开并没有像我担心的那么痛苦,也不像我希望的那么容易。自从我离开的那个晚上,我和菲利普一直没有说过话,他通过律师和我沟通,我基本上同意他的要求,因为我希望一切快点结束,因为我不在意钱,包括他在内,其他的一切对我来说也不重要。如今,一想到当初正是我同意过这样的生活,便只觉悲哀。

母亲已经搬进了公寓,我们每周在那里吃一次晚餐,因为有一次她去车房,一看到蜘蛛和灰尘,她几乎起了荨麻疹。她太习惯于批评和抱怨,以至于无法停止,我则决定不像往常那样认为她是在针对我。我可以看出,母亲总是这样说话,那是外婆一生失意的结果,而我能做的就是打破这种循环。我没有去参加妇女协会的会议,但我报名去大学妇女协会的清仓义卖和花园协会的募捐活动上做义工。只是因为我不想被那个世界束缚,并不意味着我看不到他们所做的一切好事,我想成为他们中的一员,但要以我的方式。

但我大部分时间都在基拉的店里工作，木材、颜料、新纸那浓郁干净的气味将我包围，我总是格外努力地和进店的孩子们聊天，尤其是青少年，他们头发蓬乱，棱角分明，戒备心强，他们的钱是卷着放在口袋里的，他们的指尖常被铅笔芯弄脏。我想在他们买东西的时候抓住他们的手，告诉他们，"要一直画下去。如果这能让你开心，那就永远画下去。你要做的事必须能滋养你的灵魂，不要让别人告诉你画画会毁了你"。

我从没这样对他们说过，我只是在他们买了新的木炭笔和水彩颜料之后送他们到门口，挥着手说："欢迎下次再来。"并且希望这能给他们带来足够的祝福，使他们坚持下去。

"晚餐来了！"瓦尼喊道，她推开纱门，走到门廊上，端着一个装满食物的托盘。她丈夫端着一个类似的托盘跟在她后面，亨利和皮特随后走出来，大家都坐下，他们端上了一盘盘炸成金黄色的鱼饼，蔬菜卷搭成金字塔形，绿色的泰国罗勒从糯米纸边缘露了出来。我面前摆着一盘沙拉，有边缘是皱褶的黄瓜，有亨利在菜园里种的肥美番茄片，还有半透明的洋葱，沙拉上撒着花生碎，浸泡在一种酸甜俱全的调味品中。桌上有盛满鸡肉和胡萝卜的菊苣杯子，自制的面条和咖喱，亨利在桌子中间摆了几罐柠檬水、冰水和甜茶，这么多的食物让我既激动又感激。

前一天晚上，我和亨利去一个俱乐部看凯文的乐队演出，音乐太大声，啤酒太苦，但是我们一直待到凌晨，回来后我睡了一觉，然后画了一个下午，画着画着，才注意到已经到了晚饭时间，结果我是最后一个到的。我穿着一件宽松的蓝白格衬衫和牛仔短裤，赤裸的腿上全是颜料，但似乎没人在意这一点。当我走进去的时候，亨利吻了吻我的脸颊，说我看起来很漂亮，自从我搬回马格诺利亚后又胖了十磅，而且我身上散发出亚麻籽油和新闻纸的气味。

"我可以坐在这里吗？"亨利问罢便在我另一边的椅子上扑通一声坐下，随即用手拨弄着头发，一头卷发都立了起来，十分迷人。他要照顾身边的每一个人，每天被幸福的混乱包围，像往常一样，他看上去既高兴又疲惫。

"请吧。"我说着递给他一盘蔬菜卷。我还记得第一次见到亨利在菜园里干活时留下的印象，我是多么想给他一双剪篱笆的大剪刀，想把他脸上的污垢擦掉，想给他穿上一条合身的裤子。可我现在不会这么想了，我喜欢他凌乱的卷发，还有他三天前应该剃掉的短胡子。我喜欢他那件褪色的乐队 T 恤和牛仔裤。我觉得他看起来舒服又温暖，就像是一处我想去的地方。

当我回到菲利普身边时，我尽力不去想亨利。我想确定我不是为了亨利而离开菲利普，或者因为我可能会和亨利在一起而离开菲利普。我希望我离开菲利普，是因为我当初就不该嫁给他，而亨利只不过使这个问题变得复杂了：他的善良，他的大手，他吻我时蹭得我的脸痒痒的胡子，他能从地里种出食物，为他工作的人尊重他、喜欢他，看到他的时候没有愤怒或恐惧，而且，他把人们聚在一起，只是为了快乐。最后，我终于不需要将亨利作为离开菲利普的借口，当我回到马格诺利亚，似乎我们又重新开始了，而亨利就像我现在生活中的每件新鲜事物一样，充满了无限的可能性。

"太好吃了，谢谢你，瓦尼。"我说着吃了一口蔬菜卷——蔬菜口感清脆，包裹的米粉非常松软，像是吃到清新爽口的菜园味道，其他人也都一边吃，一边称赞。

"不客气。"

"一贯是这样，对吧？今天是瓦尼和亨利的休息日，他们还是做好吃的给我们。"亚瑟冲亨利眨着眼说。

"嘿，我没给任何人吃的。我只是想把你们都灌醉。"亨利说着举起酒杯，抿了一口。

大家都笑了，凯特琳站在椅子上鼓掌，然后害羞地笑了笑，当大家又笑起来时，她扑通一声坐了下来。

"那你什么时候走，玛德琳？"卡桑德拉一边问，一边舀了一些红咖喱盖饭到她的盘子里，然后把碗递给基拉。

"两个礼拜后。"我说，"我要去一个月。"

"啊，你真幸运。我希望我也能去巴黎画一个月画。"皮特说。

"要你坐下来画个线条人物你都坐不住，一个月后你准会发疯。"亚瑟说，"啊。"凯特琳从椅子上跳到他的腿上，依偎在他怀里，他吻了她一下。

"我想如果是巴黎，我能做到。"皮特说，"我的意思是，无论如何我都要奋斗到底。"

"好吧，别太嫉妒了。等我回来，我就要彻底破产了。"我说。

"但你会在艺术行当里挣大钱。"基拉夸张地说，大家又笑了起来。

"为什么是巴黎？"瓦尼的丈夫帕特问。

"我外婆在那里待过一段时间。你知道，那是巴黎。"我说。我无法解释这一切：我一直觉得我不属于我的家庭，但读外婆的日记，就像是在读我自己的想法，我想和她建立联系；我觉得外婆在那里留下了未竟之事，而我有机会替她完成那件事；独自出国也意味着我拥有我甚至从没想过我可能拥有的勇气。

"也许你最终会爱上那里，再也不回来了。"卡桑德拉说。

"嘿。想摆脱我，也太不公平了。我才来这里不久。"

"我提议大家干杯。"亨利向前探身，又举起酒杯，"敬巴黎。"

其他人放下叉子，伸手去拿杯子，把它们举得高高的。"敬巴黎。"我们又说了一遍，随即碰杯，在柔和的夜色中，那声音清晰而欢快。我看着我周围的一切：美食；善良快乐的面孔，我越来越喜欢这些人；绽放花朵的树和花园；美好的巴黎和我的未来，未来虽不可知，但属于我。我想，这就是我想要的生活。在这种生活中，我有空间去发现对我来说重要的事情，而不是那些被迫去做的事情。在这种生活中，我周围都是一些相信艺术、相信食物、相信社区，并且深深地相信我的朋友。我的生活充满了无尽的可能，幸福而精彩，还有巴黎之光指引我回家。

感谢

我非常感谢:

伊丽莎白·威尼克·鲁宾斯坦,感谢你的信任和鼓励。

麦金托什和奥蒂斯出版社的每个人,尤其是阿莱西亚·道格拉斯。

克里斯·佩佩,感谢你的指导、热情和善良。

帕特南和企鹅兰登书屋的团队,感谢你们始终如一的支持,尤其是伊万·霍尔德、劳伦·洛坡托、克里斯汀·鲍尔、亚历克西斯·韦尔比、卡伦·芬克、阿什利·麦克雷、安娜·罗马格和汤姆·本顿。感谢斯里设计封面,劳伦·柯姆设计版式,和文案编辑艾薇·麦克费登。

我的国际出版商,感谢他们把《命运三姐妹》和《巴黎之光》带给全世界的读者。

艾琳·布莱克莫尔、埃伦·布朗和凯利·奥康纳·麦克尼斯,谢谢你们的智慧和无条件的爱。

史蒂夫·阿尔蒙德、伊丽莎白· 基尔伯特、宝拉·麦克莱恩、萨拉·帕坎南、凯茜·特罗切克，以及我所有的作家朋友和盟友，你们一直都很慷慨地支持我。特别感谢乔安妮·利维、塞缪尔·帕克和凯伦·皮特曼。

灯塔作家工作坊的团队，特别是安德里亚·杜普里和比尔·亨德森。

破烂封面书店的团队，尤其是凯茜·兰格。

巴诺书店的每个人，尤其是塞萨勒·汉斯莱和美和·梅塞尔。

丽莎·卡斯珀和道格拉斯县图书馆的工作人员，特别是艾米·法伊弗和帕姆·哈伯特。

我的健身运动家庭，特别是大卫·古登伯格和科里·汤森德，还有咖啡船员。

丹佛初次社交舞会委员会和乔安妮·戴维森。

克里斯，感谢你从未放手。

作家们委员会的各位作家，我很荣幸能和你们一起创作、思考、欢笑。

那些热爱、支持和阅读书籍的书商和图书管理员们，你们如此慷慨一次又一次地把《命运三姐妹》交到读者手中。

最重要的是，感谢你们的阅读。

作者注

1923 年，我的外婆去欧洲旅行，当时她二十二岁。她的旅行路线是这样的：英国—法国—意大利—回家。但是外婆到了巴黎，做了一件在当时对她那个社会阶层的年轻女性而言令人相当震惊的事：她决定留下来。

她在美国图书馆找到了一份工作，全身心享受着爵士时代光之城带给她的欢乐，在泽利俱乐部跳舞到天明，在罗丹博物馆的花园中游览，和她的朋友们一起探索生动的拉丁区。

外婆在我小时候就去世了，我从来没有真正认识她。但几年前，我父母提到，她不仅住在巴黎，他们还保留着她在巴黎时写给家人的信。

读了这些信，我见到了年轻时的外婆，虽有书卷气却不失活泼，又骄傲又天真，她为自己大胆创造的生活深感喜悦。

虽然外婆喜欢看书，但她梦想成为一名作家是不现实的。在一封信中，她说当她从巴黎回来时，她要么参加秘书课程，要么结婚，而这是她仅有的选择。

将近一个世纪后，我觉得自己很幸运，能拥有外婆梦寐以求的自由。这个故事是为了纪念她和所有走在我们前面的外婆们，为了致敬她们所做出的勇敢选择，由此我们才可以成为我们想成为的女性。

2019 年 7 月出版　　定价：43.00 元

［美］埃莉诺・布朗／著

刘勇军／译

巴黎是一座怎样的城市？
一千个人眼中有一千个巴黎。

《纽约时报》畅销书作家**埃莉诺・布朗**领衔主编

18 位女性畅销书作家笔下不同的巴黎
这将是我们巴黎之行的完美伴侣